Christine Rhömer

Abgetaucht im Paradies

AF220609

Die Deutsche Nationalbibliothek verzeichnet diese Publikation in der Deutschen Nationalbibliografie; detaillierte bibliografische Daten sind im Internet über dnb.dnb.de abrufbar.

Von Christine Rhömer sind außerdem erschienen:
Weißgold-Flügel
Wind aus Südwest

überarbeitete Neuauflage 2018
© Christine Rhömer 2017, alle Rechte vorbehalten

Herstellung und Verlag:
BoD – Books on Demand, Norderstedt

Cover: Daniel Engelhardt
Titelbild: © creativ collection Verlag GmbH
Lektorat/Korrektorat: J. Müller

ISBN: 978-3752-8199-46

Abgetaucht im Paradies

Christine Rhömer

Roman

1

≈≈¤≈

Regenwasser spritzte an Alexas Beinen hoch, als sie mit festen Schritten auf ihre Praxisräume zustrebte, sammelte sich in schillernden Pfützen und floss in Rinnsalen in die Gullys. Endlich erreichte sie das Vordach, auf das die Tropfen prasselten. Beherzt drehte sie den dunkel verfärbten Schirm hin und her, sodass Wasserperlen in alle Richtungen stoben, als schüttelte ein Hund sein nasses Fell. Was für ein Mistwetter! Seit Wochen regnete es aufs Gemüt und eine Besserung war nicht in Sicht. Mit einem Ruck schloss sie die Glastür auf und schob sich in den Eingangsbereich.

Wenn es einen Grund gäbe, Liliths Einladung anzunehmen, dann wäre es dieser Sommer, der Deutschland bei Nacht und Nebel verlassen hatte und nun woanders tourte. Als sie nun aber in ihre frisch renovierte Praxis mit den großen Fensterfronten ringsherum schaute, verflog ihr Unmut über das Wetter. Wenn die Sonne erst einmal wieder schien, würden die Räume von Licht durchflutet sein und auch der Geruch nach feuchter Farbe würde sich bald verlieren. Bei dieser Aussicht streckte sich ihr Rücken. Sie war stolz auf sich und auf das, was sie erreicht hatte. Wer konnte schon von sich behaupten, mit Ende Zwanzig eine Praxis zu besitzen und sein eigener Herr zu sein?

Alexa nahm hinter der hohen Theke im Empfangsbereich Platz, um die Patientenkarten für heute herauszusuchen. Vorsichtig drehte sie dabei den Kopf hin und her, um die Verspannung ihrer Nackenmuskeln zu lösen. Die letzten Wochen waren kraftzehrend gewesen. Verhandlungen mit Handwerkern führen, Angebote einholen, Behördengänge erledigen, neues

Mobiliar anschaffen. Alles musste sie alleine machen und auf nichts davon hatte sie Lust. Aber diese Dinge waren lästige Übel, die nun mal erledigt werden mussten. Sobald es ihr finanziell möglich war, würde sie noch eine Bürokraft für die Terminvergabe und die Schreibarbeit einstellen, um sich auf ihren Job konzentrieren zu können. Bis dahin musste sie auch das nebenbei selber erledigen.

Alexa war froh, dass die Räume nun fertig waren und sie bald wieder Zeit haben würde, ihr Privatleben in Ordnung zu bringen. Seit Markus beschlossen hatte, sie nach fünf Jahren Beziehung zu verlassen und nun mit dieser Nathalie auszugehen, herrschte dort eine große Leere. Größer als ihr lieb war.

Da kam die Arbeit gerade recht. Mit ihr konnte sie sich besseren Zeiten entgegenhangeln. Ihrer Meinung nach war bei Markus und ihr das letzte Wort noch nicht gesprochen worden. Sie vermisste ihn sehr und hoffte, dass er zu ihr zurückkommen würde. Wenn sie hier aus dem Gröbsten heraus war, würde sie ihn um ein Treffen bitten und die Missverständnisse ausräumen, die sich bei ihnen eingeschlichen hatten.

Seufzend erhob sie sich. Es schien ein ruhiger Vormittag zu werden - nur zwei Patienten hatten sich angemeldet. Zwei von denen, die ihr aus der alten Physiotherapie-Praxis folgten, wo sie angestellt gewesen war. Sie hatte ihnen nur erzählt, dass sie sich selbständig machte, weil sich die Gelegenheit dazu geboten habe. Das stimmte sogar. Durch Zufall hatte sie erfahren, dass diese Räume hier frei wurden, weil die Betreiberin in den Ruhestand ging. Dass der Hauptgrund jedoch der ständige Streit mit ihrer Chefin und zum Teil auch mit den Kollegen war, musste sie den Patienten ja nicht auf die Nasen binden.

Sie nahm die nach Jasmin duftenden Handtücher aus dem Schrank und verteilte sie in den Räumen, die sie heute benutzen würde. Danach sprühte sie diese mit einem Duftspray ein und legte Meditationsmusik ein. Die Patienten mochten es, wenn sie bei ihr für eine halbe Stunde von ihrem Alltagsstress abschalten konnten.

Dann war auch ihre Muskulatur bei der Massage nicht so verhärtet und die manuelle Therapie zeigte eine deutlich bessere Wirkung. Das glich die fehlende Fango-Anwendung, die die Krankenkassen nur noch selten übernahmen, ein bisschen aus.

Alexa liebte ihren Job. Menschen ihre Beweglichkeit zurückzugeben war etwas, was sie wirklich konnte. Viele Dinge in ihrem Leben liefen schief, aber das gelang ihr. Das hatte sie bei Markus eindrucksvoll bewiesen. Sie sah den Leidenden in der Regel schnell an, wo bei ihnen der sprichwörtliche Schuh drückte und konnte sich problemlos in ihre Körper hineinversetzen, um Triggerpunkte ausfindig zu machen. Ihre Behandlungen waren zügig und effektiv. Sie schwatzte den Leuten auch nicht ständig neue Termine auf. Wer Bedarf hatte, meldete sich. Das schätzen die Patienten an ihr, weshalb sie selbst längere Anfahrtswege in Kauf nahmen. Die Chancen, dass sich ihre eigene Praxis bald mit Hilfesuchenden füllte, standen also ganz gut.

Während sie die Vorbereitungen routinemäßig erledigte, ließ der Gedanke an das Angebot von Isabels Mutter Lilith sie nicht los. Seit Alexa sie kannte, hatte sie Lilith nie besonders hartnäckig erlebt. Warum sie nun so stur an der Vorstellung festhielt, dass Alexa Isabel auf die Malediven begleiten sollte, kam ihr merkwürdig vor. Alexa und Isabel waren in ihrer Kindheit eng befreundet gewesen, genau wie ihre Mütter. Aber das war lange her. Sie hatten sich auseinandergelebt, weil Äpfel und Birnen nun mal nicht am gleichen Stamm heranreifen.

Für Alexa war das in Ordnung und Isabel hatte andere Freundinnen gefunden, die sie liebend gerne in diesen Traumurlaub begleitet hätten. Einen ganzen Obstkorb voll sogar, wenn Alexa das richtig überblickte. Warum also sollte ausgerechnet Alexa unbedingt mitfahren? Und warum wollte die zu lebenslanger Sparsamkeit gezwungene Lilith ihr den Urlaub obendrein noch schenken?

Sie beschloss, der Bitte nicht nachzukommen. Wie sollte sie auch? Sie hatte gerade erst ihre Praxis eröffnet. Wie stellte Lilith sich das vor? Dass sie die Türen nach der Eröffnung direkt für zwei Wochen wieder schloss? Wer bezahlte dann die Miete? Und der Patientenstamm, den sie von ihrer Vorgängerin mit übernommen hatte, wanderte ihr womöglich ab. Nein, das ging auf gar keinen Fall.

Diese Praxis war ihr Baby, ihr Ein und Alles. Es sollte wachsen und gedeihen, damit sie sich und der Welt beweisen konnte, dass sie es schaffte, ganz allein und aus eigener Kraft! Sie würde erst einmal ihre gesamte Energie dort hineinstecken. Das musste Lilith doch einsehen.

Das melodische Läuten der Eingangstür kündigte ihre erste Patientin für heute an. Frau Erle, die gepflegte alte Dame, strahlte ihr entgegen. „Hallo Kindchen, wie geht es Ihnen? Schön haben Sie es hier!"

„Danke, es freut mich, dass es Ihnen gefällt." Alexa erwiderte das Lächeln, obwohl sie die Anrede „Kindchen" für eine selbstständige Physiotherapeutin von Ende zwanzig nicht gerade passend fand.

„Na, und ob! Das ist ja alles hell und freundlich hier. Aber Sie gefallen mir nicht so richtig. Sie sind ja ganz blass. Ich glaube, Sie arbeiten zu viel und brauchen mal ein bisschen Sonne."

„Ja, besseres Wetter wäre jetzt wunderbar", bestätigte Alexa ihr. „Der Regen kann einem auf die Nerven gehen."

Während sie Frau Erles Nacken mobilisierte, erzählte sie ihr von Liliths Angebot.

„Die Mutter meiner besten Kindheitsfreundin hat mich eingeladen, zusammen mit ihrer Tochter auf die Malediven zu fliegen. Ich weiß gar nicht, wieso sie ausgerechnet auf mich kommt. Isabel und ich haben kaum noch Kontakt und außerdem habe ich doch gerade erst die Praxis eröffnet. Ich kann das nicht annehmen."

Die alte Dame, die bis dahin entspannt auf der Liege gelegen und mit geschlossenen Augen die Behandlung genossen hatte, richtete sich abrupt auf. „Natürlich können Sie das! Besorgen Sie sich eine Vertretung. Ich laufe Ihnen nicht weg. Ich warte gerne zwei Wochen auf Sie und die anderen Patienten garantiert auch. Wir wissen doch, was wir an Ihnen haben und was Sie bei dem Drachen in der letzten Praxis mitmachen mussten."

Alexa klappte den Mund auf und wieder zu.

Frau Erle tätschelte ihre Hand. „Das haben wir alle gemerkt, auch wenn Sie versucht haben, sich nichts anmerken zu lassen. Ich finde es gut, dass Sie sich selbständig gemacht haben. Aber übertreiben Sie es nicht mit der Arbeit, sonst brechen Sie uns noch zusammen. Gönnen Sie sich diesen Urlaub!"

Verlegen wandte Alexa sich ab. Während Frau Erle sich wieder anzog, klingelte erneut die Eingangstür. Verwundert sah Alexa auf die Uhr. Der nächste Termin war doch erst in einer Stunde!

Sie schob sich durch den Türspalt und ging zum Empfangsbereich, wo zu ihrer Überraschung Isabel in einem feucht glänzenden schicken Regencape wartete. Sie stand etwas nach vorn gebeugt, als trage sie eine schwere Last auf den Schultern. „Hi", grüßte Isabel sie ernst. „Sieht super aus, deine Praxis!"

„Danke. Brauchst du eine Behandlung?"

„Bestimmt. Aber deswegen bin ich nicht gekommen."

„Sondern?" Alexa trat hinter die Theke im Empfangsbereich. „Wegen Liliths Angebot? Warum will sie unbedingt, dass ich ausgerechnet jetzt auf diese Insel fliege? Und warum will sie mir die Reise auch noch schenken? Ich habe sie doch schon seit Ewigkeiten nicht mehr gesehen!"

Isabel zuckte die Schultern. „Sie kreist im Moment ziemlich um sich selber und hat sich das in den Kopf gesetzt. Wenn du wissen willst, was sie sich dabei denkt, fragst du sie am besten selbst. Ich bin wegen etwas anderem hier." Sie zögerte.

Frau Erle kam aus dem Behandlungszimmer und steuerte auf den Ausgang zu. „Machen Sie es gut, Kindchen, und denken Sie an meine Worte. Gönnen Sie sich diesen Urlaub. Bei dem Wetter hier kommt man nur auf trübe Gedanken!" Sie wies nach draußen und verschwand dann mit gesetzten Schritten im strömenden Regen.

Isabel sah Alexa fragend an. Die hob die Schultern. „Was gibt´s denn?"

„Nicht hier. Können wir uns irgendwo hinsetzen oder kommt gleich der nächste Patient?"

„Der kommt erst in einer Stunde. Wir können uns hierhin setzen." Sie wies in den Behandlungsraum 1, in dem die weißen Wände stumm nach Bildern riefen. Alexa setzte sich auf die Massageliege und überließ Isabel den Stuhl neben Otto, ihrem Skelett.

„Ich wollte dir etwas erzählen, bevor du es von jemand anderem erfährst." Isabel sah sie noch immer ernst an und Alexa wurde plötzlich flau.

„Was ist passiert?", fragte sie tonlos.

Isabel wand sich unbehaglich. Es war offensichtlich, dass sie Alexa nur ungern die Neuigkeit überbrachte.

„Markus will diese Tussi heiraten," sagte sie schließlich.

Alexa zuckte zusammen. Die Worte trafen sie wie eine Abrissbirne.

2

Wie betäubt saß Alexa wenige Tage später neben Isabel inmitten einer Schar reiselustiger Urlauber in einem Flieger, der sie auf die Malediven bringen würde. Unter anderen Umständen hätte sie sich wie ein Kind auf dieses Abenteuer gefreut. Aber ihre Gedanken kreisten um finstere Dinge und sie hatte noch keine Ahnung von dem, was dort auf sie zukommen und wie tiefgreifend dieser Urlaub sie verändern würde. Markus hatten die Seiten gewechselt und wollte gleich Nägel mit Köpfen machen, bevor sie die Chance hatte, ein paar Dinge wieder gerade zu rücken. Und das nach fünf Jahren Beziehung. Fassungslos starrte sie vor sich hin.

Als sich ein einzelner Passagier mit breitem Grinsen ihrer Sitzreihe näherte, schloss sie die Augen und hoffte, dass der Kelch an ihr vorüberginge. Einen Mann würde sie bei dem langen Flug neben sich nicht ertragen.

Als sie eine gut gelaunte Stimme sagen hörte: „Ja, hallo auch! Zwei hübsche Frauen – womit habe ich das denn verdient?", wusste sie, dass sie verloren hatte. Den würden sie so schnell nicht wieder los. Umständlich stemmte er seine Reisetasche in das Gepäckfach über dem Sitz und setzte sich dann breitbeinig neben sie. „Na, was macht ihr Zwei denn so alleine hier?" Er strahlte sie erwartungsvoll an.

Alexa stellte sich schlafend und beschloss, ihn zu ignorieren, auch wenn das bei einem zehnstündigen Flug ein hartes Stück Arbeit sein würde. Ihr war eher nach Weinen zumute als nach albernem Small talk. Isabel ließ den Quast, mit dem sie ihr Gesicht nachpuderte, sinken, nickte ihm kurz zu, setzte ein Lächeln auf und sagte: „Hi."

Dann raunte sie Alexa zu: „Was ist das denn für einer?"

„Ich bin der Hardy aus Hannover. Und wer seid ihr?" Er beugte sich vor, als wolle er prüfen, ob Alexa wirklich schlief.

„Zwei Burnout-Geschädigte", antwortete Isabel und sah aus dem Fenster.

„Oje", sagte er. „Das klingt, als könntet ihr ein bisschen Aufmunterung gebrauchen." Zufrieden machte er es sich im Sitz bequem. Dabei legte er seinen rechten Arm so weit über die Lehne, dass er fast auf Alexas Schoß lag.

Sie sah ihn gereizt an und dachte: `Hardy aus Hannover, wie blöd ist das denn?´

Unbekümmert zog Hardy den Arm zurück.

Nachdem er zwei Stunden lang vergeblich versucht hatte, mit ihnen ins Gespräch zu kommen, gab er schließlich auf und schloss die Augen. Schon nach wenigen Minuten schnarchte er geräuschvoll. Die anderen Fluggäste bedachten Alexa mit mitleidigen oder verärgerten Blicken. Offensichtlich glaubten sie, er gehöre zu ihr. `Hoffentlich reist er nicht auf dieselbe Insel wie wir´, dachte Alexa und versuchte ebenfalls zu schlafen. Aber in ihrem Kopf kreisten zu viele Gedanken. Wie konnte das passieren? Sie wollte doch mit Markus reden. Endlich war sie mit der Praxis so weit, dass sie wieder Luft für diese Sachen hatte, und jetzt das!

Nach einiger Zeit schlummerte auch Isabel friedlich – eingequetscht in ihr enges Kostümchen wie in einer Wurstpelle. Alexa zwängte sich an dem schnarchenden Hardy vorbei und ging ein paar Schritte im Gang auf und ab. Ihre Fußsohlen schmerzten beim Auftreten, als laufe sie über glühende Kohlen, und sie fragte sich, warum sie sich das hier eigentlich antat. Nur um Isabels Mutter einen Gefallen zu tun? Nein, natürlich nicht. Sie war vor dem Kleinstadttratsch zuhause geflohen. Markus würde diese Nathalie heiraten, womit sich Alexas Hoffnungen auf ein Comeback zwischen ihnen zerschlagen hatten. Noch immer spürte sie den Einschlag der Abrissbirne, wenn sie daran dachte. Viele Dinge in ihrem Leben liefen nicht nur nicht rund, sie liefen aus dem Ruder! Und jetzt hockte sie in einer Sardinenbüchse über den Wolken und merkte zunehmend ihre Erschöpfung. Ob das eine gute Idee gewesen war? Sie fühlte sich so gar nicht bereit für einen entspannten Urlaub.

Im Gang stehend betrachtete sie diesen Hardy aus Hannover, der den Kopf in ein aufblasbares Nackenkissen geschmiegt hatte und im Schlaf lächelte. Auf seiner Nasenspitze, dem Kinn und den Wangenknochen glänzten Lichtreflexe. Das aschblonde Haar war sorgfältig in einen Seitenscheitel gelegt und der runde Kopf ruhte auf einem breiten Nacken. Dem würde gleich der Hals gehörig weh tun, so wie die Wirbel abgeknickt waren!

Zwei Plätze daneben schlief Isabel mit ihrem blonden, vollen Haar und diesem speziellen Ich-nehme-mir-was-ich-will-Gesichtsausdruck. Beide Schläfer waren in einer sorglosen Aura vereint. `Was für ein schönes Paar´, dachte sie ironisch und schaute auf die Uhr. Hoffentlich lief in der Praxis mit der Vertretung, die sie auf die Schnelle organisiert hatte, wenigstens alles nach Plan! Sie kannte die Frau kaum und hatte sich auf die Empfehlung einer früheren Kollegin verlassen müssen. Ein gutes Gefühl hatte sie dabei nicht.

Dann fiel ihr Blick auf die aufgeschlagene Tageszeitung, in der einer der Passagiere las. Auf dem Aufmacherfoto erkannte sie einen Stabhochspringer, auf dem die Medaillenhoffnung des Leichtathletikverbandes geruht hatte. Das hatte sich nun erledigt. Eine schwere Verletzung zwang ihn zum Trainingsabbruch und zu einer langen unfreiwilligen Pause. Der Anblick des schmerzverzerrten Gesichtes auf dem Foto versetzte Alexa einen Stich, denn es erinnerte sie an Markus, als sie ihn nach seinem Unfall behandelt hatte. Auch ihn hatte es aus der Vorbereitungsphase auf die Olympischen Spiele herausgerissen. Ein Autofahrer hatte ihn erwischt, als er mit dem Rennrad auf dem Weg zum Training war. Taekwondo war endlich olympische Disziplin geworden und er hatte gute Chancen, mit nach Sydney fahren zu dürfen.

Doch die Knochenbrüche, die er bei dem Sturz erlitt, waren so gravierend, dass es lange Zeit in Frage stand, ob er überhaupt jemals wieder schmerzfrei würde laufen können. Alexa hatte den Vorfall damals in der Tagespresse verfolgt, denn Markus wohnte in ihrer Nähe und sie kannte ihn vom Sehen. Sie war noch Berufsanfängerin, aber einer ihrer Ausbilder war so überzeugt von ihr, dass er sie dem Olympiastützpunkt in Köln empfahl und sie half dort hin und wieder aus. Irgendwann wurde ihr dann Markus zugewiesen, den man ihr als hoffnungslosen und eigentlich austherapierten Fall schilderte. Sie seufzte. Kein Fall ist jemals hoffnungslos. Und ein Kämpfer wie Markus schon gar nicht.

Sie hatten es nicht leicht miteinander gehabt damals. Markus war deprimiert und verbittert, weil er den Sport nicht mehr ausüben konnte, der bis dahin sein Lebensinhalt gewesen war. Alexa hielt ihn für den eingebildeten Sohn neureicher Eltern, die ihr Vermögen auf Kosten einfacher Handwerker ergaunert hatten, indem sie eine Insolvenz vortäuschten und das Firmenvermögen auf ihr Privatkonto verschoben. Das erzählte man sich hinter vorgehaltener Hand im Ort. Nachweisen konnte man dem Vater das nicht, aber es machte für Alexa die ganze Familie unsympathisch, was Markus mit einschloss, auch wenn er für das Geschäftsgebaren seiner Eltern natürlich nichts konnte. Doch zu sehen, wie die Handwerksbetriebe im Ort, die auf ihren Rechnungen sitzenblieben, um ihre Exis-

14

tenz rangen, während Markus´ Vater in einem nagel-
neuen Mercedes durch die Gegend fuhr, machte nicht
nur sie wütend.

So begegnete sie Markus anfangs mit einer professionellen Reserviertheit, die das normale Maß weit
überschritt, obwohl sein Äußeres ihr gefiel. Aber es
beeindruckte sie zunehmend, wie er um seine Beweglichkeit kämpfte und sich an jeden Strohhalm klammerte. Ihm war klar, dass die anderen Therapeuten
ihn aufgegeben hatten und ihn nun mit einer Anfän-
gerin abspeisten. Deswegen war auch er zunächst wenig umgänglich. Als er merkte, dass Alexa nicht bereit
war, ihn als hoffnungslosen Fall anzusehen, immer
wieder neue Sachen ausprobierte und sich erstaunlich
gut in seinen Körper einfühlen konnte, schwand seine
Ablehnung. Er ließ sich sogar auf ausgefallene Yoga-
übungen ein, die Alexa in einer Fachzeitschrift entdeckt hatte, wo ihr Mobilisierungseffekt angepriesen
wurde. Die Fortschritte, die sie gemeinsam machten,
waren klein, aber immerhin waren es Fortschritte, an
die schon niemand mehr geglaubt hatte. Es entging
Alexa nicht, dass er sich irgendwann sichtlich freute,
wenn sie kam und sie begann, sich selber auf ihre
Therapieeinheiten mit ihm zu freuen. Als er das erste
Mal ohne Krücken laufen konnte, fielen sie sich in die
Arme und weinten vor Freude.

Auch jetzt stiegen ihr bei der Erinnerung daran erneut
Tränen in die Augen. Es waren solche Momente, für
die sie ihren Beruf liebte. Und es war der Moment, in
dem sie angefangen hatte, Markus zu lieben. Nun war
alles vorbei. Er würde bald eine andere heiraten und
sie war unterwegs zu einer Urlaubsinsel, auf die sie gar
nicht wollte, mit einer Freundin, mit der sie kaum
noch etwas zu tun hatte.

Nach neuneinhalb Stunden war der Flug überstanden
und sie landeten auf der Miniaturausgabe eines Flug-

hafens in Male. Erleichtert klatschte ein Teil der Passagiere. Isabel prüfte ihr Make-up und den Sitz ihres Kostüms, das für eine fast zehnstündige Sitzparty in dem engen Flugzeug denkbar unbequem gewesen war.

Beim Verlassen der Maschine wurden sie von schwüler Luft und - trotz Regenzeit - strahlendem Sonnenschein empfangen. Wie befürchtet folgte Hardy den beiden Frauen auf dem Flughafengelände unverdrossen. Alexa kannte inzwischen seine Urlaubserlebnisse der letzten fünf Jahre, die „besten Kumpel" mit Namen und wusste, dass er das gesamte „Abenteuerpaket" gebucht hatte.

„Man gönnt sich ja sonst nichts!" Er lachte wie über einen gelungenen Scherz.

Alexa versuchte, ihm zu entkommen, doch der einheimische Reiseleiter führte alle drei an den gleichen Tisch, wo sie auf das Schnellboot nach Ari Beach warten sollten.

„Na seht ihr, Mädels – da bleiben wir alle schön zusammen!", kommentierte Hardy das.

Zu Alexas Erleichterung verzog Isabel das Gesicht. Also drohte aus dieser Richtung zunächst einmal keine Gefahr.

„Hoffentlich hat er sein Zimmer wenigstens weit weg von unserem", raunte sie Isabel zu, glaubte aber selber nicht mehr daran.

Vielleicht wäre es klüger gewesen, sich zu Hause dem Tratsch zu stellen, anstatt in einer Kurzschlussreaktion Liliths Einladung anzunehmen. Oder sich die Decke über den Kopf zu ziehen und drei Tage ununterbrochen zu heulen. Dann wäre es vielleicht schon gut gewesen.

Erst jetzt erfuhren sie, dass sie anderthalb Stunden auf die Ankunft der nächsten Maschine aus Deutschland warten mussten, da ein Teil dieser Passagiere ebenfalls auf das Speedboat gebucht war. Isabel befreite ihre zu Klumpen angeschwollenen Füße aus den Schuhen, begutachtete sie argwöhnisch und zwängte sie dann in die ebenfalls zu eng gewordenen Sandalen. Zumindest waren die Füße jetzt belüftet.

„Warum wolltest du ausgerechnet auf die Malediven?", fragte Alexa sie und versuchte dabei, sich nicht vorzustellen, wie sehr Isabels Füße schmerzen mussten.

Diese schaute sie verständnislos an. „Was ist denn das für eine Frage? Schau dich doch mal um!"

Hardy schaltete sich ungebeten ein: „Also, ich habe ja das ganze Erlebnispaket gebucht ..."

„Das sagtest du schon", erwiderte Alexa.

„Ja, aber du wolltest doch wissen, warum wir hier sind und ich versuche gerade, es dir zu erklären."

Alexa blinzelte ihn unter halb geschlossenen Lidern an. „Ich will von dir nicht wissen, warum ich hier bin und warum du hier bist, ist mir egal", platzte es aus ihr heraus.

„Na, dann eben nicht", sagte Hardy und bestellte sich ein Wasser. Zumindest war er jetzt still. Alexa blickte zwischen den beiden durch die Palmblätter und Laubbäume hindurch auf den Hafen, der nur fünfzig Schritte entfernt vor ihnen lag. Inmitten der Schnellboote zogen die bunt bemalten Holzboote der Malediver, die für kurze Transfers genutzt wurden, ihre Bahnen. Selbst hier in diesem dicht befahrenen Hafenbecken war das Wasser türkisfarben und schlug nur sanft gegen die Kaimauer. Der Himmel war milchig blau und weiße Wolkenfetzen huschten rasch vorüber, als hätten sie hier nichts verloren. Der Anblick besänftigte Alexa und der warme, milde Wind machte sie schläfrig. Sie schloss die Augen und glitt in einen traumlosen Dämmerzustand. Wie aus weiter Ferne hörte sie dumpf die Stimme von Hardy in miserablem Englisch auf eine Französin einreden, die an ihren Tisch geführt worden war. Halb ins Unterbewusstsein abgetaucht atmete Alexa auf. Jetzt musste sich diese arme Person die grauenhaft langweiligen Geschichten anhören.

`Du bist erlöst´, ging ihr durch den Kopf und vor Erschöpfung schlief sie ein.

Valerie war es unangenehm, allein zu reisen. Das hatte sie noch nie getan. Außer ihr schienen keine weiteren Franzosen ins Süd Ari Atoll weiterzureisen. Die anderen Passagiere aus ihrer Maschine waren an verschiedene Tische oder gleich zu den Schnellbooten geführt worden. Ob ihre Eltern sie jetzt beobachten konnten, von weit oben? Würden sie sich freuen, dass sie hierher gekommen war, wo sie so oft gemeinsam tauchen waren? Instinktiv griff sie nach dem Kästchen in ihrem Handgepäck. Es war noch da. Bei dem Gedanken an das, was sie hier vorhatte, war ihr mulmig zumute. Sie wusste nicht einmal, ob das im Sinne ihrer Eltern war. Die Entscheidung war aus einem Bauchgefühl heraus getroffen worden. Also konnte sie so schlecht nicht sein. Aber das mulmige Gefühl blieb.

Nur gut, dass dieser Deutsche sich ihrer annahm und sie auf andere Gedanken brachte. Sie konnte ihn zwar kaum verstehen und was sie verstand, war wenig geistreich. Doch es lenkte sie ab und sie war nicht isoliert. Letzteres konnte sie im Moment gar nicht gut vertragen. Auch die blonde deutsche Frau machte einen netten Eindruck, während ihre Begleiterin verschlossen und abweisend wirkte. Die drei waren ein merkwürdiges Gespann und sie konnte sich noch nicht erklären, wie sie zueinandergefunden hatten.

„Zuckerpuppe! Aufwachen! Wir sind an der Reihe!" Isabel berührte ihren Arm und schüttelte sie sanft. Alexa erwachte aus einem narkoseähnlichen Schlaf und war minutenlang unfähig, sich zu bewegen.

Schließlich nahm sie die Hektik um sich herum wahr. Etwa zwanzig Leute hatten sich von ihren Plastikstühlen erhoben und strebten den Gepäckwagen zu, die kreuz und quer vor dem Ausgang der Ankunftshalle verstreut standen. Als sie ihre Gepäckstücke zusammenrafften, begann ein aufgeregtes Geschiebe, das in eine Schubserei auszuarten drohte. Einige blickten erbost umher, weil sie ihre Koffer nicht auf Anhieb fanden. Schließlich löste sich das Getümmel in Wohlgefallen auf und die Urlauberschar watschelte im Entenmarsch auf die Kaimauer und auf das bereitstehende Schnellboot zu.

Mit wiegendem Gang marschierte Hardy „Auf, auf, Mädels!" rufend vor ihnen her. „Jetzt geht´s los ins Abenteuerland!"

Alexa verwünschte sich insgeheim dafür, dass sie eingeschlafen und nicht rechtzeitig auf dem Boot war, um einen Platz weit entfernt von ihm zu erwischen. Das Letzte, was sie im Moment in ihrer Nähe gebrauchen konnte, war eine Nervensäge. Tatsächlich war Hardy wegen seines Gepäcks auf dem Boot so lange in Diskussionen mit der einheimischen Besatzung verwickelt, dass nur noch ein einziger Sitzplatz auf dem Außendeck frei war, als sie ablegten. Nämlich der neben Alexa.

Hardy bedankte sich, als hätten die beiden Frauen ihm den Platz freigehalten. Alexas Einwände wurden von dem Aufheulen des Motors verschluckt, der von der ersten bis zur letzten Minute der dreistündigen Fahrt vom Flughafen zur Insel dröhnte. Das hatte immerhin den Vorteil, dass eine Unterhaltung mit Hardy nur schreiend möglich gewesen wäre. Und das gab selbst er nach ein paar Versuchen auf.

Stattdessen schrien sich die Leute auf der Sitzreihe hinter ihnen, nur von kurzen Pausen unterbrochen, ständig etwas zu. Alexa gestikulierte, aber Isabel beschwichtigte sie: „Wir sind bald da."

Auf ihrer Armbanduhr sah Alexa, dass sie erst eine Stunde auf dem Boot unterwegs waren. „Wir sind bald da, ist gut! Es sind noch zwei Stunden!"
Isabel zuckte gleichgültig die Achseln. „Versuch, ein bisschen zu schlafen." Sie zog Alexa zu sich herüber, sodass ihr Kopf auf Isabels Schultern ruhte. Das hatten sie seit ihren Kindertagen nicht mehr getan. Damals waren sie sogar aneinander gekuschelt eingeschlafen. Heute fand Alexa das befremdlich. Aber wäre das Geschrei hinter ihr nicht gewesen, hätte sie wohl tatsächlich etwas geschlafen. So war sie damit beschäftigt, sich grausame Todesarten für die Schreihälse auszumalen, die eigentlich Markus galten. Wie konnte er ihr das antun? Seit ihrer Trennung war doch kaum Zeit vergangen! Wie konnte er sich so schnell trösten und dann auch noch gleich heiraten?

Nach einer halben Ewigkeit rief einer der Schiffsjungen „Ari Beach!" und zeigte auf eine kleine Insel, die genauso aussah wie die vielen anderen Inseln, die an ihnen vorübergezogen waren. Einhundert Kilometer südlich von Male im Indischen Ozean hatten sie ihr Reiseziel erreicht. Alexa sah mit leeren Augen auf das Fleckchen Erde mit dem Gefühl, dass lediglich ihr Körper hier angekommen war, während der wichtigste Teil von ihr noch immer wie gelähmt in ihrem Behandlungszimmer auf der Massageliege saß und versuchte, sich zu sortieren.
Der Landesteg führte direkt zur Angelschule, wo die deutsche Reiseleitung ihre Gäste mit aufgeschlagenen Kokosnüssen begrüßte. Hardy war erneut mit der Aufsicht über sein Gepäck beschäftigt, das von den Hotelangestellten mit Schubkarren vom Boot an Land gebracht wurde. Als er den riesigen schwarzen Hartschalenkoffer erblickte, war er zufrieden und steuerte auf die Reiseleiterin zu, die Ausschau nach einem „Eckhard Balsun" hielt.

„Das bin ich, aber Sie können ruhig Hardy zu mir sagen. Ich hatte ja keine Ahnung, dass es so schöne Frauen auf der Insel gibt!"

Sie lächelte kühl und fuhr dann fort, Zimmerschlüssel und Anmeldezettel für die Rezeption zu verteilen. Während sie warteten, fiel Alexas Blick auf die Französin, die Eckhard am Flughafen in Male mit seinen Geschichten malträtiert hatte: ein zierliches Persönchen mit Mandelaugen und kinnlangen dunklen Haaren.

Isabel und Alexa waren unter den ersten, die den Schlüssel für ihren Bungalow erhielten und Alexa stürmte los, in der Hoffnung, Hardy abhängen zu können. Doch als der Hotelangestellte sie zu ihrem Haus begleitete, hörten sie ihn rufen: „Welche Nummer habt ihr?"

Sie gaben keine Antwort und er hob erneut an: „Ich glaube, ihr seid direkt neben mir."

„Oh nein, bitte nicht", flüsterte Alexa. Unmittelbar hinter der Tauchschule bog der Mann rechts ab und führte sie zu dem ersten mit Palmblättern eingedeckten Doppelbungalow.

Gespannt sahen die Frauen sich in ihrem Heim für die beiden nächsten Wochen um. Der Bungalow war hell und geräumig, in einer Ecke des Wohnraumes waren die Fliesen ausgespart und die Lücke mit Korallenbruch aufgefüllt.

Alexa ließ sich in die Sitzecke fallen und seufzte: „Na, das ist mal eine Entschädigung für den furchtbaren Flug und diese schreckliche Fahrt auf dem Schnellboot!"

Isabel hatte sich auf dem Doppelbett niedergelassen. „Und, wie ist die Matratze?", wollte Alexa nun wissen. Zwei Wochen lang auf einer durchgelegenen Matte zu übernachten und mit einem Bandscheibenvorfall nach Hause zu reisen, gehörte ebenfalls nicht zu den Dingen, die sie herbeisehnte.

Isabel hüpfte probeweise. „Ganz okay. Für Bettsport jeder Art geeignet."

Sie grinste.

Alexa verzog das Gesicht. „Aber bitte nicht hier!"

„Seit wann bist du so prüde?", fragte Isabel mit hochgezogenen Augenbrauen und fügte hinzu, ohne eine Antwort abzuwarten: „Auf welcher Seite willst du schlafen?"

„Mir egal, such dir eine aus."

Sie schaute aus der Glasfront auf den kurzen Strand und das türkisfarbene Meer, auf dem Sonnenreflexe ekstatisch tanzten.

Prüde! Von wegen! Nur weil sie nicht so liebestoll wie Isabel war.

„Sieh dir das an!" Isabel kam näher. „Eine Lagune! Bestimmt zweihundert Meter lang." Sie traten ins Freie. Unter der Überdachung stand die Hitze und das Sonnenlicht schmerzte in den Augen. Trotzdem gingen sie noch weiter vor und sahen sich um. Isabel stieß Alexa in die Rippen und wies stumm auf die Terrasse der anderen Bungalowhälfte. Dort saß ein glatzköpfiger Mann auf einem Plastiksessel, die Hände vor dem Bauch gefaltet und den Kopf im Mittagsschläfchen zur Seite geneigt. Noch einer, der bald Nackenschmerzen haben würde.

„Hattest du nicht gesagt, hier kommen nur gut aussehende Kerle in unserem Alter hin?", fragte Alexa mit gedämpfter Stimme.

Isabel lachte. „Da muss ich mich wohl geirrt haben."

„Seht ihr, ich wusste doch, dass ihr direkt in meiner Nähe wohnt!" Eckhard tauchte strahlend hinter der Terrassenwand auf. Alexa zuckte zusammen. „Wieso, wo wohnst du denn?"

„Gleich zwei Bungalows weiter. Habt ihr auch warmes Wasser?"

„Ja, haben wir", antwortete Alexa und fügte in Gedanken hinzu: `Und jetzt zisch ab!´

Aber Hardy hatte anderes im Sinn. Unaufgefordert betrat er ihren Bungalow und sah sich um. „Meiner sieht genauso aus. Ich habe bloß größere Nachttischlampen und mehr Pflanzen im Zimmer als ihr."

Alexa verschränkte die Arme und starrte ihn so lange stumm an, bis er gutgelaunt sagte: „Also, ich geh´ dann mal ins Wasser!" Er riss sich das T-Shirt vom Leib, entblößte dabei einen fleischigen, wenn auch nicht unproportionierten Oberkörper und lief jauchzend ins Meer. Alexa hörte ihn gerade noch „Ist ganz warm, das Meer!" rufen, als sie die Terrassentür wieder abschloss und die Vorhänge zuzog.

Während Isabel den Koffer auspackte, Kleider im Zimmer verteilte und ihre gesamten Kosmetikschätze auf dem Tisch vor dem Spiegel ausbreitete, legte Alexa sich auf das Bett und sah ihr zu. Nach einer Weile gesellte sich Isabel zu ihr. „Sieh dir mal meine Stempelwaden an!"

„Leg die Beine hoch, dann kann das Wasser besser abfließen", erwiderte Alexa. Einen Moment lang überlegte sie, ob sie Isabel eine Lymphdrainage anbieten sollte. Dann beschloss sie aber, dass sie jetzt im Urlaub war und nicht wie manche Kollegen ständig irgendwen behandeln musste.

Isabel folgte ihrem Rat und legte ihre Beine an der Wand hoch. Nach einer Weile fragte sie: „Warum bist du so fies zu diesem Hardy? So schlimm ist er doch gar nicht."

Alexa schwieg.

„Es ist nicht jeder Mann Markus", hob Isabel wieder an.

„Für mich im Moment schon."

„Du musst aber nicht jeden so behandeln. Spar dir das lieber für den auf, den es betrifft."

„Der kriegt sein Fett auch noch ab, verlass dich drauf. Sagst du mir denn jetzt endlich, warum deine Mutter mir diese Reise geschenkt hat?"

„Nicht nur dir, mir auch."

„Woher hat sie auf einmal so viel Geld?"

„Sie hat ihre Lebensversicherung ausbezahlt bekommen."

„Das erklärt vielleicht, warum sie dir die Reise schenkt. Aber wieso mir?"

„Um der alten Zeiten willen." Isabel sah unverwandt zur Decke.

Alexa sah sie fragend an.

„Sie will, dass wir wieder engeren Kontakt haben."

„Und warum ausgerechnet auf dieser Insel?"

„Keine Ahnung."

Sie schwiegen und Alexa schlief wenige Minuten später vor Übermüdung erneut ein.

Prustend ließ Isabel sich ins Wasser fallen. Sie brauchte dringend eine Abkühlung, damit die Schwellung in den Waden nachließ. Das Kostüm war definitiv zu eng für diesen endlosen Flug gewesen. Aber woher sollte sie auch wissen, wie wenig Platz in einem Flugzeug war und wie sich ein langer Flug anfühlte? Sie war noch nie in ihrem Leben geflogen. Das hatte sie sich nie leisten können.

Tauchen war sie bisher nur in der Adria und das war nicht zu vergleichen damit, wie es hier aussah. Es war herrlich. Genauso hatte sie es sich vorgestellt. Ob es am Great Barrier Reef, wohin sich ihr Vater als Tauchlehrer abgesetzt hatte, ähnlich schön war? Ihre einzige Erinnerung an ihn waren fast dreißig Jahre alte Fotos, die einen gutaussehenden schlanken Mann im Neoprenanzug zeigten. Nun endlich als erwachsene Frau konnte sie mit eigenen Augen sehen, was ihren Vater so angezogen hatte, dass er Frau und Tochter dafür verließ.

Wenn Lilith nur Alexa nicht genötigt hätte, sie zu begleiten! Es wäre ihr lieber gewesen, wenn diese von sich aus mitgewollt hätte. Aber das kam für Alexa ja nicht in Frage. Die war nur mit sich selbst beschäftigt. Hauptsache, nicht merken, dass irgendetwas nicht stimmte in ihrem Leben. Und zwar schon lange. Der Gedanke, dass sie diejenige war, die es Alexa sagen musste, behagte ihr gar nicht. Dafür würde sie einen verdammt guten Moment abpassen müssen! Und Isabel grauste es vor Alexas Reaktion.

Als Alexa aufwachte, lag sie mit angewinkelten Beinen mit Blick zur gegenüberliegenden Wand im Bett. Benommen sah sie auf die Uhr. Sie hatte zwei Stunden geschlafen. Von Isabel war nichts zu sehen. Sie hörte Stimmengemurmel auf der Terrasse und horchte angestrengt. Schließlich erkannte sie Isabel und Eckhard. Aber da war noch eine weitere weibliche Stimme. Dem Akzent nach musste es die Französin sein. Seufzend drehte sie sich im Bett herum und sah durch das dreieckige Fenster in der Ecke, wo Wand und Spitzdach aufeinandertrafen, einen Baumwipfel, der sich im Wind wiegte. Ein Gecko lief behände über die hölzernen Stützstreben. Alexa blieb mit halb geöffneten Augen liegen und lauschte dem gedämpften Lachen auf der Terrasse. Sie hatte keine Energie, sich mit anderen Menschen auseinanderzusetzen. Außerdem machte ihr die Hitze im Raum zu schaffen. Schläfrig tastete sie nach der Fernbedienung für die Klimaanlage und schaltete sie ein. Piepsend quittierte das Gerät ihren Befehl und nahm den Betrieb auf. Bald umwehte kühle Luft ihren Körper und allmählich kam sie zu sich.

Die Terrassentür wurde geöffnet und Isabel steckte ihre Nase ins Zimmer. „Na, ausgeschlafen?"

„Ich erhebe mich gerade von den Toten!"

Isabel grinste. „Hardy und Valerie sind da. Möchtest du dich ein bisschen dazusetzen?"

„Ich komme gleich. Ich muss noch eben meinen Kreislauf suchen."

Isabel lachte und ging wieder hinaus. Alexa hörte, wie sie Eckhard anwies, einen Plastiksessel von seiner Terrasse zu holen, und dieser prompt losmarschierte. Irgendwann schaffte sie es, sich im Bett aufzurappeln und ihren Koffer zumindest so weit auszupacken, dass sie etwas Sommerliches und vor allem ihren Bikini fand. Energisch schob sie Isabels Kosmetikartikel auf dem Tisch auf eine Seite und stellte einige von ihren Tuben auf der frei gewordenen Fläche ab. Dann öffnete sie den Riegel an der Badezimmertür und trat ins Bad hinaus. Die Toilette und das Waschbecken waren überdacht, die Dusche dahinter lag im Freien und gleißendes Sonnenlicht fiel schräg auf ihre Füße. Sie blinzelte gegen die unvermittelte Helligkeit und streifte ihren Bikini über. Wenn doch bloß der Kerl nicht vor ihrem Bungalow säße!

Endlich ging sie auf die Terrasse hinaus, wo Eckhard einen Sessel für sie herbeigeschafft hatte. Die drei begrüßten sie herzlich. Immer noch stand die Hitze unter der Überdachung.

„Ich glaube, ich gehe mich direkt mal im Meer abkühlen", verkündete Alexa.

„Das ist eine gute Idee! Da komme ich mit." Valerie erhob sich freudig und die beiden Frauen gingen die wenigen Schritte über den Sand ins Meer, die eine sehnig, die andere zierlich und anmutig. Das Meer war warm und hier noch sehr flach. Sie schwammen ein paar kräftige Züge und ließen sich dann auf dem Rücken liegend treiben. Alexa kam es etwas merkwürdig vor, sich mit der fremden Frau hier im Wasser zu tummeln, und sie überlegte, wie sie eine Unterhaltung in Gang bringen könnte.

„Bist du alleine unterwegs?", fragte sie schließlich.

„Ja, ich war letztes Jahr im Nord Male Atoll und wollte unbedingt noch einmal auf den Malediven tauchen. Leider habe ich dieses Jahr nur diese beiden Wochen Zeit und niemand von meinen Freunden

26

konnte mitkommen", sie zögerte einen Moment, „oder es sich leisten mitzukommen."

„Und du? Kannst du es dir leisten, jedes Jahr hierher zu kommen?"

„Ich habe ein bisschen Geld geerbt", antwortete Valerie widerstrebend und Alexa hatte das Gefühl, dass sie nicht darüber sprechen wollte. „Und warum bist du hier?"

„Ich habe mich von Isabel überreden lassen, sie hierhin zu begleiten. Sie hatte das schon so lange vor und jetzt hat es endlich einmal geklappt." Dass es eigentlich Lilith war, die sie dazu verleitet hatte, verschwieg sie.

„Seid ihr gute Freundinnen?"

Alexa verlor die Balance und schluckte Meerwasser. Sie spuckte das Salz aus. Tja, wie sollte sie das jetzt erklären? Schließlich antwortete sie, sich die Augen reibend: „Weißt du, wir kennen uns schon unser Leben lang. Ich glaube, wir sind ganz gut befreundet, ohne beste Freundinnen zu sein, wenn du verstehst, was ich meine ..."

Valerie nickte, ohne zu zögern. „Ihr seid sehr verschieden, nicht wahr?"

„Ja, ziemlich."

Als sie zurück zu Hardy und Isabel an die Terrasse kamen, waren beide in der schwülen Luft eingeschlafen und hatten die Köpfe zur Seite hängen wie zuvor ihr Bungalownachbar. Der blätterte inzwischen in einem Prospekt der Tauchschule und grüßte freundlich.

Nachdenklich sah Dietmar den beiden Frauen nach, die wie die junge Ursula Andress und später Halle Berry in den Bond-Filmen aus dem Wasser gekommen und dann hinter seiner Terrassenwand verschwunden waren. Schlank, in knappen Bikinis, die ihre Formen betonten, mit nassen Haaren und Körpern. Diesen Anblick war er zwar gewohnt, weil er auf der Insel ständig von attraktiven Frauen umgeben war. Aber diese beiden zogen seine Aufmerksamkeit auf besondere Weise auf sich. Schmerzliche Erinnerungen an eine unglückliche Liebe und eine fatale Lebensentscheidung, die er getroffen hatte, kamen in ihm hoch. Er hatte seine Entscheidung damals zu schnell gefällt und die Konsequenzen nicht überblickt. Im Nachhinein war er sich sicher, dass er nie wieder eine Frau so geliebt hatte wie diese eine, die er nicht haben konnte. Er hatte sie so sehr geliebt, dass er ihre Ehe nicht zerstören wollte, und hatte auf sie verzichtet. Der Verlust schmerzte ihn noch heute, obwohl die Geschichte schon lange zurücklag. Er blickte starr aufs Wasser und wischte sich verstohlen die Träne weg, die sich in seinem Augenwinkel gebildet hatte. Den Prospekt der Tauchschule, den er sich eigentlich anschauen wollte, beachtete er nicht mehr.

Valerie und Alexa legten sich zum Trocknen auf die Hotelhandtücher in die Sonne und unterhielten sich leise weiter. Valerie erzählte Alexa, dass sie aus der Bretagne stamme, jetzt aber in Paris studiere. Alexa berichtete im Gegenzug, dass sie erst vor kurzem eine Physiotherapie-Praxis eröffnet hatte.
Beim Blick auf ihre Uhr bemerkte sie, dass es Zeit war, zur Informationsveranstaltung der Reiseleiterin in die Bar zu gehen. Sie weckten Eckhard und Isabel und alle vier verschwanden in ihren Bungalows, um sich wieder herzurichten. Unter der kalten Dusche reckte Alexa ihr Gesicht in die langsam im Westen untergehende Sonne. Das Wasser platschte auf die Fliesen zu ihren Füßen und spritzte auf die Erde, die im Halbkreis um den Duschplatz herum ausgelegt und mit blühenden Sträuchern bepflanzt war. Sie erinnerte sich an die Empfehlung der gepflegten Frau Erle, sich Sonne zu gönnen. Und natürlich war das hier etwas anderes als durch ihre verregnete Heimatstadt zu tapern und ständig befürchten zu müssen, Markus

und Nathalie über den Weg zu laufen. Wenn sie nur sicher sein könnte, dass in der Praxis alles reibungslos lief!

Sie befreite ihren Bikini vom Salzwasser und hängte ihn an der Wäscheleine auf, die quer durch den offenen Bereich des Bades gespannt war. Eine zweite Leine führte unter der Überdachung hinter der Toilette entlang. Aber die war von Isabel in Beschlag genommen worden. Diese hatte noch nie an zuviel Bescheidenheit und übertriebener Rücksichtnahme gelitten, fand Alexa verärgert. Vor dem Spiegel über dem Waschbecken prüfte sie, ob sich als Folge des heutigen Sonnenbades weiße Streifen vom Bikini gebildet hatten. Befriedigt darüber, dass dies der Fall war, strich sie mit beiden Händen durch die dunklen Haare und brachte sie mit einer gehörigen Portion Gel in Form.

Zwei Bungalows weiter saß Eckhard auf dem Bett und beobachtete einen Krebs, der seitlich durchs Zimmer lief. Einen Moment lang tauchte das Bild des Vaters vor seinem geistigen Auge auf, der vollgedröhnt mit Koks ebenfalls nicht mehr geradeaus, sondern nur noch seitwärts laufen konnte. Unwirsch schüttelte Eckhard den Kopf, als wolle er seinen Erzeuger aus den Gedanken schleudern. Er war nicht hier, um sich in Kindheitserinnerungen zu suhlen, sondern um etwas zu erleben. Und die Mädels, die gleichzeitig mit ihm angekommen waren, verhießen einen guten Anfang. Besonders die Kratzbürstige mit den gegelten Haaren hatte es ihm angetan. Ihr hübsches Gesicht mit den großen Rehaugen gefiel ihm. Dass sie sich so schnippisch gab, machte es nur noch reizvoller. Außerdem war es offensichtlich, dass sie hinter ihrer Ruppigkeit und der rauen Schalen ihre Verletzlichkeit verbarg. Ruckartig erhob er sich und ging duschen.

Das konnte ein cooler Urlaub werden, wenn er es nur richtig anging. Seine Kumpels würden Bauklötze staunen, wenn er ihnen die Fotos zeigte.

Und wenn er die Krankengymnastin dann noch als seine neue Flamme präsentierte, wäre er der Held der Truppe. Hardy strahlte, während er duschte. Gut, dass er das gesamte Abenteuer- und Erlebnispaket gebucht hatte. Damit konnte er die Mädels beeindrucken. Vielleicht unternahmen sie ja einige der Aktivitäten gemeinsam. Da ergab sich der Rest dann schnell von selber, denn die waren ja offensichtlich ohne Macker hier.

Um halb sieben fanden sich die etwa zwanzig deutschen Gäste in der Bar ein und nahmen auf den bereitgestellten Rattansesseln Platz. Die Reiseleiterin, die nun eine Art Stewardessenkostüm trug, ergriff das Wort. Mit den hochgesteckten, schwarz glänzenden Haaren wirkte sie eher mondän als arbeitswütig. Ihre Körperhaltung mit aufgerichteter Wirbelsäule und zurückgezogenen Schultern erinnerte Alexa an eine Abbildung aus einem orthopädischen Fachbuch. Mustergültig und steif.

Wohl konnte die sich in ihrem angespannten Körper nicht fühlen.

„Liebe Gäste", begann sie akzentuiert zu sprechen, „ich möchte Sie noch einmal hier im Ari Beach Resort begrüßen. Ich hoffe, Sie haben Ihre Zimmer gut gefunden und sich schon ein bisschen darin einrichten können. Zur Erinnerung: Mein Name ist Helene Hülstonk..."

Alexa erinnerte sich, dass sie den beim Begrüßungstrunk gehört hatte. Still lachte sie in sich hinein. „Helene Hülstonk! Was für ein Name! Und vor allem: Was für ein Name für eine Frau, die aussieht wie ein Model!", sagte sie halblaut.

„... und wie Sie an meinem Zungenschlag unschwer erkennen können, komme ich aus dem hohen Norden, genauer gesagt aus Nordfriesland ...“

„Eine Friesin mit schwarzen Haaren? Wie passt das denn zusammen? Sind die nicht alle blond?“, flüsterte Isabel Alexa zu. Die zuckte die Schultern.

„So, und nun ein paar Informationen zu der Insel, auf der Sie einen hoffentlich traumhaften Urlaub verbringen werden. Wir befinden uns hier im Südosten des Ari Atolls,“ sie öffnete eine Landkarte der Malediven und demonstrierte die genannte Himmelsrichtung. Dann legte sie eine zweite Karte darüber, die nur Ari Beach zeigte. Es folgte eine Beschreibung der Örtlichkeiten wie aus einem Reiseführer.

Wenn es auswendig gelernt war, so trug sie es zumindest gut vor. Dabei lächelte Helene Hülstonk in die Runde wie eine Weinfestkönigin.

„Neben Tauchen und Schnorcheln bietet die Lagune exzellente Voraussetzungen für viele Wassersportarten wie Surfen, Segeln, Wasserski und Parasailing. Interessierte wenden sich hierzu am besten gleich an das Wassersportzentrum. So, ich sehe, die Herren von der Tauchschule sind eingetroffen, dann könnte einer von ihnen vielleicht eben etwas zum Tauchen sagen ...“

Dies sagte sie zu den drei Männern, die seitlich der Versammlung standen. Alle Gäste drehten sich in ihren Sesseln zu den Dreien um und starrten sie an. Lässig ertrugen sie das Exponiertsein und berieten sich kurz. Schließlich löste sich einer aus der Gruppe und trat neben Helene Hülstonk vor die Urlaubergruppe. Alexa achtete aufmerksam auf die Stimmung zwischen den beiden. Die Reiseleiterin wirkte trotz der Schwüle wie ein Eisblock und der Tauchlehrer, der sich als Michael vorstellte, wie ein Fisch. Ein handfester Skandal war von ihnen also nicht zu erwarten.

„Hallo erst mal", begann er, „auch von uns ein herzliches Willkommen. Das Wichtigste zu der Insel hat Helene Ihnen oder euch ja bereits erzählt. Ja, Tauchen ist hier ganz super – die Malediven gehören zu den besten und schönsten Tauchgebieten der Welt und wir haben hier wiederum einige der artenreichsten Tauchplätze des Ari Atolls. Tja, wie Sie oder ihr vielleicht längst gehört oder gelesen habt, gab´s hier vor fünf Jahren eine große Korallenbleiche, genau genommen im Frühjahr 1998. Da gab es im gesamten westlichen Indischen Ozean nämlich eine außergewöhnliche tropische Hitzewelle mit stark erhöhten Wassertemperaturen ..."

„Blablabla", wisperte Isabel. „Wann gibt´s was zum Essen? Ich habe Hunger!" Alexa nickte.

Aber Michael war noch nicht fertig mit seinem Vortrag. „...Allerdings hat eine Reaktivierung der Korallen eingesetzt, sodass das Tauchen trotzdem ein tolles Erlebnis ist. Was kann man hier so alles sehen? Außer den zum Teil wieder sehr farbenprächtigen Korallen jede Menge Fische ..." Er lachte. „Und wenn wir Glück haben, treffen wir auch auf Riffhaie, was hier gar nicht so selten ist. Erst heute Morgen noch haben wir beim Tauchen zwei gesehen.

Tja, wir würden uns freuen, wenn Sie oder ihr mal in der Tauchschule vorbeikommt und mit uns raus fahrt. Ihr könnt uns aber auch gerne jederzeit ansprechen. Wir sind eigentlich jeden Abend in der Bar an der Theke ...", er wies mit großzügiger Gebärde dorthin, „oder sonst hier irgendwo. Also, noch einmal: Ich bin der Michael, das da drüben sind meine Kollegen Mick und Nat."

Die beiden Genannten grüßten lächelnd mit professionellen Mienen herüber. Alexa sah, dass Isabel sie taxierte, und rollte innerlich die Augen.

Helene Hülstonk versorgte sie noch mit ein paar allgemeinen Informationen und entließ sie dann. „Ich wünsche Ihnen einen wunderschönen Aufenthalt bei uns und nun einen guten Appetit beim Abendessen!" Sie setzte erneut ihr Langnese-Lächeln auf.

„Danke", erwiderte Alexa und sie erhoben sich. Eckhard ging auf die Reiseleiterin zu: „Ich wusste gar nicht, dass es hier so schöne Frauen gibt!"

„Oh Gott, wie peinlich", sagte Alexa. „Lass´ uns schnell verschwinden, damit niemand denkt, er gehört zu uns!" Sie strebten auf einem tropisch bewachsenen Pfad zum Restaurant, einem nach allen Seiten offenen, runden Holzbau mit üppig bepflanztem Atrium in der Mitte. Der Kellner fragte sie nach ihrer Zimmernummer und führte sie an einen Tisch, der für vier Personen gedeckt war und erklärte, dass dies ihr Sitzplatz für die zwei folgenden Wochen sein werde.

Zwei Minuten später brachte er Valerie zu ihnen und zu guter Letzt – Hardy!

Die Frauen tauschten Blicke aus, doch während die beiden anderen sich nichts anmerken ließen, fragte Alexa sich genervt: `Wieso passiert immer mir so etwas? Wie soll ich das aushalten?´

Laut erkundigte sie sich: „Und, hat Leni Schtonk ein Date mit dir vereinbart?"

„Wer?", fragten alle drei gleichzeitig irritiert und erheitert.

„Na, Leni Schtonk, die Reiseleiterin."

„Die heißt Helene Hülstonk", korrigierte Eckhard sie und fügte hinzu: „Ist das nicht eine tolle Frau? Von der könntet ihr euch mal eine Scheibe abschneiden!"

Als er sah, dass die drei ihn mit eisigen Mienen anstarrten, ergänzte er gutmütig: „War nur Spaß! So, ich kümmere mich mal um meinen Magen!" Er erhob sich und stolzierte mit wiegendem Schritt zum Buffet.

Als Isabel Alexas Blick sah, sagte sie zuversichtlich: „Du wirst es überleben."

Nach dem Abendessen zogen sich Valerie und Eckhard in ihre Bungalows zurück. Alexa und Isabel schlenderten in die Bar, nahmen in einer der Rattansitzgruppen Platz und harrten der Dinge, die da kommen sollten.

Aber nichts tat sich. Eine CD mit spanischen Rhythmen wurde in einer Endlosschleife abgespielt, in den Sitzgruppen unterhielten sich Familien und Pärchen im mittleren Alter gedämpft. Die Tauchlehrer hielten sich an der Theke fest, sprachen miteinander und auch mit den Gästen, die sich dort aufhielten und tranken ein Bier nach dem anderen. An der Sitzgruppe hinter ihnen hatten die Schreihälse vom Speedboat Platz genommen und machten ihrem Namen alle Ehre. Daneben saß ein stummes Pärchen. Alexa tippte darauf, dass sie aus England kamen. Vor allem die Frau sah „very british" aus. Sie saß sehr aufrecht, trug eine gut sitzende Bluse und spitzte die Lippen wie die Queen. Alexa fragte sich, warum die beiden wohl nicht mit einander sprachen. Nach Streit sah es jedenfalls nicht aus.

Seufzend setzte sie sich wieder gerade hin. Isabel hatte die Zeit genutzt, die Tauchlehrer ins Visier zu nehmen.

„Welcher soll´s denn sein?", erkundigte sich Alexa trocken.

Isabel tat ahnungslos, gab dann aber zu: „Den Blonden finde ich nicht schlecht."

Alexa sah sich den Gemeinten an, der, wenn sie sich recht erinnerte, Nat hieß. „Sieht ganz sympathisch aus. Ist nur leider einen Kopf kleiner und zwei Kleidergrößen schmaler als du."

„Na und?", fragte Isabel ehrlich überrascht.

„Na hör mal! So ein Hemd von einem Kerl und dann du daneben..."

„Was soll das denn heißen?"

„Bella, ich bitte dich!"

„Hör auf, mich Bella zu nennen."

„Also gut, Isabel. Ich glaube, ein Traumpaar werdet ihr beide nicht abgeben."

Isabel sah sie aus runden Augen an. „Was redest du da von Traumpaar? Ich bin hier im Urlaub und habe nicht gesagt, dass ich den Typen heiraten will!"

Alexa tat, als überlege sie. „Stimmt, hast du nicht."

„Na also."

Sie schwiegen eine Weile und Alexa wunderte sich, dass sie so offen und sicher verletzend mit Isabel reden konnte, ohne dass diese deswegen beleidigt war.

`So ein sonniges Gemüt möchte ich auch haben´, sinnierte sie.

Dann wurde ihr bewusst, dass Isabels Gemüt nicht immer sonnig war. Sie hatte noch deutlich Isabels verstörten Gesichtsausdruck vor Augen, als diese in ihrer Kindheit mit leeren Händen aus der Küche zurückkam, wo sie eigentlich Kekse für sie beide holen wollte.

Als Alexa sie gefragt hatte, was mit ihr los sei, hatte sie lediglich geantwortet: „Wir haben keine Kekse mehr da."

„Ist doch nicht schlimm", hatte Alexa gesagt, aber Isabel blieb versteinert und merkwürdig abwesend. Von dem Tag an war es zwischen ihnen nicht mehr so gewesen wie davor und sie hatten sich zunehmend voneinander entfernt. Alexa verstand bis heute nicht, wieso eine nicht vorhandene Packung Kekse ihre beste Freundin dazu gebracht hatte, sich derart zu verändern. Sie warf Isabel einen Blick von der Seite zu, doch diese schaute unverwandt zu den Tauchlehrern, als sei einer von ihnen der Messias, der sie erlösen könne.

„Sollen wir schlafen gehen, bevor wir hier festwachsen?", schlug Alexa ihr vor.

„Okay. Der Kerl ist ohnehin im Moment zu sehr mit seinen Kollegen beschäftigt", erwiderte sie.

In der Nacht schliefen sie beide miserabel und warfen sich in ihren Betten hin und her, weil es so ungewohnt heiß und schwül war. Die Klimaanlage wollten sie nicht einschalten, weil das Geräusch sie gestört und der kalte Luftzug vielleicht eine Erkältung verursacht hätte. Alexa hatte das Gefühl, ihr Körper sei wegen der Zeitverschiebung aus dem Tritt geraten und Isabels Waden und Füße waren immer noch dick geschwollen. Mitten in der Nacht musste Alexa auf die Toilette. Von dort aus konnte sie in den Himmel sehen, an dem Einkaräter funkelten. Doch das war ihr in ihrer Übermüdung ziemlich egal. Vor ihrem inneren Auge sah sie Nathalie im Brautkleid mit Markus vor den Altar treten und kickte wütend die Steinchen über den Boden. Fünf Jahre lang waren Markus und sie ein Paar gewesen und jetzt das! Wie konnte er mit dieser Tussi zusammen sein, wenn er eigentlich Alexa heiraten wollte? Was wollte eine Kämpfernatur wie Markus, der zielstrebig und kompromisslos im Sport und im Beruf alles gab, mit einem solchen Hühnchen? Sie konnte es noch immer nicht fassen.

Zurück im Zimmer bemerkte sie, dass Isabel ebenfalls wachlag, und fragte: „Habe ich dich heute schon gefragt, warum wir uns das hier antun?"

Isabel stöhnte auf und kehrte ihr den Rücken zu. „Na ja, immerhin bin ich noch von keiner fiesen Mücke gestochen worden", sagte Alexa beschwichtigend und legte sich wieder hin. Soviel war klar: Ihre Nerven lagen blank. Sie konnte sich hier mit niemanden beschäftigen, auch nicht mit Isabel und ihren Problemen! Sie hatte genug damit zu tun, nicht ständig an Markus zu denken. Mit ihr würde in diesem Urlaub weder ein Seelenstriptease stattfinden noch eine Gruppentherapie, falls Lilith an so etwas gedacht hatte. Wenn sie nun schon einmal da war, würde sie versuchen, den Urlaub so gut es ging zu genießen und etwas zu erleben.

3
≈≈¤≈

Ihre Augenlider waren Kanaldeckel und als am nächsten Morgen der mitgebrachte Wecker klingelte, fühlte Alexa sich, als sei der Zement in ihren Adern im Begriff, sich zu Beton zu verfestigen. Todmüde quälte sie sich ins Bad. Aus halb geschlossenen Augen sah sie einen Krebs vorbeiflitzen und in seinem Loch hinter einem rot blühenden Strauch verschwinden, das ihr gestern noch nicht aufgefallen war und dachte: `Na, hast du auch eine schlimme Nacht hinter dir?´
Auf der Rückseite des Bungalows schrie ein Vogel ein unrhythmisches und eintöniges Lied. Ein leuchtender Lichtstreif lag auf der weiß getünchten Mauer und verhieß einen sonnigen Tag. So viel zur Regenzeit!

Bevor sie zum Frühstück aufbrachen, fuhr Alexa sich durch die Frisur. Sonst ärgerte es sie, dass sie mit ihren feinen Haaren nicht mehr anfangen konnte, aber im Urlaub war der kinnlange Haarschnitt unschlagbar praktisch. Halbwegs wiederhergestellt gingen sie beide vor die Tür in das von dem Blätterwerk der Palmen und Laubbäume abgemilderte Licht und traten ihren fünfminütigen Marsch über den Inselpfad zum Restaurant an. Dabei achtete Alexa darauf, dass sie immer einen halben Meter vor Isabel herging.
An der Tauchschule herrschte bereits reges Treiben. Urlauber in Tauchanzügen hantieren mit Tarierwesten und Sauerstoffflaschen und unterhielten sich in erregter Vorfreude. Da alle barfuß waren, streiften auch Alexa und Isabel ihre Badeschlappen ab. Der Sand unter ihren Füßen war kühl und fein wie eine Liebkosung; Alexas Laune hob sich etwas.

Valerie und Eckhard saßen schon am Tisch, als sie das Restaurant betraten.

Der Kellner aus Sri Lanka trat zu ihnen und sagte trocken: „Morjn."

Belustigt sahen alle vier zu ihm auf und er lächelte routiniert, als sei er an diese Reaktion gewöhnt. Er nahm ihre Bestellung auf und hatte von nun an im Kopf, wer Tee und wer Kaffee nahm und wer wie viel Zucker oder Milch bekam.

Alexa wunderte sich, wer auf die Idee gekommen war, eine Französin zusammen mit drei Deutschen an einen Tisch zu setzen, so dass sie gezwungen waren, Englisch zu sprechen. Ausgebucht war das Hotel nicht – etliche Sitzgruppen blieben frei und wurden gar nicht erst eingedeckt. Aber vielleicht hatte man Valerie das Schicksal ersparen wollen, alleine an einem Tisch sitzen zu müssen, oder gar alleine mit Eckhard! Bei diesem Gedanken lachte sie in sich hinein.

Mit beladenen Tellern kehrten die beiden Frauen vom Frühstücksbuffet an ihren Platz zurück, wo Valerie Eckhard gerade davon erzählte, wie der nächtliche Blick von der Toilette in den Sternenhimmel sie beeindruckt hatte.

„Ja, ich habe auch schlecht geschlafen", erwiderte Eckhard und Valerie sah ihn etwas irritiert an.

„Frag uns mal!", forderte Isabel ihn mit vollem Mund auf. „Hmm, die Schokocroissants sind lecker!"

Eckhard zog sein T-Shirt hoch und klatschte mit der flachen Hand auf den Leib: „In meinen Bauch lass´ ich nur Omelett und Bier!" Peinlich berührt sahen die drei Frauen ihn an und er ließ das T-Shirt wieder sinken.

„War nur Spaß!", sagte er, wie über einen lustigen Streich grinsend, dass sich die Lichtreflexe auf seiner Haut spiegelten.

„Was habt ihr heute vor?", fragte Valerie Isabel und Alexa.

Alexa hob zu einer Antwort an, da platzte Eckhard dazwischen: „Also ich werde meine erste Surfstunde nehmen. Ich habe ja das Erlebnispaket gebucht und das muss ich ja schließlich abarbeiten." Er lachte dröhnend.

„Und ihr?", beharrte Valerie.

„Ich denke, wir werden uns mal in Ruhe die Insel ansehen."

Alexa sah zu Isabel, die gleichmütig nickte. „Von mir aus."

„Möchtest du mitkommen?", fragte Alexa Valerie nicht ohne Hintergedanken.

„Ja, gerne."

Alexa lächelte sie erleichtert an. Nun war sie nicht die ganze Zeit alleine mit Isabel, die womöglich versuchen würde, ihr zu erklären, warum das mit Markus nur schief gehen konnte und wie Alexa sich ändern müsse.

„Da könnt ihr mich ja mal beim Surfen bewundern kommen", strahlte Eckhard.

Gebannt starrte Markus Danders auf den Computerbildschirm. Immer wieder überprüfte er die Kalkulation der Pauschalangebote, die der Hotelmanager ihm gemailt hatte. Irgendetwas stimmte da nicht. Sein Reiseveranstalter arbeitete schon lange erfolgreich mit dieser Hotelkette zusammen. Aber an der Abrechnung war etwas faul. Das konnte er zwar nicht direkt nachweisen, doch der Instinkt sagte ihm, dass jemand seine Firma über den Tisch ziehen wollte. Manche Kollegen zogen ihn wegen seiner Gründlichkeit auf, aber das war schließlich sein Job.

Er war seinem Chef noch immer dankbar dafür, dass er ihm diesen Job angeboten hatte, nachdem sich die Sportkarriere erledigt hatte. Neben Alexa war es der Job gewesen, der ihn aus dem Loch gezogen hatte, in das er nach dem Crash gefallen war. In die Kalkulationen konnte er sich verbeißen wie früher beim Training in die Tritte, Fauststöße und Schattenkämpfe gegen unsichtbare Gegner. Wenn er etwas machte, dann richtig. Halbe Sachen konnte er nicht ausstehen. Das hatte er von seinem Vater übernommen, auch wenn er nicht alles guthieß, was dieser beruflich tat. Unwillkürlich musste er an das Streitgespräch zwischen Alexa und seinem Vater denken und zwang seine Aufmerksamkeit zurück auf den Bildschirm.

Bereits die letzte Rechnung war ihm merkwürdig vorgekommen. Eine derart hohe Zahl an Beschäftigten auf einer kleinen Insel war wohl kaum wirklich nötig, geschweige denn logistisch zu bewerkstelligen. Vielleicht schleuste er die Leute einfach nur tage- oder wochenweise durch, rechnete sie aber voll ab. Er wählte die Nummer seines Vorgesetzten in München. Nathalie würde heute auf ihn warten müssen. Das musste geklärt werden, und zwar schnell. Wenn sich seine Befürchtung bewahrheitete, würde es richtig Ärger geben!

Zurück im Bungalow stellten Alexa und Isabel überrascht fest, dass der Zimmerservice, der gestern Abend erst den Wohnraum gereinigt hatte, erneut da gewesen war. Im Badezimmer hingen frische Handtücher, der Boden war gewischt worden und die Bettlaken dekorativ gefaltet. „Na, das ist ja ein Service", stellte Isabel stoisch fest und ließ sich auf das Lakenornament plumpsen.

Eine Stunde später kam Valerie zu ihrem Bungalow und sie traten den Inselrundgang an. Der Himmel war von einem strahlenden Blau, nur ein paar Zirruswolken zogen von Westen her auf und das Licht war so gleißend, dass man es ohne Sonnenbrille nicht ertragen konnte. Was für ein Kontrast zu dem Regenwetter in Deutschland! Alexa stellte sich vor, wie Markus und Nathalie nun ständig durch dieses Mistwetter laufen mussten. Vielleicht würden sie ja auch noch eine verregnete Hochzeit erleben.

Jetzt bei Ebbe ließ es sich bequem auf dem breiten Sandstrand gehen und die drei liefen barfuß, tiefe

Spuren im Sand hinterlassend. Isabels Füße waren noch immer dick, wenn sich auch eine minimale Linderung feststellen ließ. Wenn da nicht bald von selber eine deutliche Besserung eintrat, würde Alexa ihr doch eine Lymphdrainage anbieten. Auf Dauer war das nicht mit anzusehen. Der Wind blies kräftig von Westen, brachte Isabels und Valeries Frisuren durcheinander und die Palmen beugten sich flatternd dem Befehl der Brise.

An der Nordspitze befand sich das Rezeptionsgebäude des Watervillage, der zweiten Hotelanlage auf der Insel. Im Gang des offenen Holzgebäudes entdeckte Isabel die Anschläge der Reiseleiter. Von Leni Schtonk hingen gleich zwei nebeneinander, einer auf Deutsch und einer auf Englisch, allerdings mit verschiedenen Passbildern. Auf einem lächelte sie mit arktischer Unterkühlung und auf dem Zweiten mit modelhafter Professionalität. Alexa schlug vor, das Foto mit dem Kühlschrank-Grinsen zu entwenden und es Eckhard zu schenken, doch die beiden anderen fanden das nicht in Ordnung.

Der Wind wehte rau hier oben und das Meer leckte mit schaumiger Zunge ungeduldig Muster in den Sand und die freigelegten Korallenblöcke. Zerrupfte Palmen wuchsen vereinzelt an der Inselspitze. Von hier aus hatte man einen ungehinderten Blick auf die Restaurantanlage und die Pfahlbauten des Watervillage, die ostseitig der Lagune gebaut waren. Die Wasserbungalows standen aufgereiht wie Perlen an einer langgezogenen Kette und reckten Masten wie Antennen nach oben. Daneben nahm sich der Restaurantkomplex, der den Bungalows vorgelagert war, nahezu klobig aus, obwohl er ebenfalls leichtfüßig auf eleganten Stützen balancierte. Die Lagune war hier so flach, dass das Wasser in einem zarten Babyblau den darunterliegenden Sand durchschimmern ließ. Alexa malte sich aus, dass der Konditoreilieferant in einer tiefen Pfütze ausrutschte und die Hochzeitstorte in den Matsch warf. Und wie Nathalie darüber einen Weinkrampf bekam, der die Schminke auf ihrem Gesicht zum Verlaufen brachte.

Hier dagegen, wo der Steg des Watervillage den Strand berührte, tummelten sich unzählige winzige Krebse, die sich so flink bewegten, dass sie aussahen wie Federn, die der Wind forttrug. Kein Wölkchen am Himmel, kein Regentropfen, kein verschmiertes Gesicht. Sie ertappte sich bei einem zufriedenen Lächeln.

Auf der Ostseite der Insel ließ der Wind schlagartig nach. Durch die dichte tropische Pflanzenwelt vor ihm geschützt, tummelten sich deshalb auch hier mehr Urlauber am Strand und im Wasser. In einiger Entfernung konnten sie Schnorchel und Flossen an der Wasseroberfläche erkennen. Nur von Eckhard und seinem Surfkurs war nichts zu sehen.

Isabel sah nachdenklich in die Ferne und dachte an ihre Mutter und wie es ihr wohl gerade in diesem Moment ging. Sobald sie eine Stelle fand, wo der Empfang gut war, würde sie anrufen und sich danach erkundigen. Schade, dass sie das hier nicht sehen und erleben konnte! Das hätte ihr sicher gutgetan, aber eine Fernreise war für sie jetzt nicht mehr möglich.

Als sie an der Tauchschule vorbeikamen, schlug Valerie vor, sich über die Tauchkurse zu informieren. Am Süßwasserbecken saß Nat mit einer Gruppe, die scheinbar eben einen Tauchgang hinter sich gebracht hatte. Er besprach mit ihnen die Einträge, die sie in ihren Logbüchern vornehmen sollten. Bei einer Anfängergruppe nahm das wohl einige Zeit in Anspruch.

Die Frauen betrachteten die Aushänge, als Michael aus dem Ausrüstungsraum kam und Valerie fragte, ob er ihr helfen könne. Nach ein paar Minuten verschwand er mit ihr im Büro.

Als Nats Gruppe aufbrach, trat er an Isabel und Alexa heran und bot ihnen ebenfalls Hilfe an. Alexa erkannte mit Belustigung, dass sie gestern Abend Recht hatte mit ihrer Vermutung. Nat war einen Kopf kleiner und mindestens eine Kleidergröße schmaler als Isabel. Wie ein Stangenspargel nahm er sich neben ihr aus. Isabel schien das nicht im Geringsten zu stören. Sie begann sofort ihre Flirtattacke.

Unbeeindruckt davon stellte Nat ihnen die verschiedenen „Tauchpakete" vor, die sie buchen konnten und bat sie dann ebenfalls in das Büro, um den Gesundheitsfragebogen auszufüllen und sich möglichst gleich zu einem Kurs anzumelden. Sie zwinkerten Valerie zu, die ihrerseits einen solchen Bogen ausfüllte.

Amüsiert beobachtete Alexa, dass Nats eisblaue Augen ständig zu Valerie herüber wanderten und dass er sofort aufsprang, als er hörte, dass sie ein Lehrbuch brauchte, es eilig holte und ihr mit einem warmen Lächeln gab. Sie erwiderte das Lächeln und widmete sich dann wieder ihrem Fragebogen.

Bei der anschließenden Plauderei mit den Tauchlehrern wand Nat sich unter Isabels bohrendem Blick und suchte stattdessen intensiven Augenkontakt zu Valerie. Beide Männer begleiteten sie nach draußen und betonten, wie sehr es sie freuen würde, wenn sie zum Tauchen kämen.

Der Himmel über ihnen hatte sich in kürzester Zeit dunkel zugezogen, obwohl es noch früh am Nachmittag war. Der Westwind hatte schwere Regenwolken im Schlepptau und rüttelte zornig an den Palmen und Laubbäumen. Er jagte Blätter über den Boden und peitschte das Meer. Schon fielen die ersten Regentropfen und die Frauen schafften es gerade noch in ihre Bungalows, bevor das Himmelsmeer sich von oben über die Insel ergoss. „Also doch Regenzeit", bemerkte Alexa, als sie die Tür des Appartements gegen den kräftigen Luftzug schloss.

„Macht nichts, ich könnte ohnehin ein Nickerchen gebrauchen."

Isabel ließ sich auf ihre Hälfte des Doppelbettes fallen und schien im nächsten Moment eingeschlafen zu sein.

Alexa trat an die Terrassentür und sah hinaus in den tropischen Regenguss, der kleine Krater in dem zuvor festgetrockneten Sand vor der Terrasse hinterließ. Ein Schauer an Nägeln und Schrauben prasselte auf das Dach des Bungalows und der Wind pfiff durch alle Fugen.

„Gleich werden wir hier weggespült", bemerkte sie halblaut zu sich selber.

„Ach was!", entgegnete Isabel schläfrig. Sie war also doch noch wach.

Alexa sah Eckhard in seinem Neoprenanzug gegen den Regen prustend vorüberlaufen und lachte.

„Was ist?", tönte es müde hinter ihrem Rücken.

„Eckhard ist gerade wie ein begossener Pudel vorbeigejoggt!"

„Hmhm." Isabel richtete sich mühsam auf, aber Eckhard war längst nicht mehr zu sehen. Sie ließ sich wieder zurücksinken. Ohne Übergang fragte sie: „Und, was hältst du von Nat?"

Alexa löste ihren Blick von dem Weltuntergangsszenario draußen und drehte sich zu Isabel um. „Wirklich sympathisch", sagte sie, „Aber neben dir sieht er aus wie ein Stangenspargel."

Isabel brummte etwas, das wie „Na und?" klang.

„Außerdem scheint er sich mehr für Valerie zu interessieren", fügte sie bedächtiger hinzu.

„Hm", sagte Isabel und schien nachzudenken. Darüber musste sie eingeschlafen sein, denn irgendwann ging ihr Atem tief und regelmäßig. Alexa sah noch eine Weile durch das dreieckige Dachfenster dem ergiebigen Sturzbach zu, der sich über ihnen vom Himmel ergoss. Sie musste an Irene, ihre Mutter, denken und daran, dass sie und Lilith einmal die besten Freundinnen gewesen waren. Auch die beiden Frauen hatten gemeinsame Urlaube verbracht. Alexa sah sie vor sich, wie sie Arm in Arm am Strand spazieren gingen, dabei alberten und lachten. Ihre Mutter hatte ein Foto davon in ihrem Regal stehen. Stundenlang hatten sie zusammen gesessen und Kaffee getrunken, während ihre Töchter miteinander spielten. Das war lange her. Schon als Alexa noch ein Kind war, war das Verhältnis der beiden Mütter zueinander abgekühlt, so wie ihres zu Isabel. Alles wegen einer blöden Packung Kekse. Über diese Gedanken schlief auch Alexa ein.

In ihrem Bungalow nahm Valerie vorsichtig das Kästchen aus ihrem Handgepäck und stellte es auf ihren Nachttisch. Draußen schien die Welt unterzugehen, aber sie war hier drin geschützt wie im Mutterleib. Sie rollte sich auf ihrem Bett zusammen, betrachtete das Foto ihrer Eltern und weinte. Nur gut, dass Heather nicht hier war.

Obwohl sie so schnell Anschluss gefunden hatte und die beiden deutschen Freundinnen nett waren, fühlte sie sich nun sehr einsam. Nicht nur in diesem Bungalow, sondern auf der Welt. Ihre Eltern waren weg und hatten sie zurückgelassen. Ihre Wurzeln waren verschwunden und sie musste ständig nach Halt suchen, um nicht umzufallen. Sie hätte den Inhalt des Kästchens auch am Cap Finistère dem Meer übergeben können. Sie dachte an den Campingplatz in den Dünen, Au pont de l´étang, an die vielen dort mit ihren Eltern verbrachten Urlaube. Wie entspannt ihre Mutter dann war, den ganzen Tag barfuß im Sand. Die kalten Nächte im Zelt; wie ihr Vater sie in den Arm genommen hatte, damit sie einschlafen konnte.

Warum musste sie ausgerechnet alleine hierher kommen? Ihr Weinen ging in ein Schluchzen über.

Das Knistern einer Chipstüte weckte Alexa auf. Benommen blickte sie zu der Geräuschquelle und sah Isabel wie ein Kleinkind vor dem Miniatur-Kühlschrank hocken, der auf dem Boden neben der Badezimmertür stand und leise vor sich hin brummte. Rückenfreundlich war das nicht.

„Wasmachsuda?", fragte sie mit einer Zunge, die sich anfühlte wie ein frischgewaschenes Frotteetuch.

„Ich habe Hunger."

Alexa rollte sich zur Seite. „Unjetztissu dasungesunde Zeugsda?" Das Handtuch blähte sich zu allem Übel noch auf.

„Was soll ich denn sonst machen?" Isabel entschied sich nun doch für die Tüte Chips, nachdem sie sie sorgfältig in der Hand gewogen hatte.

Alexa schluckte mehrmals und bewegte das Frotteetuch hin und her, damit es feucht werde und in seinen Normalzustand Zunge zurückkehrte. Schließlich grabschte sie nach der Wasserflasche, die auf ihrem Nachttisch stand und trank in vorsichtigen Zügen.

„Wie sieht´s denn aus mit der Regenzeit?", fragte sie gähnend.

Isabel deutete nach draußen. „Ist besser geworden."

Alexa rollte sich wieder auf die andere Seite und blinzelte zur Terrassentür hinaus.

Der Sturm hatte nachgelassen und auch der Regen. Aber immer noch war es dunkel und Bindfäden durchzogen die Luft. „Na super. Und was machen wir jetzt?"

Isabel zuckte die Schultern. „Chillen."

„Mann, Lilith bezahlt doch nicht so viel Geld für diesen Urlaub, damit wir im Regen chillen! Außerdem will ich braun werden und etwas erleben! Dann setze ich meine Praxis wenigstens nicht umsonst aufs Spiel!", rief sie fordernd und wusste selbst nicht, warum. Und wenn es nur darum ging, Markus zu beweisen, dass sie auch ohne ihn Spaß haben konnte.

Wenn sie der Nachsatz getroffen hatte, so ließ sich Isabel nichts anmerken. Sie sah Alexa mit hochgezogener Augenbraue an. „Wenn du etwas erleben möchtest, dann lass uns zur Tauchschule rübergehen und Nat einen Besuch abstatten."

Alexa rollte die Augen. „*Ich* will etwas erleben und nicht zusehen, wie du etwas erlebst – oder dir eine Abfuhr abholst", fügte sie gleichgültig hinzu.

„Sehr witzig!"

„Im Ernst, Bella, ich glaube, der steht auf Valerie."

„Hör auf, mich Bella zu nennen!"

„Schon gut. Ich lege mich jetzt also wieder auf den Rücken, starre Löcher in die Decke und chille. Währenddessen geht meine neu eröffnete Praxis den Bach runter, weil die Urlaubsvertretung Mist ist und mir die Patienten davonlaufen."

Isabel sah sie mit schlechtem Gewissen an. „Wir können ja mal in die Bar gehen. Vielleicht ist da etwas los."

Mit Badetüchern über den Köpfen liefen die beiden Frauen eine halbe Stunde später – Isabel musste ihr komplettes Make-up erneuern und ihre Haare frisieren – zur Bar. Hier saßen nur vereinzelt Urlauber und unterhielten sich gedämpft. Die CD mit den spanischen Rhythmen vom Vorabend wurde immer wieder abgespielt. Sie nahmen an einer der Sitzgruppen Platz, beobachteten die wenigen Gäste und sahen abwechselnd in den wolkenverhangenen Himmel und auf die Uhr, um den Beginn des Abendessens nicht zu verpassen.

„Warum waren unsere Mütter eigentlich irgendwann nicht mehr befreundet?", fragte Alexa in die Ereignislosigkeit hinein.

Isabel warf ihr einen schnellen Blick zu. „Keine Ahnung. Warum waren wir irgendwann nicht mehr befreundet?"

„Sind wir doch noch. Nur halt nicht mehr so eng wie früher", erwiderte Alexa etwas lahm. Ihr war sehr wohl bewusst, dass Isabel sich immer wieder um Kontakt bemühte und dass sie selbst diejenige war, die das eher abblockte. Sie hatten sich einfach zu weit auseinandergelebt und in verschiedene Richtungen entwickelt. Bella und Lexa, so hatten sie sich als Kinder genannt, waren unzertrennlich gewesen, hatten jedes Geheimnis miteinander geteilt. Dann hatte ganz schleichend eine Veränderung stattgefunden. Isabel hatte ihren Waggon vom Zug abgekoppelt und war auf einem anderen Gleis weitergefahren, ohne Alexa zu sagen, warum. Vielleicht waren sie aber auch einfach nur wesensverschieden und das hatte sich mit steigendem Alter erst bemerkbar gemacht. Isabel liebte Diskotheken, Kino, Cocktails und viele Männer. Alexa ihren Beruf und irgendwann Markus. Alexa konnte sich gut in den Bewegungsapparat anderer Menschen einfühlen, Isabel in Zahlen und Steuergesetze, weshalb sie als Steuerberaterin erfolgreich war. Alexa war zielstrebig und hatte sich selbständig gemacht, weil ihr als Angestellte alle auf die Nerven gingen. Isabel blieb Angestellte und tanzte ihrem Chef auf der Nase herum.

„Vielleicht war es bei den beiden genauso", sagte Isabel ebenso lahm und ergänzte in Gedanken: `Vielleicht hat deine Mutter meine ja so hängen lassen wie du mich.´

Das Gespräch zwischen Lilith und Alexas Mutter Irene, das sie in ihrer Kindheit unfreiwillig belauscht hatte, drängte sich in ihr Bewusstsein. Es war eine Unterhaltung, die nicht für Kinderohren bestimmt war. Nachdem Lilith ihr auf die Frage, worum es gegangen war, geantwortet hatte, dass sie zu klein sei, um das zu verstehen, hatte sie es für viele Jahre vergessen. Bis Lilith ihr vor ein paar Monaten gesagt hatte, was mit ihr los war.

48

Aber es war noch zu früh, Alexa davon zu erzählen.

Endlich war es halb acht und sie konnten die wenigen Schritte rüber zu dem runden Holzbau laufen, in dem das Restaurant untergebracht war. Als sie den Raum betraten, strahlte Eckhard ihnen entgegen, frisch geduscht, die Haare in eine Seitenscheitelfrisur gekämmt und glänzende Lichtreflexe auf der Nase. Unheilverkündend schwenkte er sein Handy. „So, Mädels, heute Abend wird das alles hier in Fotos festgehalten, damit meine Kumpels sehen, wie gut es mir geht mit meinen drei Frauen!"

Als Alexa am Buffet nach der Suppenkelle griff, hörte sie ihn „Seeigelchen!" rufen und sah auf. Genau in diesem Moment drückte er ab und ein Gewitter von mindestens drei Blitzen entlud sich vor ihr. Strahlend zog er das Handy vor seinem Gesicht weg. „Hat dreimal geblitzt, nicht wahr? Gut, dann klappt die Anti-rote-Augen-Funktion ja!" Er hob das Gerät erneut an, um ein Selfie mit Isabel samt ihrem überquellenden Teller vor dem Buffet zu schießen.

„Was sollte das Seeigelchen?", fragte Alexa, die noch immer weiße Punkte im Gesichtsfeld hatte, wütend.

Unbekümmert strahlte er sie an. „Ich dachte, wir könnten uns ja mal Spitznamen geben und zu dir passt Seeigelchen ganz gut." Dabei steckte er sich das Telefon lässig in die Hosentasche und marschierte wiegend nach vorne, um sich ebenfalls einen Teller zu holen.

Perplex starrte Alexa ihm nach und sagte dann zu Isabel: „Der Typ ist doch komplett bescheuert, oder?"

„Reg´ dich nicht auf", bekam sie nur zur Antwort.

„Wenigstens hat er sein T-Shirt anbehalten!"

In der Bar bot sich das gleiche Bild wie am Nachmittag. Isabel entdeckte Nat an der Theke und steuerte zielstrebig auf ihn zu. Alexa glaubte zu erkennen, dass er sich erschrocken nach Fluchtmöglichkeiten umsah, doch da baute sie sich schon demonstrativ vor ihm auf und versperrte ihm die Sicht in den Raum. Es blieb ihm nichts anderes übrig, als sich mit ihr zu unterhalten, wenn er nicht unhöflich sein wollte.

Da im Watervillage an diesem Abend Livemusik geboten wurde, spazierte Alexa mit Eckhard und Valerie in der Dunkelheit über den Inselweg, der durch Bodenlampen beleuchtet wurde, zur Nordspitze der Insel. Unter dem ebenfalls angeleuchteten Steg zum Restaurant zogen Fischschwärme in dem kristallklaren Wasser ihre Bahnen. Je näher sie kamen, desto deutlicher war die Band zu hören, die einen alten Hit der Dire Straits spielte. Durch den Stelzen-Holzbau wehte eine laue Meeresbrise und vom Rand des Plateaus hatte man einen traumhaften Blick zur Insel, auf der einzelne Palmen ebenso angestrahlt wurden wie die Perlenkette aus Wasserbungalows. Durch die Planken schimmerte das Türkis der Lagune. Als sie am äußeren Rand des Restaurants Platz nahmen, breitete Valerie die Arme aus und rief: „Mein Gott, ist das schön hier!"

Eckhard und Alexa sahen sich kurz um, nickten zustimmend und widmeten sich dann der Getränkekarte. Während Valerie ihren Blick sehnsuchtsvoll in die Ferne schweifen ließ, beratschlagten sie, welcher Cocktail hier zu trinken sei.

„Ich glaube, hier trinkt man am besten einen Mai Tai", sagte Eckhard.

„Wieso einen Mai Tai? Ich denke eher, einen Pina Lada wegen der Kokosnüsse."

„Ist doch egal, bestellt irgendetwas", warf Valerie ein.

„Irgendwas? Ich bin auf einer maledivischen Insel. Da bestelle ich doch nicht irgendwas!", entgegnete Alexa.

Ein ungutes Gefühl, diesen Urlaub nicht zu genießen, beschlich sie. Markus hätte ebenfalls nicht einfach irgendwas bestellt, sondern schon vorher gewusst, welcher Cocktail landestypisch war. Als leitender Mitarbeiter eines Reiseveranstalters sollte er das wohl auch wissen. Wahrscheinlich hatte er bereits ein Ziel für die Hochzeitsreise im Visier. In irgendeiner Honeymoon-Suite natürlich.

Als der Kellner kam, blieb sie bei Pina Colada, Eckhard bei Mai Tai und Valerie bestellte irgendwas. Ihr Blick war jetzt auf die Band gerichtet, die sich aus drei kleinwüchsigen Asiaten zusammensetzte, die Hits von vor zehn Jahren spielte. Valeries Füße wippten im Takt der Musik mit.

„Mann, voll die alten Kamellen", meckerte Eckhard nach einer Weile. „Können die nicht mal was Aktuelles spielen?"

„Was möchtest du denn gerne hören?", fragte Valerie.

„Na, Hiphop oder Techno", antwortete er mit Nachdruck und schob zur Unterstützung seiner Aussage die Brust raus.

„Meinst du, das käme hier so gut?", bezweifelte Alexa und begann, sich wieder nach Markus zu sehnen.

Zurück in ihrem Bungalow stellte Alexa fest, dass Isabel nicht da war. Sie beschloss, sie in der Bar des Resorts abzuholen, sofern sie sich dort überhaupt noch aufhielt. Tatsächlich stand Isabel als eine der letzten, aber weiterhin mit den Tauchlehrern, an der Bar. Nat schien ihrem Werben endgültig eine Absage erteilt zu haben, denn sie unterhielt sich angeregt mit Mick, der wenigstens ihrer Körpergröße entsprach, auch wenn er ebenfalls zweimal in ihre Kleider gepasst hätte. Er strich sich die schulterlangen dunklen Haare hinter die Ohren und streckte ihr beim Lachen vorstehende, weiße Zähne entgegen. Immerhin schien er etwas interessierter zu sein als Nat. Entschlossen quetschte sich Alexa zwischen die beiden.

„Zeit fürs Bett", verkündete sie.

Zu ihrem Erstaunen ging Isabel sofort darauf ein.

„Ich wollte sowieso gerade gehen", sagte sie und verabschiedete sich mit einem tiefen Blick von Mick.

„Gehen wir?", fragte sie dann zu Alexa gewandt.

Auf dem Weg zum Bungalow forschte diese: „Was
war das denn für eine Nummer?"

„Mick ist der Typ Mann, den man schmoren lassen
muss", erwiderte Isabel.

Alexa warf ihr einen langen Blick zu. „Aha. Wenn du
das sagst", bemerkte sie und fing an sich zu kratzen.
Erstaunt merkte sie, dass sie sich sieben Mückenstiche
an den Armen eingefangen hatte. Sie juckten höllisch.
`Wenn du wüsstest, was ich weiß, würdest du dir über
diese Dinge gewiss keine Gedanken mehr machen!´,
dachte Isabel.

4

Mit verquollenen Augen aßen sie zum Frühstück sü-
ßes Gebäck. Allenfalls die „Morjn"-Begrüßung durch
ihren Tischkellner konnte sie noch erheitern.

Eckhard stand zehn Minuten am Buffet an. Dann
kam er stolz mit einem riesigen Omelett auf seinem
Teller anmarschiert, den er mit Messer und Gabel ver-
teidigte, sobald er das Gefühl hatte, eine der Frauen
wollte davon probieren.

„Hol´ dir selber eins," forderte er Isabel grinsend auf,
die nach den Eiern zu angeln gewagt hatte.

„Mein Gott, hab´ dich bloß nicht so! Welche der Teil-
chen kann man denn heute essen?", fragte sie dann
Alexa.

„Die mit Vanillepudding", schmatzte sie.

Valerie hatte eine mit Thunfisch gefüllte Teigtasche
erwischt und schob sie angewidert von sich weg. Da
erbarmte Eckhard sich und legte ihr die letzte Ecke
seines Omeletts auf den Teller.

Der Himmel war an diesem Morgen etwas freundli-
cher. Während sie am Tisch saßen, riss die Wolkendecke auf und gleißendes Sonnenlicht erfüllte das Atrium in der Mitte des Rondells.

„Heute ist ein guter Tag zum Sonnenbaden", erklärte
Isabel gedankenverloren beim Blick in den blauen
Himmel.

`Und um endlich mal zu Hause anrufen´, fügte sie in
Gedanken hinzu.

„Aber denk´ dran, immer schön mit T-Shirt, sonst
holst du dir Hautkrebs!", warnte Eckhard sie mit
wichtiger Miene.

„Du kannst dich ja mit deinem Neoprenanzug in die
Sonne legen, wenn du willst", gab Isabel locker zu-

rück. „Ich jedenfalls will hier braun werden, sonst muss ich mir zu Hause blöde Sprüche anhören."

„Nix da, in die Sonne legen! Ich bin hier, um Abenteuer zu erleben! Heute ist gleich die nächste Surfstunde. Ist in meinem Erlebnispaket mitgebucht."

Alexa blies ihre Nasenflügel auf. „Du und dein Erlebnispaket! Was erlebst du denn schon?"

„Mehr als du", versetzte er. Getroffen wandte sie ihren Blick ab.

„Entschuldigt mich, ich muss los. Das Abenteuer wartet auf mich!" Eckhard erhob sich. „Also Mädels, bleibt sauber. Wir sehen uns beim Abendessen."

Valerie, die Alexas Reaktion beobachtet hatte, fragte: „Was redet ihr eigentlich andauernd über Erlebnis? Ihr seid hier im Urlaub!"

„Ja, eben!", riefen Isabel und Alexa wie aus einem Mund. Die drei Frauen sahen sich einen Moment lang verständnislos an, dann brachte Valerie das Gespräch wieder in Gang: „Wie wäre es, wenn wir uns heute einen schönen Tag am Strand mit Schnorcheln und Lesen machen? Und dann melden wir uns für morgen zum ersten Tauchgang an."

„Klingt gut", bestätigte Alexa. Es wurde langsam Zeit, aktiv zu werden. Das Abhängen förderte nur trübe Gedanken zutage und genau die wollte sie nicht zulassen. Sie erhoben sich und verließen das Restaurant.

An der Tauchschule herrschte wieder rege Geschäftigkeit. Eine Gruppe war von einem Ausflug zurückgekehrt. Aufgeregt schrie eine magere Frau, die eben vom Landesteg auf den Strand trat, Nat zu, sie habe einen Walhai gesehen und er gratulierte ihr freudig. Auch die anderen Taucher wirkten aufgekratzt, sie schienen viel unter Wasser erlebt zu haben. Etwas neidisch sah Alexa dem Treiben zu. Die meisten hatten ihre Nassanzüge halb abgestreift, so dass ihnen die Oberteile um die Hüften baumelten. Andere hatten sich Handtücher umgeschlagen und einige Frauen liefen in knappen Bikinis herum, die nur durch ein paar Bändchen gehalten wurden. Die Bootsbesatzung brachte auf hölzernen Schubwagen die Ausrüstung zum Waschen und Warten an Land zurück. Schnell füllte sich die Vorhalle mit Tarierwesten, Sauerstoffflaschen, Atemreglern, Flossen und Masken. Alles schien in einem heillosen Durcheinander unterzugehen, bis Nat sich erhob und mit einigen kurzen Anweisungen Ordnung in das Chaos brachte. Die Szenerie duftete in Alexas Nase nach Abenteuer und Erlebnis. Schlagartig konnte sie es kaum erwarten, endlich tauchen zu gehen. Wenn sie sich schon mal auf diesen Urlaub eingelassen hatte, dann sollte er auch gelingen!

Da entdeckte Nat die drei Frauen und winkte sie zu sich heran. Doch bevor sie bei ihm angelangt waren, hatte sich eine der Taucherinnen davorgeschoben. Sie zog mit geübter Geste ihre schwarze Lockenpracht von der rechten auf die linke Schulter. Dabei schaute sie Nat aus dichtbewimperten Augen mit schräg-gestelltem Kopf an und erzählte ihm mit ausholenden Gebärden, was sie alles im Meer gesehen habe. An ihren muskulösen Armen klimperten zahllose Reifen und Bändchen und Alexa fragte sich, ob sie das Zeug beim Tauchen angelassen hatte. Als die drei Frauen bei den beiden angelangt waren, schwang die Person herum, strahlte sie herzlich an und erkundigte sich in amerikanischem Englisch, ob sie auch unter Wasser gehen werden.

„Hallo Heather", grüßte Valerie ihre Bungalownachbarin.

„Oh, wow! Valerie! Du hättest heute unbedingt mitkommen sollen! Es war ganz, ganz außergewöhnlich! Wirklich, du hättest das sehen müssen!" Heathers ungeteilte Aufmerksamkeit galt nun Valerie. Da schaltete Nat sich ein: „Na, die drei Damen werden ja auch noch in den Genuss kommen. Wann wollt ihr denn starten?" Er sah sie lächelnd an und ließ sich Isabel gegenüber nichts anmerken. Und diese schien kein Problem damit zu haben, von ihm abgewiesen worden zu sein. Sie schielte stattdessen unverhohlen nach Mick, der nun als Letzter das Boot verlassen hatte und sich ebenfalls der Tauchschule näherte, wobei er das nasse Haar mit den Händen hinter die Ohren schob.

„Wir wollen morgen anfangen", erklärte Alexa, da die anderen beiden beschäftigt schienen.

„Super", sagte Nat, „dann machen wir erst einmal den Check Dive mit euch."

„Was ist das denn?"

„Oh, das wird kein Problem für euch sein. Wir werden in der Lagune direkt hier vorne nur noch mal ein paar Techniken wiederholen – Maske fluten, Wechselatmung und Tarierübungen. Das machen wir mit allen Tauchern, die sich bei uns anmelden. Bei einigen ist der letzte Tauchkurs oder Tauchgang zum Teil schon Jahre her. Da vergisst man vieles und damit es draußen nicht zu irgendwelchen Schwierigkeiten kommt, führen wir halt vorher diesen Check Dive in der Lagune durch."

„Das finde ich sehr gut", erklärte nun Valerie an Nat gerichtet, nachdem Heather ihre Aufmerksamkeit jemand anderem geschenkt hatte. Alexa wurde bewusst, wie erotisch Valeries französischer Akzent klang.

„Ich habe nämlich eine Weile lang nicht getaucht und fühle mich noch etwas unsicher", fuhr diese fort und Nats Augen leuchteten.

`Was gibt es Schöneres für einen Mann, als eine Frau, die sich hilflos fühlt und der er zeigen kann, was er drauf hat?´, fragte Alexa sich trocken. Schmerzlich wurde ihr klar, dass sie nicht in dieses Schema passte. Markus´ Nathalie dafür umso mehr.

Doch bevor Nat die Gelegenheit bekam, gleich an Ort und Stelle sein gesamtes Können vor ihnen auszubreiten, wurde er von einem der Jungen gerufen, der sich offensichtlich mit der Wartung der Ausrüstung beschäftigte. „Also, dann sehen wir uns morgen früh beim Check Dive", rief Nat noch und verschwand im Materialraum.

Die Frauen standen eine Weile unschlüssig herum. Eigentlich wären sie jetzt gegangen, doch Isabel klebte wie festgewachsen auf der Stelle. Alexa erahnte den Grund ihrer Beharrlichkeit und da näherte Mick sich ihnen auch schon. „Hallo ihr drei! Kann ich euch behilflich sein?"

„Wir wollten uns für den Check Dive morgen anmelden und wissen nicht, wo wir das machen müssen", erklärte Isabel wie aus der Pistole geschossen.

„So, ihr macht morgen den Check Dive. Ja, schön. Ich schreibe mir das auf, das genügt dann. Wenn ihr euch für die richtigen Tauchgänge anmelden wollt, tragt euch einfach auf die Listen dort drüben ein."

Er wies auf einen der Zettel, die neben der Tür zum Materialraum hingen.

„Auf denen steht in der Regel auch, welches Riff angefahren wird. Und wo das genau liegt, könnt ihr hier nachschauen." Nun führte er sie an die Rückwand des Büros, auf der das Süd Ari Atoll aufgemalt war. Er zeigte ihnen die Insel, auf der sie sich aufhielten und die am Südostrand des Korallenriffs lag. Parabelförmig schlossen sich weitere Inseln an und rings herum war in verschiedenen Grün-Blautönen das Meer mit seinen unterschiedlichen Wassertiefen angezeigt. Fast alle gekennzeichneten Riffe befanden sich im Inneren des Atolls.

Interessiert betrachteten die Frauen die Abbildung, in die sich von links unten ein Walhai und von oben eine Delfinmutter mit ihrem Baby schob. Mick stand eine Weile unschlüssig neben ihnen, ehe er sagte: „Wenn ihr noch Fragen habt, ich bin da drüben. Wir sehen uns ja ..." Dabei sah er Isabel etwas anzüglich grinsend an.

„Das will ich doch hoffen", erwiderte sie mit dem gleichen Grinsen. Dann ging Mick. Die Frauen betrachteten das Bild eine Weile. In der Zwischenzeit hatte sich die quirlige Tauchergruppe in alle Winde zerstreut, das Materialchaos im Eingangsbereich war verschwunden und die Tauchschule lag wieder verlassen da. Das Sonnenlicht fand seinen Weg durch das Laub der Bäume und zauberte bizarre Muster auf Wände und Boden. Vom Meer blies eine sanfte Brise her, sonst wäre es stickig und heiß gewesen.

„Ich glaube, jetzt wird es Zeit für eine Abkühlung", sagte Isabel und sie trotteten die wenigen Schritte rüber zu ihrem Bungalow, wo sie sich umzogen und die Terrasse für einen langen Nachmittag herrichteten.

`Das mit Mick könnte etwas werden´, überlegte Isabel. Nat schien wirklich mehr an Valerie interessiert zu sein. Kein Problem. Hauptsache, sie ging nicht leer aus. `Wie heißt es doch so schön? Carpe diem, nutze den Tag´, dachte sie voll innerer Unruhe. ` Irgendwann ist es sowieso vorbei und dann ist man froh über alle Erlebnisse und Erfahrungen, die man in guten Tagen gemacht hat. ´

Eine halbe Stunde später kam Valerie mitsamt ihrer Schnorchelausrüstung zu ihnen. Sie gingen gemeinsam ins Wasser und während Isabel und Alexa ein paar Züge schwammen und sich dann treiben ließen, schnorchelte Valerie bis fast an das Außenriff, das am Rand steil ins Meer abfiel. Die beiden anderen sahen lediglich ihren Schnorchel und gelegentlich ihre Flossen auftauchen. Als Valerie zurückkam, lagen Alexa und Isabel längst wieder im Schatten. Auf der Terrasse neben ihnen schlummerte ihr kahlköpfiger Nachbar abermals mit dem Kinn auf der Brust. Er schien den ganzen Tag dort zu sitzen – entweder lesend oder schlafend.

„Mensch, da draußen kann man total viel sehen! Das hätte ich gar nicht gedacht. Da wachsen regelrechte Korallengärten!" Isabel und Alexa nickten schläfrig, denn die Hitze unter ihrem Terrassendach hatte sie ebenfalls bereits wieder müde gemacht. „Und jede Menge Fische", fuhr Valerie fort, „Ich habe sogar einen winzigen Rotfeuerfisch gesehen."

„Was?! Rotfeuerfische gibt´s hier auch?" Mit einem Satz saß Isabel senkrecht auf ihrem Badetuch. „Die sind doch gefährlich! Dann gehe ich hier nicht mehr ins Wasser!"

„Ach, der war ganz weit draußen und außerdem war er so klein, dass er von der Strömung immer wieder umgeworfen wurde."

Valerie lachte bei der Erinnerung an dieses Bild. „Und einen Steinfisch habe ich gesehen und einen Picasso-Drücker...", fuhr sie fort.

„Woher kennst du die denn alle mit Namen?", fragte Alexa träge.

„Meine Eltern waren Meeresbiologen", antwortete Valerie und ließ sich auf ihrem mitgebrachten Plastiksessel nieder. Sie streifte das mit Salzwasser getränkte T-Shirt ab und machte es sich bequem.

„Waren?" Alexa wurde aufmerksam.

„Hm. Sie sind im vergangenen Jahr bei einem Tauchunfall gestorben."

„Oh Gott!" Die beiden anderen starrten Valerie an.

„Das tut mir leid", sagte Isabel.

„Und du kannst trotzdem noch tauchen gehen?", fragte Alexa.

„Ich werde es in diesem Urlaub ein letztes Mal tun."

Die beiden wussten nicht, was sie sagen sollten. Valerie machte es sich auf ihrem Sessel bequem und schloss ihre Augen. Alexa und Isabel verstanden, dass sie nicht mehr über das Thema reden wollte. Eine Weile saßen sie schweigend da und verdauten betroffen das Gehörte.

Alexa dachte an ihre Eltern, die so lange auf ein Kind warten mussten, dass ihre Ehe beinahe zerbrochen wäre. An ihren Vater, bei dem sie nie wusste, woran sie war. Der sie mal so herzlich liebkost hatte, als sie ihm das Liebste auf der Welt, und mal von sich stieß, als habe sie Aussatz.

Isabel dachte an ihre Mutter, die sie alleine großgezogen hatte und daran, was sie gerade durchmachte. Ihr Vater hatte sich aus dem Staub gemacht, kaum dass sie geboren worden war. Mittlerweile wusste sie nun, warum er gegangen war. Verzeihen konnte sie ihm das aber nicht.

Ein schleifendes Geräusch kündigte zwei Gärtner an, die in Badelatschen und verschwitzten Hemden das vertrocknete Laub zusammenfegend an ihnen vorbei schlurften, sie dabei nicht aus den Augen lassend. Als sie merkten, dass die Frauen sie ansahen, grüßten sie und begannen, das Laub mit Hilfe zweier Pappkartons aufzuheben und in eine bereitstehende Schubkarre zu laden. Auf dem Baum hinter dem Bungalow saß ein dicker, schwarzer indischer Hausrabe, und krächzte alle drei Sekunden unmelodisch, als wolle er ihnen „Bedenke, was du tust" zurufen.

„Was für ein Radau", sagte Alexa. Das Geräusch zerrte an ihren ohnehin strapazierten Nerven. Die Anspannung der letzten Monate steckte ihr immer noch in den Knochen.

Schließlich richtete sie sich schwerfällig auf, suchte einen Stein und warf ihn in Richtung des Vogels. Der erhob sich geräuschvoll in die Luft, krächzte erneut verächtlich und verschwand.

Etwas später vernahmen sie seinen Mahnruf in einiger Entfernung.

Die Stunden plätscherten sanft im Rauschen des Meeres dahin. Ab und an hörten sie das Landen oder Starten des Wasserflugzeugs am Nordende der Lagune und von der Tauchschule her die Motorengeräusche der Hausboote, Dhonis genannt, die die Anlegeplätze verließen.

Alexa blickte von Zeit zu Zeit auf ihre Uhr und sah mit Bedauern, wie Stunde um Stunde verrann. Valerie hatte ihre Position gewechselt und lag nun auf ihrem Badetuch, in ein scheinbar fesselndes Buch vertieft. Alexa beobachtete sie unauffällig. So ganz nebenbei hatte Valerie sie doch in ihre Angelegenheiten mit hineingezogen.

Ein kleines Zeitwort in der Vergangenheitsform und schon breitete sich das Drama eines jungen Lebens vor ihr aus. Und eben weil es so beiläufig und unabsichtlich passiert war, berührte es Alexa mehr, als ihr lieb war. Valerie hatte ganz offensichtlich nicht die Absicht, ihr Gefühlsleben vor ihnen auszubreiten und trotzdem oder gerade deshalb konnte Alexa sich ihr nicht entziehen.

Was war der Verlust eines Partners schon gegen den Verlust beider Eltern? Einen neuen Mann konnte man schnell finden, Valeries Eltern waren für immer weg. Es würde schwer werden, sich nicht mit ihr zu beschäftigen!

„Mir ist langweilig", erklärte Alexa, um auf andere Gedanken zu kommen.

„Mir auch", rief Isabel sofort. Aber in ihrer Stimme klang noch eine ganz andere Ungeduld mit und Alexa musste ihre Fantasie nicht sonderlich bemühen, um zu erahnen, welcher Art ihre Unruhe war.

„Lest doch etwas", schlug Valerie vor.

„Ich habe gar nichts zum Lesen dabei", erwiderte Alexa.

„Ich würde dir gerne ein Buch von mir geben." Valerie lächelte bedauernd. „Aber die sind alle auf Französisch."

„Ach nein, lass mal."

„Nimm dir doch eins aus dem Regal in der Bar. Da sind, glaube ich, jede Menge deutsche Romane."

Noch während Alexa über diesen Vorschlag nachdachte, bot Isabel etwas zu schnell an: „Ich begleite
dich in die Bar!"
„Na gut. Ich kann ja mal nachsehen, ob eins für mich
dabei ist. Kommst du auch mit?", fragte sie an Valerie
gewandt.
„Ach nein, ich bin gerade so sehr in diesen Roman
hier vertieft. Das ist eine so berührende Geschichte!"
„Okay, dann bis gleich."

Dietmar erwachte von den lauten Stimmen auf der
Terrasse nebenan. Unfreiwillig bekam er mit, was gesprochen wurde und erkannte bei den beiden deutschen Frauen einen rheinischen Akzent. Abermals
durchzuckte ihn eine schmerzliche Erinnerung an seine Zeit als junger Erwachsener, als das Leben noch
ohne Tücken schien. Ein Buffet voller Köstlichkeiten,
an dem man sich nach Belieben bedienen und Speisen
ausprobieren konnte. Als sich in seinem Mund ein
schaler Geschmack breitmachte, verzog er die Lippen.
Irgendetwas war faul hier. Es fühlte sich an, als wollte
ihn jemand zwingen, sich mit den Fehlern seiner Vergangenheit auseinanderzusetzen. Das schmeckte ihm
gar nicht. Seufzend erhob er sich und beschloss, Nat
einen Besuch abzustatten.

Isabel und Alexa schlangen sich Tücher um. Auf dem
Weg zur Bar kamen ihnen zahllose männliche Hotelangestellte entgegen. Sie grüßten und schlenderten
vorbei. Alexa war sich sicher, keinen der Männer zuvor gesehen zu haben, obwohl ihr ständig Bedienstete
begegneten. Schon bevor sie den Aufenthaltsraum betreten hatten, entdeckte Isabel Mick an der Bar und
ging zielstrebig auf ihn zu.
`Das ist ja noch schlimmer, als ich dachte.´ Alexa
suchte die Regale mit den Büchern auf, die Gäste da-
gelassen hatten und die nun allen zur Verfügung stan-

den. Valerie hatte Recht, es gab jede Menge deutsche Romane, genaugenommen waren es mit Abstand die meisten Titel, so dass sie nun eine beachtliche Auswahl hatte. Sie ging die einzelnen Buchrücken durch, sah in den einen oder anderen Klappentext, konnte sich aber für keinen erwärmen. Zum Schluss blieb noch ein dicker Schinken, den sie sich eigentlich nicht aufbürden wollte. Doch dann las sie auf dem Buchdeckel, dass eine der Figuren Probleme mit sich selber hatte und in ihrem beruflichen Alltag gescheitert war. Sie nahm das Buch mit.

Aus den Augenwinkeln sah sie Isabel in ein angeregtes Gespräch mit Mick vertieft, der sich immer wieder die Haare hinter die Ohren schob. Trotz dieser Verlegenheitsgeste schien er selbstsicher und sich seiner Wirkung bewusst. In dem weiten T-Shirt, das für die Tauchschule warb, wirkte er zwar dünn, aber durchtrainiert, an den dunkel behaarten Unterarmen zeichneten sich Muskeln und Sehnen ab. Die feine Nase, die prägnant modellierten Jochbeine und die Falten, die von den Nasenflügeln bis zu den Mundwinkeln verliefen, verliehen seinem Gesicht einen Adel, der von den weißen, mäßig vorstehenden Zähnen noch betont wurde. Doch das Wichtigste von allem, fand Alexa, war eine deutlich männliche Ausstrahlung. `Ja´, entschied sie, `der Mann hat etwas, auch wenn er jünger aussieht, als er wahrscheinlich ist.´

Die Sitzgruppen waren nur spärlich besetzt, die übliche CD mit der spanischen Tanzmusik füllte die Leere. Es gab also nichts, was Alexa noch länger hier halten konnte. Isabel stand mit dem Rücken zu ihr an der Theke. Alexa überlegte, ob sie sich abmelden sollte, entschied, dass das überflüssig sei und trat den Rückweg zum Bungalow an. Da Valerie nicht mehr auf der Terrasse lag, schaltete sie die Klimaanlage ein und trainierte mit Crunches und Liegestützen ihren Körper, der schlaff zu werden drohte.

Nathalie war wenig begeistert, als sie erfuhr, dass Markus kurzfristig zur Firmenzentrale nach München fliegen musste. Dabei wollte sie doch mit ihm nach einer Location für die Hochzeit suchen! Es sollte ein rauschendes Fest werden, bei dem alles bis ins Detail stimmte. Der schönste Tag in ihrem Leben! Und nun flog er einfach für ein paar Tage weg. Beruflich natürlich, aber trotzdem.

Nathalie zog einen Schmollmund vor dem Spiegel. Notgedrungen hatte sie sich mit ihrer Mutter verabredet, um ein Hochzeitskleid auszusuchen. Das durfte Markus ja erst am Altar sehen. Vor ihrem inneren Auge erschien das Bild von ihm in einem schicken dunklen Anzug. Er war so ein attraktiver Mann!

Bei dem Gedanken an ihn gaben ihre Knie nach. Sie betete ihn an, seit er das Training der Taekwondo-Frauengruppe übernommen hatte. Er hatte einen schweren Unfall überstanden und konnte selber nicht mehr an Wettkämpfen teilnehmen. Doch er hatte sich durchgebissen, bewegte sich wieder ohne Einschränkung und jobbte nebenbei als Trainer. Das war der einzige Grund, warum sie sich für den Kampfsport angemeldet hatte, mit dem sie nicht wirklich etwas anfangen konnte. Viel lieber hätte sie sich beim Zumba vergnügt.

Aber der Schweiß und der Bänderriss beim Taekwondo hatte sich gelohnt. Sie war sich sicher, dass sie noch nie einem attraktiveren Mann begegnet war. Und erfolgreich war er obendrein. Er ruhte sich nicht darauf aus, dass seine Eltern es zu Geld gebracht hatten, sondern machte selber Karriere bei dem Reiseveranstalter.

Anfangs hatte er immer nur Augen für diese Spaßbremse Alexa gehabt. Was er an der bloß gefunden hatte? Nur gut, dass die keine Familie mit ihm gründen wollte. Sie aber würde ihm einen ganzen Stall voll Kinder gebären, wenn ihn das glücklich machte. Ihre schlechte Laune verflog und sie strahlte sich selber voller Vorfreude im Spiegel an.

`Markus Danders, ich liebe dich´, dachte sie. `Ich werde dich mit Zähnen und Klauen verteidigen, wenn jemand mir dich wieder wegnehmen will.´

Isabel tauchte erst kurz vor dem Abendessen im Bungalow auf, um sich umzuziehen, zu schminken und die blonde Haarpracht hochzustecken.

„Warst du bis jetzt in der Bar?", fragte Alexa und tat ahnungslos.

„Ja, ich habe mich sehr lange mit Mick unterhalten."

„Und, ist er nett?"

„Ja, sehr nett sogar. Er hat mir erzählt, wo er schon überall auf der Welt war und so ...“

„Wo war er denn schon überall?"

„Also, aufgewachsen ist er in Kalifornien. Mit zwanzig ist er mit einem Freund nach Asien gereist und hat dann in Thailand das Tauchen gelernt. Später hat er dann in Ägypten als Tauchlehrer gearbeitet und seit zwei Jahren ist er jetzt hier."

„Du meine Güte, wie alt ist der denn?"

„Dreißig." Sie sagte das, als kenne sie ihn schon ihr halbes Leben.

„Und hat´s gefunkt?"

Isabel drehte sich um und sah sie mit einem seltsamen Blick an. Den Ausdruck hatte Alexa noch nie an ihr gesehen und sie war überrascht.

„Weiß nicht. Wieso?", fragte die nur.

„Ich meine ja nur ... Ist ja auch egal." Sie wollte jetzt schnell das Thema wechseln. „Was ziehen wir denn heute Abend an?"

Isabel ging bereitwillig darauf ein. „Ich dachte, wir könnten mal ein bisschen schicker gehen, was denkst du?"

„Von mir aus." Alexa zog die Schranktüren auf. „Dein Kostümchen vom Hinflug?"

„Hach, ich weiß nicht. Bin ich dann nicht overdressed?", fragte Isabel mit treuherzigem Augenaufschlag.

`Das bist du ganz sicher´, mutmaßte Alexa, `doch das bist du mit allen Klamotten, die du mitgebracht hast.´ Laut sagte sie: „Das mag sein, aber es steht dir."

Das war das Stichwort. „Na gut, wenn du meinst", seufzte Isabel und zog sich das scharlachrote Kostüm über, in dem sie wirklich hinreißend aussah.

„Mick gehen bestimmt die Augen über, wenn er dich so sieht."

Diesen neuerlichen Versuch, etwas aus ihr herauszubekommen, quittierte Isabel mit einem verschwommenen Blick.

„Schlimm das mit Valeries Eltern, oder?", fragte sie dann zusammenhangslos.

„Ja, allerdings. Vor allen Dingen merkt man ihr sonst gar nichts an. Ob es ihr wirklich so wenig ausmacht?"

„Das glaube ich nicht. Sie will wohl eher nicht ständig darauf angesprochen werden", sagte Isabel.

„Dann tun wir das auch nicht."

Auf dem Weg zum Restaurant achtete Alexa aus Gewohnheit darauf, ein bisschen Abstand zu Isabel zu halten, und Isabel bemühte sich darum, es nicht zu bemerken.

Sie saßen beim Abendessen, waren beim Nachtisch angekommen und lauschten Eckhards ausuferndem Bericht über seine Heldentaten auf dem Surfbrett, als Mick an ihren Tisch trat. Er grüßte freundlich in die Runde und wünschte einen guten Appetit. Isabel strahlte ihn an und ihr Blick blieb an dem ausgeprägten Kinn und verheißungsvoll feucht glänzenden Lippen hängen. Bevor er ging, teilte er ihr mit, dass sie ein tolles Outfit trage, und fragte sie, ob sie nach dem Essen in die Bar komme, was sie mit leuchtenden Augen bejahte.

Als Mick bei den Wassersportlehrern und Reiseleitern Platz genommen hatte, herrschte an Isabels Tisch betretenes Schweigen. Dann platzte Eckhard raus: „Typisch Tauchlehrer! Meint, er könne gleich mal eine von seinen Schülerinnen klarmachen! Lass dich bloß auf nichts ein. Schließlich bin ich ja da, ich beschütze euch schon!"

Die drei Frauen sahen ihn an. Alexa, die Micks Verhalten zwar plump fand, konnte den Hinweis darauf, von Eckhard behütet werden zu müssen, nicht auf sich beruhen lassen. „Wer sagt denn, dass wir beschützt werden müssen? Oder wollen? Und erst recht, dass wir das von dir wollen?!"

„Ist doch logisch. Schließlich bin ich hier der Mann am Tisch und ihr seid alleine da."

„Ach, ich dachte, wir sind immerhin zu dritt!"

„Ja, aber nur drei Frauen!" Mit diesen Worten marschierte er los, um sich das nächste Stückchen Apple Pie zu sichern.

„Ich sag´ ja, der Typ ist total bescheuert!", platzte es aus Alexa heraus, als er weg war.

„Reg´ dich nicht auf", erwiderte Isabel nur, sie war von Micks Kompliment immer noch rot im Gesicht.

Valerie nickte: „Das nützt überhaupt nichts. Überhör es einfach."

Alexa sah Eckhard nach. Der stand neben Helene Hülstonk am Buffet und Alexa glaubte, Raureif aus ihrem Mund treten zu sehen, während sie ihm notgedrungen höflich antwortete.

Nach dem Abendessen schlenderten alle vier über den spärlich beleuchteten Pfad zur Bar hinüber, wo immer noch die spanische CD vor sich hin dudelte. Alexa belegte eine Sitzgruppe, die am Rand stand und nahm einen Platz ein, der ihr einen Überblick über das Geschehen in der Bar ermöglichte. Die anderen gruppierten sich um sie herum.

`Isabel wird ohnehin nicht lange da sein´, vermutete sie ohne Ironie. Und wirklich erhob sich Isabel, kurz nachdem das Triumvirat der Tauchlehrer Einzug gehalten hatte, und stellte sich zu Mick an die Theke. Dort blieb sie den Rest des Abends.

67

Valerie bot Heather, ihrer Bungalownachbarin, den freigewordenen Sessel an; über Isabels Verhalten verlor sie kein Wort.

„Oh, wie nett von euch!" Heather strahlte das Lächeln eines glücklichen Schulmädchens in die Runde, hob beide Hände wie zum Sonnengruß in die Höhe und brachte dabei sämtliche Reifen und Ketten zum Klimpern. Betulich nahm sie Platz und machte sich gleich selbst mit Eckhard bekannt. Ihrer Betonung und ihrer Gestik und Mimik nach zu urteilen, teilte sie ihm dann ungeheuer Wichtiges mit. Doch als Alexa genauer hinhörte, merkte sie, dass Heather nur von ihrem Bungalow erzählte und ihm bis ins Detail beschrieb, welches Muster der Zimmerservice heute in ihr Laken gefaltet hatte.

Das schien selbst Eckhard nicht zu interessieren, denn er sah sich bald hilfesuchend um und entdeckte das britische Pärchen, das Alexa am ersten Abend wegen seines Schweigens bereits aufgefallen war.

Er entschuldigte sich und rettete sich zu ihnen und erlöste sie damit gleichzeitig aus ihrer eigenen Sprachlosigkeit.

Nun widmete Heather sich Alexa und Valerie. Ohne sich im Geringsten darum zu kümmern, worüber die beiden sprachen, erklärte sie händeringend: „Ihr hättet heute dabei sein müssen! Es war so außergewöhnlich! Ihr müsst unbedingt morgen mitkommen!"

„Ja doch, wir haben´s begriffen", erwiderte Alexa.

Gekonnt warf Heather ihre dunkle Lockenpracht von der einen auf die andere Seite und spielte wie gedankenverloren daran herum, während sie ausführlich von ihrer Ergriffenheit unter Wasser berichtete. Alexa hatte keine Lust mehr, sich das anzuhören und fragte unvermittelt: „Bist du Amerikanerin?"

Nicht im Mindesten irritiert von dem abrupten Themenwechsel sprang Heather gleich begeistert auf diesen neuen Zug auf und hob an: „Oh ja! Ich liebe

Amerika! Es ist ein großartiges Land. Ich lebe in New York, weißt du. Ich arbeite dort als Yogalehrerin und als Künstlerin. Mein Freund ist auch Künstler. Und er ist gut, so gut. Und so niedlich! Oh, ich liebe ihn", rief sie aus und lachte entschuldigend. „Ich liebe auch New York, weißt du. New York ist eine großartige Stadt, ganz außergewöhnlich! Ganz außergewöhnlich. Aber meine Familie kommt aus Spanien. Ich sehe auch spanisch aus, nicht wahr? Deshalb hast du gefragt, ob ich Amerikanerin sei, oder?" Sie lächelte wissend-verschmitzt und berührte Alexa dabei am Arm. Ohne Alexas Reaktion abzuwarten, fuhr sie fort: „Oh, ich liebe meine Familie! Wir besuchen uns ganz oft. Viele meiner Verwandten leben auch in New York, sind so nett und so herzlich! Wir sind eine große Familie und feiern viele Feste."

Diesmal hakte Valerie interessiert ein: „Welche Art von Kunst machst du denn?"

Heather sah sie mit großen, dicht bewimperten Augen erstaunt an: „Oh, ich kreiere Schmuck! Diese Sachen hier habe ich selber gemacht." Erneut ließ sie alles an sich klimpern. „Außerdem stelle ich noch astrologische Amulette her."

Nach einer kurzen Pause, in der keine der Frauen etwas sagte, fügte sie hinzu: „Das aber eher selten."

Alexa brachte das Gespräch wieder in Gang: „Und dein Freund, welche Art von Kunst macht der?"

„Oh, er ist so niedlich und ein so guter Künstler!", rief Heather aus und schüttelte dabei den Kopf so heftig, dass ihre Locken flogen. „Er ist Maler", erklärte sie dann feierlich und sah die beiden verschwörerisch an, bevor sie ihr glückliches Schulmädchenlachen zurückgewann. „Ach, ich vermisse ihn so!"

„Warum ist er nicht hier?", wollte Valerie wissen.

„Oh, er hat keine Zeit und auch nicht genug Geld."

„Da bist du dann alleine gefahren", folgerte Alexa.

„Ja, ich musste. Ich liebe es zu tauchen. Und die Malediven, wisst ihr, gehören zu den schönsten Tauchplätzen der Welt! Versteht ihr, ich musste einfach hierher. Ich musste mir diese fünfzehn Tauchgänge hier gönnen!"

„Du hast fünfzehn Tauchgänge gebucht?", fragte Alexa perplex. „Wie lange bist du denn hier?"

„Leider nur eine Woche", Heather unterstrich ihre eigene Aussage mit einem unschuldigen Augenaufschlag.

„Nur eine Woche? Dann bist du ja jeden Tag mindestens zweimal unter Wasser!"

„Ja, das ist kein Problem, weißt du. Im Gegenteil, es ist ganz toll! Am liebsten würde ich den ganzen Tag unten bleiben!"

„Und du fliegst für eine Woche von Amerika hierher?! Wäre da die Karibik nicht näher gewesen?"

„Nicht von Amerika, Liebes!" Wieder fasste sie Alexa am Arm, dieses Mal noch etwas länger. „Ich bin von Spanien herübergekommen. Weißt du, ich besuche gerade für ein halbes Jahr meine Großmutter in Spanien."

„Aha."

Das Gespräch verstummte. Nach wenigen Minuten erklärte Heather, sie müsse nun ins Bett, da sie ja morgen früh schon wieder tauchen gehe. Sie winkte den beiden mit klimpernden Armreifen zu und vergaß auch Eckhard nicht, der gönnerhaft zurückwinkte. Dann verließ sie mit bedächtigen Schritten die Bar und Alexa fiel auf, dass ihre Waden durchtrainiert wie die einer Leistungssportlerin waren. Ihren Beckenschiefstand konnte man mit manueller Therapie und gezielten Übungen sicher leicht korrigieren. Dann rief sie sich in Erinnerung, dass sie im Urlaub war und nicht mehr an die Weisung ihrer Ausbildungszeit gebunden, sich in die Körper der Patienten einzufühlen. Zumal ihre Miturlauber nicht ihre Patienten waren.

Und ausgerechnet von dem Oberarzt, der Orthopädie unterrichtet und mit seinen Schülerinnen angebandelt hatte, stammte diese Maxime. Ob er sich selber überhaupt daran hielt? Wenn er die blutjungen Mädels taxierte, hatte er sich ganz sicher in etwas anderes eingefühlt als in deren verspannte Trapezmuskeln oder Wirbelblockaden!

Bei dem Gedanken an Wirbelblockaden kam ihr Markus unvermittelt in den Sinn. Ihn hatte sie mehrfach von einer solchen befreit. Wer würde ihm jetzt die Wirbel einrenken, wenn er wieder zu lange vor dem Bildschirm gehangen und für seine Firma noch eine günstigere Kalkulation ausgearbeitet hatte? Oder wenn sein Bewegungsapparat sich an den Unfall erinnerte und in die alte Schonhaltung zurückfiel?

Unwirsch schob sie den Gedanken beiseite und beobachtete stattdessen Helene Hülstonk, die bei dem britischen Reiseleiter stand. Irgendetwas an ihnen irritierte sie. Es war nicht nur die Tatsache, dass Helene deutlich entspannter als sonst wirkte. Als die beiden Hand in Hand die Bar verließen, wusste sie, was es gewesen war und sie beschloss, diese Neuigkeit Eckhard gleich morgen früh zum Frühstück zu servieren. Momentan saß der nämlich mit dem Rücken zur Theke.

Alexa verließ ebenfalls bald die Bar. Als sie später alleine im Bett lag, fiel ihr der Roman ein, den sie sich aus der Urlauberbücherei geliehen hatte und sie begann darin zu lesen. Vielleicht auch, weil sie nicht weiter an das denken wollte, was Valerie über ihre Eltern erzählt hatte und wie Markus nun seine Wirbelblockaden wieder loswurde.

Isabel erschien erst in den frühen Morgenstunden im Bungalow. Das Quietschen der Scharniere der Badezimmertür weckte Alexa auf. Auf ihre Frage, wie es denn gewesen sei, brummte Isabel Unverständliches, das nicht glücklich klang. Das Schweigen, das an-

71

schließend von Isabel ausging, hatte sogar eher etwas Beklemmendes an sich. Was zum Teufel hatte sie da in dieser Nacht getrieben, wenn es sie noch nicht einmal fröhlich stimmte? Warum ließ sie es nicht einfach bleiben?

5
≈≈¤≈

Und wieder schlug Alexa hundemüde den Wecker
aus, der sie am Morgen aus dem Schlaf riss. Mit dicken Augen und trockenem Mund quälte sie sich ins
Bad. Das schräg einfallende Sonnenlicht traf ihre roten Augäpfel wie ein Messerstich und auf dem Fußbo-
den tummelten sich Ameisen. Der Krebs hatte sein
Erdloch verlassen und starrte gebannt in ihre Richtung. „Keine Sorge, ich tu dir nichts", brummte sie
und trat ihre Morgentoilette an. Seufzend stellte sie
fest, dass sich zu den sieben Mückenstichen, die immer noch höllisch juckten, fünf neue gesellt hatten.
Zurück im Zimmer sah sie, dass Isabel mit offenen
Augen im Bett lag und fragte sie freundlich, wie es ihr
gehe.
„Gut, aber ich bin total müde", antwortete die.
„Und", bohrte Alexa vorsichtig, „ist Mick immer
noch nett?"
Isabel sah sie mit untypisch lauerndem Blick an.
„Warum sollte er das nicht sein?"
„Na ja, diese Nacht klangst du nicht sonderlich be-
geistert, als du ins Bett gekommen bist."
Isabel schwieg einen Moment. „Das täuscht", sagte
sie dann nur und ging ins Bad.
Während Isabel draußen duschte, zog Alexa sich an.
Da fiel ihr Blick auf das scharlachrote Kostüm, das
Isabel gestern Abend getragen hatte. Außer den üblichen Sitz- und Bewegungsfalten wies es keine Knit-
terfalten oder gar Sand- oder Grasspuren auf. Das ließ
nicht unbedingt auf eine heiße Liebesnacht schließen.
`Komisch´, fand sie, `irgendwas stimmt hier nicht. Ihr
Benehmen ist sonderbar!´ Sie konnte ihre Neugier
kaum noch zügeln. „Sag´ mal, was machst du eigentlich mit Mick, während du die Zeit zwischen An-der-

Theke-Rumstehen und Endlich-in-den-Bungalow-Kommen überbrückst?!"

„Was soll ich schon machen? Außerdem, wer sagt denn, dass Mick dann überhaupt noch bei mir ist?"

„Sehr witzig! Wer denn wohl sonst?"

Isabel öffnete den Mund, schloss ihn dann aber wieder und begann schweigend, sich anzuziehen.

`Ich geb´s auf´, beschloss Alexa resigniert. `Soll sie´s eben für sich behalten!´ Da sie sich keinen Reim darauf machen konnte, verfolgte sie den Gedanken nicht weiter. Schließlich hatte sie sich ja vorgenommen, sich nicht mit den Problemen ihrer Miturlauber zu beschäftigen. Auch wenn ihr das zunehmend schwerfiel.

Nach dem Frühstück fanden sich die drei jungen Frauen an der verlassenen Tauchschule ein. Der Morgentauchgang war vor zwei Stunden mit dem Dhoni rausgefahren. An der Tafel konnten sie ablesen, dass Mick diese Gruppe begleitete.

`Also bleiben nur noch Nat und Michael für den Check Dive übrig´, kombinierte Alexa und hoffte, dass Nat mit ihnen rausging.

Aber leider war es Michael, der aus der Bürotür trat und sie auf ölige Art begrüßte. „Ihr müsst die Mädels für den Check Dive sein", stellte er dann sachlich fest. „Es fehlt noch ein Teilnehmer, wir müssen also noch ein paar Minuten warten." Er verschwand wieder im Büro.

`Na, das ist ja ein Service!´, dachte Alexa, die sich an die Zuvorkommenheit von Nat und Mick gewöhnt hatte. Durch das Seitenfenster sah sie, dass Nat ebenfalls im Büro war.

`Warum macht er nicht den Check Dive?´, fragte sie sich verdrossen, `Valerie ist doch dabei.´

Sie überlegte für einen kurzen Moment, diese unter einem Vorwand in das Büro zu schicken, um Nat auf sie aufmerksam zu machen, da kam der Teilnehmer, auf den sie gewartet hatten, um die Ecke gelatscht. Es war der männliche Part des britischen Pärchens, das sich nichts zu sagen hatte. Unangenehmerweise trug er eine Alkoholfahne vor sich her.

Entschuldigend grinste er ihnen entgegen und erklärte in feinstem Oxford-Englisch, dass er seine Maske und die Flossen nicht gefunden habe. Er lächelte auf gewinnende Art. Die Frauen, denen es ohnehin nichts ausgemacht hatte, ein paar Minuten zu warten, verziehen ihm sofort.

Wie ein Flaschengeist erschien Michael nun in der Tür des Materialraumes. „Ah, guten Morgen, John, da bist du ja!" Die beiden grüßten sich wie zwei langjährig kampferprobte Saufkumpane.

Isabel raunte Alexa ins Ohr: „Die haben gestern Abend noch um die Wette gesoffen."

„Kein Wunder, dass der lieber im Büro geblieben ist, als sich mit uns zu unterhalten", flüsterte Alexa mit einem Kopfnicken in Michaels Richtung zurück und wunderte sich, was Isabel wohl noch so alles beobachtet haben mochte. Ihr fiel ein, dass sie Eckhard noch wegen Leni Schtonk in die Pfanne hauen wollte. Da er heute Morgen nicht beim Frühstück erschienen war, hatte sie ihm selbiges leider nicht verderben können.

Dann klatschte Michael in die Hände. „So, dann wollen wir als Erstes mal schauen, welche Ausrüstung ihr noch braucht."

Er sah Isabel auffordernd an.

„Alles", erwiderte sie.

„Willst du denn jetzt auch schon einen Anzug?"

„Ach nein, in der Lagune geht das, glaub ich, auch erst einmal mit dem T-Shirt."

Michael nickte.

„Wie viel Gewicht brauchst du?"

„Beim letzten Mal hatte ich sechs Kilo."

Wieder nickte er zustimmend, verschwand im Materialraum und kam mit einem Gurt zurück, an dem sechs Bleigewichte hingen.

„Und du?", fragte er Valerie.

„Ich brauche vier Kilo", erwiderte sie.

Alexa stellte sich vor, wie das zierliche Persönchen mit Gewichten behängt im Wasser wie ein Stein sank. „Mit sechs Kilo würdest du untergehen wie eine Bleiente!", rutschte ihr auf Deutsch heraus. Erschrocken hielt sie inne. Nur gut, dass sie das nicht auf Englisch von sich gegeben hatte!

Die zierliche Französin sah sie fragend an, aber sie winkte ab. „War nur Unsinn."

Valerie bekam den gewünschten Gurt. Schließlich wurden auch Alexa und John mit dem Nötigen versorgt. Dann verteilte Michael mit Hilfe der einheimischen Jungs auch den Rest der Gerätschaften und wiederholte mit ihnen das Präparieren der Ausrüstung.

Auswendig rezitierte er: „Die Sauerstoffflasche so vor euch stellen, dass die Öffnung des Ventils nach vorne zeigt. Sauerstoffflasche mit den Unterschenkeln festhalten, damit sie nicht umfallen und einem Tauchpartner oder euch selbst auf die Füße fallen kann. Die Tarierweste mit dem Klettverschluss an der Sauerstoffflasche befestigen…"

Alexa kam sich vor wie beim Militär und tauschte mit Valerie und Isabel Blicke aus. Wieso mussten sie ausgerechnet an den Kerl geraten?! Die folgenden Anweisungen rauschten an ihr vorbei.

Unbeirrt fuhr Michael in seiner überkorrekten Art fort: „Ventil der Sauerstoffflasche öffnen und Instrumentenanzeige überprüfen. Dann zweite Stufe checken."

Das Zischen des aus den Atemreglern entweichenden Sauerstoffs erfüllte die Luft. John konnte seinen Sauerstoffstrom nicht stoppen und fingerte hilflos an

76

dem Mundstück herum, bis Michael ihm entschieden das Gerät aus der Hand nahm, zwei Finger in die Öffnung steckte und den Luftstrom so stoppte. Kommentarlos reichte er John das Teil zurück und kommandierte weiter: „So, jetzt die Westen anziehen, alle Gurte schließen und festziehen. Anschließend Buddycheck. Alexa und Isabel bilden ein Buddyteam und Valerie und John das zweite."

Sein Ton ließ vermuten, dass er nicht bereit war, Widerspruch zu dulden. Während die vier sich mit den Flaschen und den Westen abmühten und sich gegenseitig kontrollierten, stolzierte er wie ein Exerziermeister auf und ab.

„Immer daran denken: Zuerst kontrollieren, was unter Wasser dringend gebraucht wird, dann das, was halten muss und dann das, was funktionieren muss", dozierte Michael.

Als er weit genug entfernt war, zischte Alexa Isabel zu: „Mit dem fängst du aber nichts an, verstanden?"

Die kicherte wie ein Teenager, als sei dieser Gedanke absurd. Doch Alexa wusste es besser. Mitleidig beobachtete sie, dass Valerie sich unauffällig von John abwandte, um seiner Fahne auszuweichen, und er entschuldigte sich in einem fort.

Schließlich saßen alle vier eingeschnürt in ihre Tarierwesten auf den harten Holzbänken an der Mauer, die den Eingangsbereich des Ausrüstungsraumes säumte. Noch trugen die Bänke das Gewicht der bleischweren Metallflaschen, doch Alexa graute vor dem Moment, an dem sie sich erheben und das schwere Ding bis zur Lagune buckeln mussten. Innerhalb weniger Minuten war auch Michael startklar und dann kam der Augenblick, da sie sich mit Maske und Flossen bewaffnen und losmarschieren mussten. Alle vier taumelten unter dem Gewicht, das wie ein überdimensionaler Steiß an ihrem Rücken hing, und schwankten Richtung Lagune.

In diesem Moment sahen sie Nat in der Bürotür stehen und belustigt zusehen. Er winkte und wünschte ihnen viel Spaß. Alexa hätte schwören können, dass er hauptsächlich Valerie im Blick hatte, doch die schien das nicht zu bemerken. Michael führte sie zuerst eine Weile unter den Bäumen hindurch, so dass sie sich zu allem Übel auch noch bücken mussten. Alexa hielt das für reine Schikane, denn sie glaubte, man hätte gleich vorne an der Tauchschule in die Lagune gehen können. „Tun wir uns das hier eigentlich freiwillig an?", fragte sie Isabel.

„Hör auf damit! Du verdirbst einem noch den ganzen Spaß!"

„Welchen Spaß?"

Endlich ging es zum Strand rüber. Sie liefen ein Stück barfuß in die Lagune hinein und streiften ihre Flossen erst über, als das Wasser an Tiefe gewann. Es war ein herrliches Gefühl, das Gewicht der Flasche schrumpfen zu fühlen, als sie in die Fluten sank, jedoch erwies sich das Überstreifen der Taucherflossen in der Strömung als schwieriges Unterfangen. Sie mussten sich gegenseitig festhalten, um von den Wellen nicht umgestoßen zu werden.

Schließlich zogen sie ihre Masken über, nahmen die Atemregler in den Mund und gaben das Okay-Zeichen. Dann ließen sie die Luft aus ihren Tarierwesten entweichen und sanken langsam tiefer, während sie in die Lagune schwammen. Die Oberflächengeräusche wurden leiser, bis nur noch das dumpfe Grollen des Meeres und der eigene Atemzug hörbar waren. Sie tauchten in eine andere Welt hinab. Eine Welt, in der jede Bewegung in Zeitlupe versetzt wurde und in der die Schwerkraft keine Rolle zu spielen schien.

Michael schwamm voraus in eine Kuhle innerhalb der Lagune und bedeutete ihnen, sich dort niederzulassen. Er selber tat es, indem er sich in den Sand kniete und die Hände vor dem Körper verschränkte. Es sah einfach und entspannt aus, doch seine vier Schüler wurden von der Strömung mitgezogen und nach oben getragen. Dabei wirbelten sie mit ihren Flossen so viel Sand auf, dass man fast nichts mehr sehen konnte. Aber irgendwann knieten alle einigermaßen sicher auf dem Grund und Michael bedeutete ihnen, ihre Tauchermaske abzunehmen, wieder aufzusetzen und anschließend auszublasen. Er machte es vor und ließ sie dann nacheinander die Übung wiederholen. Alexa hasste es, ihre Maske zu fluten, weil ihr danach die Bindehaut vom Salzwasser brannte. Aber was nützte es? Brav nahm sie das Teil ab, als sie an der Reihe war. Sie öffnete sogar ihre Augen, um diesem blöden Michael zu demonstrieren, dass sie auch das konnte. Dann zog sie die Maske über ihre Nase und fixierte in aller Ruhe die Gummibänder, ehe sie den Kopf hob, mit dem Handballen gegen den oberen Rand der Plastikbrille drückte und kräftig durch die Nase ausatmete. Als sie dann die Augen öffnete, brannten sie erwartungsgemäß wie Feuer. Aber sie hatte die Übung hinter sich gebracht und nun war Isabel an der Reihe. Sie schaffte es bis zum Ausblasen der Maske und da versagte ihre Logik. Man sah große Luftblasen aus ihrem Mundstück entweichen und die Taucherbrille blieb zwangsläufig voll Wasser. Beim dritten Versuch fiel der Groschen und sie atmete endlich durch die Nase aus.

Das Verlieren und Wiederholen des Mundstücks klappte bei allen Vieren gut, aber bei der Wechselatmung gab es Probleme, weil John nicht begriff, dass er Valerie seinen Oktopus anbieten musste, als sie ihm „Keine Luft" signalisierte. Die beiden brauchten mehrere Anläufe, bis es dann funktionierte. John hatte wohl noch eine Menge Restalkohol im Blut. Zum Schluss führten sie noch ein paar Tarierübungen durch, um wieder ein Gefühl dafür zu bekommen, wie man seine Lage im Wasser durch Einatmen, Anhalten der Luft und Ausatmen verändern kann. Dann schwammen sie dicht über dem Grund zum Strand zurück und sahen endlich wenigstens ein paar Fische und kleine Korallen.

`Na super!´, dachte Alexa, als sie ihre Ausrüstung zum Materialraum buckelten. `Tolles Erlebnis! Und dann auch noch mit diesem öligen Michael und einem betrunkenen John!´

An der Tauchschule war der Morgentauchgang eingetroffen und es herrschte ein freudiges Durcheinander.

Neidisch sah Alexa auf die leuchtenden Augen derjenigen, die vom Landesteg kamen, die Anzüge lässig um die Hüfte baumelnd.

Heather stand bei Mick und erzählte ihm, ihrer Gestik und Mimik nach zu urteilen, einmal mehr etwas sehr Wichtiges.

Doch Alexa war seit gestern Abend klar, dass die bei ihr täuschen konnten.

`Wenn sie uns gleich wieder erklärt, wir hätten unbedingt mitkommen müssen und es sei ganz außergewöhnlich gewesen, flippe ich aus´, dachte Alexa und musste bei dem Gedanken daran lachen.

Mick hob zum Gruß die Augenbrauen, als er sie kommen sah und seine Lippen, denen dieser verheißungsvolle feuchte Schimmer eigen zu sein schien, zogen sich zu einem Lächeln auseinander.

Er erkundigte sich, ob alles geklappt habe beim Check Dive. Dabei sah er Isabel nicht aufmerksamer an als die anderen und die hatte nicht das Bedürfnis, ihm nah zu sein.

`War da etwa gar nichts zwischen den beiden letzte Nacht?´, fragte sich Alexa. `Aber wo ist Isabel dann so lange geblieben?!´ Während diese Gedanken durch ihren Kopf huschten, beschäftigte sie sich damit, ihre Ausrüstung ordnungsgemäß auseinanderzubauen und zu entsorgen, um von Michael keinen Rüffel zu bekommen.

`Mit dem tauche ich nie mehr´, beschloss sie und trat zusammen mit Isabel den geordneten Rückzug in ihren Bungalow an.

Nachdem sie sich geduscht und umgezogen hatten, legten die beiden Frauen sich vor ihrer Terrasse in die Sonne und ruhten sich von den Strapazen des Check Dives aus. Doch der Friede sollte nicht lange währen. Das Unheil näherte sich in Gestalt von Eckhard, der sich ungebeten bei ihnen auf einem mitgebrachten Handtuch niederließ. Sofort begann er, von seinen Abenteuern auf dem Surfbrett zu erzählen.

„Mensch, Mädels, das hättet ihr erleben müssen! Feinste Sonne", zur Betonung wies er mit der Hand auf ein undefiniertes Ziel über die Breite des Blickfelds, „geiler Wind", diesmal fuhr die Hand ruckartig von links nach rechts, „und blaustes Wasser unter dir! Und du, ja du schwebst förmlich über dieses Blau hinweg auf den Horizont zu, wie Ödipus der Sonne entgegen ..."

„Ikarus", sagte Alexa in ihr Handtuch hinein, denn sie hatte sich nicht die Mühe gemacht, aufzuschauen und Eckhard anzusehen.

„Was?", fragte er.

„Ikarus!", wiederholte sie gereizt etwas lauter.

„Was ist das denn?"

Seufzend veränderte sie nun doch ihre Lage auf dem Badetuch. „Es war Ikarus, der in die Sonne geflogen ist und nicht Ödipus."

„Ist doch egal", sagte er gleichgültig. „Na jedenfalls fühlst du dich großartig dabei, frei wie ein Vogel, du bist eins mit dem Wind, der dich mit sich fortträgt ..."

`Was redet der auf einmal so geschwollen daher?´, überlegte Alexa und fragte ihn: „Wo hast du das denn gelesen?"

„Das stand in meinem `Easy Surfing´-Ratgeber", gestand er freimütig.

„Ach ja?" Sie hob die Augenbrauen und sah, dass Isabel schmunzelte.

„Nee, aber im Ernst, Mädels, das müsst ihr unbedingt mal machen. Surfen ist `ne Wucht hier."

„Ist klar."

„So, ich gehe mich jetzt abkühlen", rief er, sprang für seine Körpermasse behände vom Badetuch auf und marschierte breitbeinigen Schrittes zum Wasser. Prustend schob er Wassermassen vor den Oberschenkeln her und ließ dann mit einem Hechtsprung den Stiernacken im Blau des Meeres verschwinden.

„Was denkst du?", fragte Isabel.

„Na ja, dieser komische Check Dive heute war ja nun nicht gerade der Renner."

„Sollen wir es mal versuchen?"

„Hm, klang ja schon ganz gut. Und Wind ist hier ja wirklich genug."

„Sollen wir uns für morgen mal zu einem Schnupperkurs anmelden?"

„Okay, schließlich sind wir hier, um etwas zu erleben, oder?"

„Selbstverständlich!"

`Genau genommen weiß ich immer noch nicht, warum ich eigentlich hier bin´, dachte Alexa. Falls Lilith gehofft hatte, Alexa würde Isabel davon abhalten, etwas Dummes zu tun, hatte sie sich verkalkuliert. Isabel tat und nahm sich, was sie wollte.

Als Eckhard zurückkam, erzählten sie ihm, dass sie sich entschlossen hatten, es morgen mit dem Surfen zu versuchen.

„Gute Wahl, Mädels. Ich melde euch an. Ihr braucht euch um nichts zu kümmern, das ist Ehrensache! Ich bin aber nicht mit von der Partie."

„Wieso, was machst du denn?", fragte Isabel.

„Ich bin morgen auf Schnorchelsafari", erklärte er mit vor Stolz geschwollener Brust. „Das ist auch mit im ..."

„Erlebnispaket!", vervollständigten die Frauen wie aus einem Mund.

„Stimmt. Woher wisst ihr das?"

„Und, wie fandest du den Check Dive heute?", fragte Alexa Valerie beim Abendessen, als Eckhard zum dritten Mal zum Buffet marschiert war, um sich noch etwas von der „geilen" Lasagne zu holen. Er behauptete steif und fest, die Kellner schauten ihn schon böse an, weil er so oft komme. Aber das sei ihm egal. Er habe schließlich für all dies bezahlt.

„Ist das All you can eat-Buffet nicht auch Teil deines Abenteuer- und Erlebnispaketes?", hatte Alexa ihn scheinheilig gefragt. Er hatte einen Moment lang ernsthaft nachgedacht und war dann zu dem Schluss gekommen, dass das Abendessen zum Pauschalangebot gehörte und nicht zum Abenteuerpaket.

„Och, zur Wiederholung und um wieder ins Tauchen reinzukommen, fand ich das ganz gut", beantwortete Valerie nun Alexas Frage, „und Johns Alkoholfahne war unter Wasser auch zu ertragen", fügte sie milde lächelnd hinzu.

„Mir ist dieser Michael furchtbar auf die Nerven gegangen", sagte Alexa.

„Na ja, er hat schon eine etwas komische Art", bestätigte Valerie und lachte gequält. Sie wirkte blass und angespannt.

„Geht es dir nicht gut?", fragte Isabel mit vollem Mund. Auch sie war der Lasagne verfallen.

Bevor Eckhard mit einem übervollen Teller, von dessen Rand noch die Tomatensoße tropfte, wieder am Tisch erschien, gestand Valerie: „Nein, ich habe heute einen Durchhänger."

Alexa sah sie mitfühlend an und Isabel legte ihre Hand auf Valeries Arm. Als Eckhard sich auf den Stuhl fallen ließ, schwiegen die Frauen in stiller Übereinkunft. Seine Sprüche zu diesem Thema wollten sie sich nicht antun.

Nachdem sie noch kurz mit in der Bar war, zog sich Valerie stumm leidend in ihren Bungalow zurück. Alexa sah, dass Nat ihr bedauernd hinterherschaute, was Valerie einmal mehr nicht zu bemerken schien. Eckhard sah ihr verständnislos nach, als spiele sie die beleidigte Leberwurst. „Was hat sie denn?“, fragte er.

„Es geht ihr heute nicht so gut, wie dir sicher schon beim Abendessen aufgefallen ist“, erklärte Alexa ihm.

„Beim Abendessen? Nö, ist mir nicht aufgefallen“, erwiderte er und legte in großzügiger Gebärde die Arme auf Schulterhöhe über die Armlehnen.

„Wer hätte das gedacht“, gab Alexa zurück.

Er fingerte in den Taschen seiner Cargohose, zauberte sein Handy daraus hervor und streckte es ihr entgegen. „Mach´ mal ein Foto, ich glaube, das ist ein gutes Motiv hier!“

Alexa sah ihn entgeistert an. Was fiel dem ein, in diesem Befehlston mit ihr zu reden?

„Bitte“, betonte er entschuldigend und sie griff widerstrebend nach dem Handy.

Als sie auf das Display blickte, zog er flink Isabel zu sich heran, um sich mit ihr gemeinsam ablichten zu lassen.

`Wenigstens sind die Sympathien übersichtlich verteilt´, deutete Alexa emotionslos und drückte auf den Auslöser. Da fiel ihr ein, dass sie die Neuigkeiten über Leni Schtonk noch in petto hatte.

„Hat einer von euch unsere Reiseleiterin heute gesehen?“, fragte sie gespielt unschuldig.

Isabel schüttelte uninteressiert den Kopf, doch Eckhard gab gleichgültig zur Antwort: „Die ist bestimmt bei ihrem Bobby.“

Alexa traute ihren Ohren nicht. „Bei welchem Bobby?“ Wusste er etwa Bescheid?

84

„Ihr hühnerbrüstiger englischer Kollege, der in seinem Leben wohl noch nie ein Fitnessstudio von innen gesehen hat, obwohl er das dringend nötig hätte!" `Mist! Er weiß es tatsächlich schon´, erkannte Alexa. Der Joker in ihrer Hand löste sich in Luft auf.

Selbstgefällig verschränkte Eckhard die Finger hinter seinem Nacken. „Aber ich habe ihr gesagt, wenn sie mal einen richtigen Mann haben möchte, kann sie jederzeit an meine Tür klopfen!"

Er lachte dröhnend.

Alexa sah ihn verächtlich von der Seite an. „Hardy, weißt du eigentlich, wie peinlich du sein kannst?"

Er erwiderte ihren Blick ernst. „Ja, und ich habe mich irgendwann daran gewöhnt. Vielleicht gelingt dir das ja auch noch", sagte er ohne jeden Sarkasmus, „ich würde mich sehr darüber freuen. Ich habe in meinem Leben so viel Scheiße erlebt, das geht auf keine Kuhhaut. Da werden einem manche Dinge egal."

Alexa schnaubte kurz. Was sollte der schon für eine Scheiße erlebt haben? Waren seine Eltern etwa auch bei einem Tauchunfall gestorben? Oder war er von seiner Freundin verlassen worden, weil ihre Eltern ihn nicht für eine gute Partie hielten? Und hatte sie daraufhin ratzfatz einen anderen geheiratet, den ihre Familie als passender empfand?

Abgesehen von dieser Riesensauerei hatte sie nicht viel Schlimmes erlebt, aber trotzdem immer ein bohrendes Loch, eine gähnende Leere empfunden. Das Gefühl, dass sie die Zähne zusammenbeißen und die Kontrolle behalten muss. Dass sie sich auf niemanden verlassen konnte und dass irgendetwas nicht richtig ist. Aber was sollte das sein? Sie hatte keine Ahnung, wo sie überhaupt suchen sollte. Und jetzt kam Valerie mit ihren toten Eltern und Eckhard mit seiner „Scheiße." Dabei wollte sie sich doch weder mit den Problemen anderer Leute beschäftigen noch mit ihren eigenen!

Sie lenkte ihren Blick wieder in den Raum. In der Bar war an diesem Abend mal etwas los, denn es wurde ein Krabbenrennen veranstaltet. Dazu hatte man zehn Krabben Nummern auf die Panzer gemalt und sie in die Mitte eines in den Sand gezogenen Kreises platziert. Dort warteten sie ungeduldig darauf, dass die Gläser, die ihnen übergestülpt worden waren, gehoben wurden und sie wahl- und ziellos in dem Sandkreis umherrennen konnten. Um den Kreis herum standen erwachsene Urlauber, unter die sich nun auch Eckhard mischte, und feuerten die Krustentiere an, als ginge es um ihr Leben.

Alexa und Isabel konnten dieser „Kinderbelustigung" nichts abgewinnen. Und während es beim Krabbenrennen hoch her ging und sie Eckhard immer wieder brüllen hörten, warteten sie darauf, dass etwas Spannendes geschah.

Nach dem Rennen kam er mit leuchtenden Augen und erhitztem Gesicht zurück. Heather und das britische Pärchen setzten sich zu ihnen. John schien auskuriert. Er hatte eine gesunde Gesichtsfarbe und keine Fahne mehr - dafür aber einen Krug Bier vor sich stehen. Während seine Frau Elisabeth aufrecht saß und kultiviert ein bisschen Konversation betrieb, riss John von Zeit zu Zeit das Gespräch mit einem nicht enden wollenden Redeschwall an sich. Je mehr Bier er trank, desto rasanter und undeutlicher wurde seine Artikulation. Eckhard fiel als erster aus dem Rennen der Gesprächsrunde heraus, weil er kein Wort mehr verstand. Etwas später schieden Isabel und Alexa aus. Zum Schluss lieferte er sich nur noch mit Heather ein erhitztes Gefecht darum, wer mehr Buchstabenkombinationen ausstoßen konnte. Elisabeth hatte sich längst in einen Kokon britischer Wohlerzogenheit zurückgezogen. Alexa fragte sich, was mit diesem Paar nicht stimmte und wieso sie nicht miteinander sprachen, wenn sie alleine beieinander saßen.

Sie bemerkte, dass Mick schon seit einiger Zeit mit einer anderen Urlauberin in ein angeregtes Gespräch vertieft an der Theke stand. Und es entging ihr nicht, dass Isabel das nicht im Mindesten zu stören schien. Stattdessen registrierte Alexa mit Entsetzen, dass sie ab und an zu Michael hinüber sah.

`Ich hab´s doch gewusst´, dachte sie, `mir bleibt aber auch nichts erspart. Ausgerechnet der Ölfisch!´

Immerhin ging Isabel an diesem Abend gemeinsam mit ihr zu Bett. Und es war nicht gesagt, dass das noch häufig vorkommen würde. Beide wünschten sich etwas mürrisch und frustriert schöne Träume.

Markus lag in seinem Hotelbett in München und zappte sich durch die Fernsehkanäle. Irgendwie war er ganz froh, dass er dem Trubel der Hochzeitsvorbereitungen entronnen war. Natürlich freute er sich auf die Trauung. Nathalie war ein hübsches Mädchen, nach dem sich viele Männer umdrehten. Aber nachdem er fünf Jahre lang mit Alexa zusammen gewesen war und nicht geheiratet hatte, kam ihm diese Hochzeit nun etwas überstürzt vor. Er brauchte auch das ganze Brimborium nicht. Alexa hätte er alleine zum Standesamt getragen. Auf 150 Zeugen konnte er gut verzichten. Natürlich wollte er endlich eine Familie gründen und das würde er nun bald können. Aber das Tempo störte ihn.

Waren es seine Eltern, die diese Hast vorgaben? Und wenn ja, warum machte er das mit? Warum ließen sich Nathalie und er nicht einfach mehr Zeit? Nathalie war doch noch so jung. Sie hatten eigentlich alle Zeit der Welt. Er dachte an Alexa, und daran, was er wohl falsch gemacht hatte in dieser Beziehung. Er wollte den Fehler nicht wiederholen. Aber er fand ihn nicht. Er hatte keine Ahnung, woran sie beide gescheitert waren.

Alexa hatte sich in den letzten Monaten ihres Zusammenseins zunehmend vor ihm abgekapselt und er wusste nicht warum. Seine Bemühungen, ihre Liebe weiter zu festigen, hatte sie abgeblockt. Aus welchem Grund auch immer. Er hätte ihn gerne gewusst.

Wehmütig dachte er an ihre gemeinsame Zeit, ihre beiderseitige Abneigung zu Beginn der Behandlung, Alexas Entschlossenheit, ihm zu helfen. Ihre braunen Rehaugen, die ihre Verletztheit und Verwundbarkeit verrieten, die sie hinter der Fassade der selbstbewussten Therapeutin verbarg, die nichts und niemanden in der Welt brauchte. Alexa war die Frau, die ihm sein Leben zurückgab, als alle anderen ihn aufgegeben hatten. Die ihn vor einer bleibenden Behinderung bewahrt und aus dem Loch gezogen hatte, in das er gefallen war.

Er dachte an die Monate nach dem Unfall, in denen er sich neu sortieren musste, weil er nicht wusste, was er mit all der freien Zeit anfangen sollte, die ihm nun zur Verfügung stand. Fünfmal die Woche hatte er davor trainiert und alles gegeben, um bei den Olympischen Spielen in Sydney dabei sein zu können, wo Taekwondo zum ersten Mal als Disziplin zugelassen war.

Mit Tränen in den Augen hatte er die Wettkämpfe im Fernsehen verfolgt, die koreanischen Ansagen klangen wie Peitschenhiebe in seinen Ohren. Noch immer konnte er die Pumsae, die ritualisierten Formenläufe, auswendig. Seinen stärksten Tritt, den dollyeochagi würde er nie wieder ausführen können. Als er später die Frauengruppe trainierte, musste eine der besten Schülerinnen die Übungen vormachen, weil er das nicht mehr konnte.

Aber das war egal. Das Geräusch der Füße, die auf die Pratzen klatschten, die Kampfschreie „Gihap!", die Körperbeherrschung, das respektvolle Verbeugen vor dem Meister, das alles tat seiner Seele gut. Zum Trainieren seines Körpers suchte er zunächst weiterhin Alexa in der Praxis auf, in der sie angestellt war. Und irgendwann begannen sie gemeinsam, im Fitnessstudio ihre Muskeln an Geräten zu stählen. Das war genau das Richtige für ihn, denn so konnte er gezielt die gesunden Partien fordern und die geschädigten schonen. Und für Alexa war es eine weitere Möglichkeit des sich Unverwundbarmachens: Körperlich fit und widerstandsfähig zu sein und ihrem Umfeld demonstrieren, dass sie sich selbst und alles andere im Griff hatte.

Hätte er eingreifen müssen, als ihm das bewusst wurde? Aber warum hätte er das tun sollen? Er liebte sie so, wie sie war. Und verstand nicht, wieso sie ihn nicht heiraten wollte.

6
≈≈☒≈

Als Alexa und Isabel ihren Weg über die Insel antraten und halblaut die Angestellten zählten, die sie noch nie gesehen hatten, obwohl dies ihr fünfter Tag hier war, kam ihnen Eckhard mit breitem Grinsen entgegen.

„Heute gibt es wieder die leckeren Schokocroissants!", rief er schon von weitem. „Hallo Seeigelchen", sagte er dann, als er bei ihnen angekommen war und lächelte Alexa an.

„Sehr witzig", erwiderte sie nur, weil sie nicht wusste, wie sie reagieren sollte.

„Warum bist du denn so früh auf den Beinen?", fragte Isabel.

„Das Erlebnispaket ruft", antwortete Alexa für ihn.

„Richtig, gleich geht´s auf Schnorchelsafari!", bestätigte er stolz. „Ich erzähle euch dann, was ich alles erlebt habe. Und was macht ihr?"

„Wir gehen surfen", entgegnete Isabel ebenso stolz. Auch sie würden heute einmal etwas erleben.

Alexa hätte sie am liebsten in das Hinterteil gezwickt. Sie tat ja gerade so, als würden sie nie etwas erleben! Und ob sie schon etwas erlebt hatten! `Jede Menge sogar´, versuchte sie sich selber einzureden.

Eckhard strahlte. „Ach ja richtig. Ich habe euch gestern noch angemeldet. Ihr wisst ja, dass ihr euch auf mich verlassen könnt."

Um das Thema zu wechseln, fragte Alexa sachlich, von wo aus er denn zur Schnorchelsafari starten werde.

Er zeigte hinüber zur Angelschule, die sich etwa auf der Mitte der Insel südlich der Tauchschule befand und von der aus ein eigener Landesteg in die Lagune führte. Am Steg lagen zwei Dhonis vertäut. „Fahrt ihr mit den Reisschüsseln da drüben raus?", fragte sie spitz.

„Ich denke schon", erwiderte Eckhard unbekümmert und verabschiedete sich. Er müsse noch seine „Ausrüstung" herbeischaffen und es gehe gleich los.

„Na wenigstens haben wir heute Ruhe vor ihm", sagte Alexa zu Isabel, als sie weitergingen.

„Nun lass den armen Kerl doch."

„Ich lasse ihn ja", erwiderte sie. „Aber er lässt mich nicht."

Gegen halb elf fanden sie sich am Nordostende der Insel auf dem Strandstück hinter dem Steg des Watervillage zum Surf-Schnupperkurs ein. Außer ihnen standen dort noch die beiden Schreihalspaare herum, die Alexas Unmut auf der Schnellbootfahrt auf sich gezogen hatten. Sie hielten die Arme unsicher hinter dem Rücken verschränkt und traten von einem Fuß auf den anderen.

Schließlich kam ihr Surflehrer Santiago lässig auf O-Beinen angeschlappt. Schon von weitem sah man, dass er muskulös und trainiert war. Er lachte ihnen entgegen, wobei sich seine grünen Augen halb zuschoben.

Forschend sah Alexa zu Isabel hinüber. `Lieber der als Michael´, dachte sie.

Doch diese setzte ein Pokerface auf und ließ sich nichts anmerken, als ahnte sie, was Alexa vermutete.

„Ihr habt einen guten Tag erwischt", begrüßte er sie auf Englisch mit unverkennbar spanischem Akzent.

„Herrlicher Sonnenschein und feinster Wind", fuhr Santiago fort.

Alexa kamen diese Worte sehr bekannt vor. `Von wegen: `Habe ich im Easy Surfing Ratgeber gelesen´! Na warte, Eckhard!´

Santiago stutzte. „Ich hatte nur vier Anmeldungen, zwei Männer und zwei Frauen."

„Das waren wir", riefen die vier Schreihälse sofort und Alexa kam sich belämmert vor. Von wegen: Ich melde euch an, ihr braucht euch um nichts zu kümmern, das ist Ehrensache! Eben noch hatte er getönt: „Ihr wisst ja, dass ihr euch auf mich verlassen könnt." Dieser Schwätzer!

„Eigentlich wollte Eckhard Balsun uns anmelden, aber das hat er ja allem Anschein nach nicht getan. Wir kommen dann ein anderes Mal wieder", sagte Alexa und wandte sich zum Gehen. Isabel sah betrübt zu den Surfbrettern.

„Hey, kein Problem!", rief Santiago, „ihr könnt selbstverständlich mitmachen und wir regeln das mit der Anmeldung später. Unterschreibt mir nur eben hier auf dem Formular, dass ihr auf eigene Gefahr teilnehmt und tragt eure Zimmernummer ein."

Er reichte ihnen die Unterlagen. Alexa und Isabel füllten den Vordruck aus und verwünschten Eckhard innerlich.

„Okay, dann kann´s ja losgehen", begann Santiago und band sich die schulterlangen dunklen Haare zu einem Zopf zusammen.

„Scheint hier schwer in Mode zu sein bei den Kerlen, der Zopf. Na ja, die leben hier ja derart abgeschieden von der Welt, dass sie nicht mitbekommen, wie die Mode sich wandelt", raunte Alexa Isabel zu.

„Vielleicht gibt´s hier aber auch einfach nur keine Friseure", erwiderte Isabel ebenso leise. Das klang einleuchtend. Santiago erklärte, dass er in diesem Schnupperkurs noch nicht viel Theorie zum Besten geben werde. Schließlich sei es ja ihr Anliegen, einmal auf dem Brett zu stehen und zu testen, ob das Surfen ihnen liege und ob sie dann einen Kurs belegen wollen. Er schaute prüfend in die Runde und die Schreihälse nickten eifrig.

„Okay, wir werden für das Eingewöhnen in der Lagune bleiben, denn die ist hier nur hüfttief. Es kann euch also nichts passieren, wenn ihr reinfallen solltet. Wir beginnen mit der Brettgewöhnung, dann machen wir ein paar Übungen am Strand mit dem Segel, damit ihr ein Gefühl dafür bekommt. Zum Schluss befestigen wir das Rigg am Brett, ihr zieht es aus dem Wasser und wenn wir genug Wind haben, könnt ihr ein paar Meter über die Wellen gleiten, okay?"

Einer der Schreihälse rief: „Das klingt gut!"

„Nicht wahr", bestätigte Santiago und klopfte ihm weltmännisch auf die Schulter.

„Okay, dann gehen wir rüber zu den Brettern."

Brav folgten sie ihm. Er führte sie unter den Palmen und Bäumen zu einem Holzgestell, in dem die Surfbretter gelagert wurden. Dort zog er eines heraus und ließ sich von seinem Gehilfen Mustafa ein Segel angeben.

„So, hier nur kurz das Nötigste an Fachbegriffen", ergriff er wieder das Wort. „Was ich hier in der Hand halte, ist das Rigg. Es besteht aus dem Segel, dem Mast und dem Gabelbaum", erklärte er und wies auf die genannten Teile. „Wenn wir das Segel auf Mast und Gabelbaum aufziehen, sprechen wir von aufriggen. Aber das braucht euch erst einmal noch nicht zu interessieren, das haben wir schon für euch vorbereitet."

Alexa sah, dass Mustafa sich daran gemacht hatte, zwei weitere Segel aufzuriggen und sie gab Eckhard in Gedanken eine schallende Ohrfeige.

„Was wir gleich im Wasser machen werden, ist folgendes: Wir stellen das Brett auf ...", fuhr Santiago fort und demonstrierte das Gemeinte im Sand und alle schoben sich näher an das Geschehen heran, um besser sehen zu können. „... stemmen den Mastfuß in den Powerjoint und verriegeln ihn. Dann ist das Rigg am Brett befestigt. Man kann die Übungen, die wir gleich durchführen, mit und ohne Schwert machen."

Er wies auf etwas an der Unterseite des Brettes, das

aussah wie der Kiel eines Bootes. „Wir tun´s mit den Schwertern, weil die Bretter dann stabiler im Wasser liegen. Alles verstanden?"

Er löste die Verriegelung des Powerjoints wieder und sah in die Runde. „Super! Dann kann´s ja losgehen! Tragt bitte die Bretter zu zweit und legt sie vorne an den Strand."

Er half ihnen, die Bretter aus den Fächern zu ziehen. Selbst für zwei Personen hatten sie noch ein ordentliches Gewicht und Alexa fragte sich, welcher Teufel sie geritten hatte, dass sie nun diese Dinger in der Mittagshitze über die Insel schleifte. Endlich waren sie ein zweites Mal am Strand angekommen. Auf Santiagos Anweisung zog dann jeder sein eigenes Brett ins Wasser, legte sich darauf und paddelte mit den Armen etwa zwanzig Meter in die Lagune hinein. Dort versuchten sie, aufzusteigen, was gar nicht so einfach war, denn die Oberseite des Brettes war nass und rutschig. Vorsichtig sah sich Alexa um und bemerkte, dass die vier Schreihälse Füßlinge trugen und bereits aufrecht auf ihren Brettern standen. Und sie sah auch, dass eine der Frauen unter ihrem weißen T-Shirt, das nun durch die Nässe durchsichtig geworden war, einen roten Bindfaden-Bikini trug. Die Bikinihose war im Eifer des Gefechts so weit heruntergerutscht, dass die Hälfte ihres Hinterteils entblößt war. Sie gratulierte sich selber zu der Entscheidung, unter dem T-Shirt einen Badeanzug zu tragen. Aber das mit den Füßlingen war entschieden ärgerlich. Wieso hatte Santiago sie nicht darauf hingewiesen? Ober der bescheuerte Hardy?!

Isabel mühte sich wie sie auf dem Brett ab, doch schließlich stand sie breitbeinig aber aufrecht und fuchtelte mit den Armen, um die Balance zu halten.

„Ja, super!", rief Santiago und Alexa sah, dass er vergnügt zu dem halb entblößten Gesäß der Bikini-Frau sah. Isabel drehte sich nach ihm um, verlor das

Gleichgewicht und fiel zu guter Letzt doch noch ins Wasser. Prustend tauchte sie auf.

„Aber ich habe gestanden!", rief sie.

„Klar und deutlich", bestätigte Alexa und begann nun ihrerseits entschlossen, das Brett zu erklimmen, in dem sie sich bäuchlings darauf legte und die Beine seitlich hochzog. Mit raubkatzenartiger Eleganz kam Santiago auf sie zu und rief: „Mit Füßlingen hat man einen besseren Halt!"

`Ach was´, dachte Alexa, `was du nicht sagst!´

Die Aussicht, im Mittelpunkt des Interesses zu stehen, beflügelte sie nun und schließlich gelang es auch ihr, auf dem Brett stehend die Balance zu halten. Santiago strahlte sie aus grünen Augen an.

„Gut gemacht", lobte er und Alexa hatte das ungute Gefühl, angegraben zu werden.

`Nicht ich´, rief sie in Gedanken, `ich kann im Moment keinen Mann in meiner Nähe ertragen. Um Isabel musst du dich kümmern! Damit sie nicht auf die Idee kommt, den Ölfisch an Land zu ziehen.´

„Okay, gut gemacht, Leute!", rief Santiago, „Jetzt machen wir ein paar Positionsübungen, dann bekommt ihr ein Gespür für das Brett. Geht mal nach vorne, - okay und nach hinten, - okay und nun stellt euch mal auf die Seitenkanten ... Super! So, wer hat noch nicht das Gefühl, einigermaßen sicher auf dem Board zu stehen?"

Natürlich meldete sich niemand.

„Okay, dann legt euch wieder mit dem Bauch auf das Board und paddelt zum Strand zurück!"

Sie glitten über das babyblaue Wasser, auf dem Lichtreflexe tanzten. Bunte Fische zogen unter ihnen ihre Bahnen. Dann schleiften sie die Bretter so weit an Land, dass sie nicht abgetrieben werden konnten, und marschierten, das milde Sonnenlicht verlassend zwischen den Bäumen und Palmen zu dem Holzgestell, an dem nun sieben aufgeriggte Segel standen.

Alexa spürte, dass ihr T-Shirt wie Kleister an ihrem Körper klebte und ihn auf eine erotische Weise betonte, die ihr unangenehm war. Sie wollte auf keinen Fall diesen Santiago am Bändel haben und lockerte den Stoff, bis er trotz des klebrigen Salzwassers einigermaßen locker fiel. Sie merkte, wie Santiagos Blick auf ihr ruhte und schimpfte innerlich: `Jetzt muss ich mir zu allem Übel noch diesen Affen vom Hals halten! Wieso baggert er nicht Isabel an? An der ist doch viel mehr dran als an mir. Ich dachte, Spanier stehen auf füllige Frauen.´

„Okay Leute, ihr macht das super bisher", begann Santiago wieder.

„Mann", raunte Alexa Isabel zu, „kann der auch mal was anderes sagen?!"

„Jetzt zeige ich euch kurz – heute geht es uns ja ums Surfen und nicht um die Theorie - wie man das Rigg transportiert. Also, wenn man es alleine trägt, nimmt man es so." Er hob den Mast über dem Kopf und hielt ihn mit der rechten Hand, mit der linken Hand fasste er den Gabelbaum. „Dabei hält man den Mast zur Windseite. Wenn ihr wollt, könnt ihr das heute alleine versuchen, da es bisher noch recht windstill ist, ansonsten würde ich insbesondere den Frauen raten," er lächelte Alexa an, „auch das Rigg zu zweit zum Wasser zu tragen."

Er selber ging vor, das Rigg über Kopf tragend und die Schreihalsmänner taten es ihm nach. Ihre Partnerinnen schleppten ihre schwerfällig gemeinsam hinterher. Während die beiden Männer dann jedoch unbeteiligt am Strand stehenblieben und ihre Freundinnen alleine das zweite Segel holen ließen, marschierte Santiago los, um Alexas Rigg zu tragen. Sie bedankte sich sachlich, damit er sich keinen Illusionen hingab.

„Okay Leute! Nun stellt ihr bitte einen Fuß an den Mast, hebt das Rigg auf und spielt ein bisschen damit. Dadurch bekommt ihr ein Gefühl dafür, wie der

Wind in das Segel greift. Probiert dabei ruhig mehrere Segelpositionen aus!"

Die Surfschüler befolgten seinen Rat und Alexa fand, dass sie allesamt ziemlich dämlich aussahen, wie sie da im Sand standen und mit den Segeln herumfuchtelten. Zumindest kam sie sich selber albern vor. Endlich war auch diese „Schikaneübung" vorbei und sie durften die Segel ins Wasser ziehen und am Brett befestigen, wie Santiago das zu Beginn der Stunde vorgemacht hatte. Er tat dasselbe, damit er ihnen gleich demonstrieren konnte, wie das Rigg aus dem Wasser gezogen werden sollte. Doch zuvor mussten sie den ganzen Aufbau erst wieder zehn Meter weit in die Lagune hinauszerren.

„Machen wir das hier eigentlich freiwillig?", fragte Alexa Isabel mit gespielter Unschuldsmiene.

„Ich weiß auch nicht", gestand die entnervt.

„Okay, jetzt bitte mal hersehen! Nun steht ihr auf, stellt die Füße rechts und links des Mastfußes, greift das Startschot und zieht das Segel langsam aus dem Wasser. Sobald ihr drankommt, haltet ihr das Rigg an Mast und Gabelbaum fest. So." Er demonstrierte es behände. „Der Wind sollte dabei von hinten kommen und ihr nehmt das Segel dicht, das heißt an den Wind. Okay? Dann probiert es mal!"

Nun begann der lustige Teil des Schnupperkurses, zumindest für die Leute, die sich am Strand versammelt hatten und ihnen zusahen, wie Alexa grimmig feststellte. Das Herausziehen des Segels aus dem Wasser erforderte einigen Kraftaufwand und das Fehlen der gummierten Neoprenschuhe sorgte für den Rest. Prompt klatschte Isabel mit einem Aufschrei in das Segel und sie selber rutschte auf dem glitschigen Brett nach vorne weg und prallte hart mit dem Steißbein auf. Da kam Santiago auch schon auf dem Surfbrett vorbeigeflitzt und rief: „Mit Füßlingen geht es besser!"

97

„Wird man dafür bestraft, wenn man seinen Surflehrer wegen seelischer Grausamkeit im Affekt erschlägt?", fragte Alexa Isabel.

„Probier´ es aus!", forderte Isabel zustimmend, während sie sich den Arm rieb, der beim Sturz in das Segel gegen den Mast geschlagen war.

Aber auch den anderen erging es nicht viel besser. Mit einiger Genugtuung bemerkte Alexa, dass die Bikini-Schreihälsin damit beschäftigt war, ihre Stofffetzen neu zu sortieren. Doch der frustrierendste Moment stand ihnen noch bevor. Als sie es endlich geschafft hatten, das Rigg unfallfrei aus dem Wasser zu ziehen, den Gabelbaum zu ergreifen und das Segel „dicht zu nehmen", war es absolut windstill. Nicht das leiseste Lüftchen regte sich. Sie hielten das Segel in der Hand und standen sinnfrei auf dem Brett herum. So viel zu: Der Wind trägt dich über das Blau des Meeres und du fliegst der Sonne entgegen!

Santiago tröstete sie damit, dass beim nächsten Mal bestimmt eine frische Brise wehen würde, denn die Flaute sei wirklich sehr außergewöhnlich. Aber da war sich Alexa bereits sicher, dass es kein nächstes Mal gab. Und sie sah Isabel an, dass diese Ähnliches dachte. Frustriert schleppten sie das Brett zurück und hievten es in das Gestell. Die wenigen Schritte von dort bis zu ihrem Bungalow schlappten sie entnervt am Strand entlang. Sie hatten weder einen Blick für das Türkis des Meeres, das still und friedlich wie eine sanfte Mantelanemone dalag, noch für das Glitzern der Sonnenstrahlen auf den Wellen. Und auch kein Gefühl für die wohlige Wärme, die sie umgab.

Angespannt saß Markus Danders an der Bar seines Hotels in München und schob das Handy auf der Theke hin und her. Er wusste, dass er Nathalie anrufen musste, zögerte das aber so lange wie möglich hinaus. Er konnte sich lebhaft ausmalen, wie sie reagierte, wenn er ihr sagte, dass er nun auch noch für ein paar Tage nach Male fliegen würde. Doch sein Chef hatte ihm unmissverständlich klar gemacht, dass er das Problem vor Ort lösen müsse. Er musste die Anzahl der Angestellten auf der Insel checken und den Hotelmanager mit den Dokumenten konfrontieren, die seine Betrugsabsichten dokumentierten. In der Vergangenheit war es ihm immer gelungen, sich schadlos aus der Affäre zu ziehen. Bei der Gelegenheit wollte Markus dann auch die Tauchschule prüfen, die teilweise in den Pauschalreisen mitgebucht werden konnte.

Alexa hätte er jetzt sofort angerufen und sie hätte ihm pragmatisch einen guten Flug gewünscht. Auf keinen Fall hätte sie so hysterisch reagiert, wie es von Nathalie zu erwarten war. Markus spürte einen Klumpen in der Brust, als er Alexa vor seinem inneren Auge sah. Er dachte daran, wie ihr Anblick in der schwierigen Zeit seiner Verletzung ihn aufgebaut hatte, wie mutig sie sich mit seinem Vater angelegt hatte. Aber es hatte ihr offenbar nichts bedeutet, dass er sie auch gegen den Widerstand seiner Eltern heiraten wollte. Seufzend griff er nach dem Handy und wählte Nathalies Nummer.

Den Nachmittag verbrachten die beiden Frauen vor ihrem Bungalow und erholten sich auf ihren Badetüchern von den Strapazen des Surfbrettschleppens. Ihr kahlköpfiger Bungalownachbar war heute nirgends zu sehen und Alexa vermutete, dass er abgereist war. Irgendwann gesellte sich Valerie zu ihnen. Ihr ging es besser; sie schnorchelte und las, während die beiden anderen unzufrieden über den Verlauf ihres Urlaubs grübelten und sich ausnahmsweise einmütig beratschlagten, welchen erlebnisfördernden Aktivitäten sie nachgehen könnten.

„Ach, ihr!", rief Valerie aus, „ihr habt doch das Tauchen noch vor euch! Wartet doch erst einmal ab, wie das sein wird. Das wird euch bestimmt gefallen. Die Korallen und Fischgründe müssen hier traumhaft sein!"

„Sollen wir dann morgen unseren ersten Tauchgang wagen?", fragte Isabel.

„Von mir aus", sagte Alexa. Sie konnte sich nicht mehr vorstellen, dass ihr in ihrer Verfassung hier irgendetwas Freude machen würde. Außerdem hegte sie den Verdacht, dass Isabel darauf spekulierte, mit Michael tauchen zu gehen. Und auf den hatte sie nun wirklich keine Lust.

„Ich schau´ auf der Liste nach, ob es für morgen freie Plätze gibt", bot diese an, sprang auf und marschierte los in Richtung Tauchschule. Anscheinend traf sie Michael dort nicht an, denn nach wenigen Minuten erschien sie wieder auf der Bildfläche.

„Also auf der Liste ist noch Platz", verkündete sie.

„Und hast du uns eingetragen?", fragte Valerie.

„Nein, da war noch viel frei. Das können wir ja später machen", antwortete Isabel ausweichend.

`Das erhöht die Chance, Michael dort anzutreffen´, vermutete Alexa. „Mit wem würdest du denn am liebsten tauchen gehen?", fragte sie Valerie.

Und diese antwortete zu ihrer Überraschung prompt: „Mit Nat. Der macht einen netten und erfahrenen Eindruck."

Alexa und Isabel tauschten einen Blick aus.

„Und ihr?", fragte Valerie unbekümmert.

„Auch", sagte Alexa schnell, bevor Isabel Michael zum nettesten und kompetentesten Tauchlehrer erklären konnte.

Eine halbe Stunde später drängte Isabel wieder darauf, zur Tauchschule zu gehen und sich nun doch auf der Liste einzutragen, bevor sie voll sei. Alexa ließ sich breitschlagen mitzukommen. Sie tat es auch mit dem Hintergedanken, Isabel dann wenigstens im Auge zu haben, falls sie dort auf Michael treffen sollten. Kaum von ihrem Roman aufblickend bat Valerie die beiden darum, sie mit einzuschreiben. Das dritte Buch, stellte Alexa fest. Als sie aufstand, hörte sie ebenfalls den Motor des Dhonis, den Isabel zweifelsfrei vor ihr vernommen haben musste. Er kündigte die Rückkehr der Tauchgruppen an, die heute Mittag rausgefahren waren.

`Ganz schön gerissen, die Gute´, dachte sie mit einem Seitenblick auf ihre Freundin, die unruhig von einem Fuß auf den anderen trat.

Als sie um die Ecke des Bungalows bogen, sahen und hörten sie den obligatorischen Tumult an der Tauchschule und schon tauchte Michael mit wichtiger Miene auf dem Landesteg auf. Alexa hielt zielsicher auf die Liste zu, auf der sie sich eintragen wollten, während Isabel Michael mitteilte, dass sie morgen tauchen wolle und ob er eine der Gruppen betreuen werde.

Falls er sich davon geschmeichelt fühlte, ließ er es sich nicht anmerken. Er erklärte nur kurz und bündig, dass er seinen freien Tag habe und nicht raus fahre. Flugs trug Alexa Isabels Namen in die Liste ein, damit sie nicht auf die Idee kam, es sich anders zu überlegen.

In diesem Moment trat Nat aus der Tür des Materialraumes und grüßte sie mit strahlend eisblauen Augen: „Hallo, was für eine Überraschung! Trägst du dich für morgen ein? Ja, schön. Wir fahren ans Khuda Rah Thila, ein wunderschönes Tauchgebiet. Da wird´s euch gefallen!"

Er warf einen Blick auf die Liste. „Kommt Valerie auch mit?", fragte er.

„Ja, sie hat gesagt, ich soll sie mit eintragen", erklärte Alexa rasch und erledigte das.

Nat lächelte wie ein Schuljunge, wobei er kleine und krumm gewachsene Zähne entblößte, die seinem Charme jedoch keinen Abbruch taten.

„Warum ist sie nicht mit hierher gekommen?", fragte er und strich sich mit beiden Händen über die locker zurückgebundenen blonden Haare.

„Sie liest ein fesselndes Buch."

„Aha", sagte er nur und lächelte sie wieder verschmitzt an, dieses Mal traten die senkrechten Falten in seinen Wangen und der Adamsapfel deutlich hervor.

„Betreust du die Gruppe?", fragte sie.

„Ich weiß es noch nicht so genau. Entweder macht es Mick oder ich bin selber dabei. Mal sehen. Michael hat einen freien Tag morgen."

`Na, Gott sei Dank´, dachte Alexa und sah, dass Isabel sich redlich abmühte, mit Michael ins Gespräch zu kommen. Doch der verhielt sich spröde und gab nur einsilbige Antworten. Schließlich gab sie es auf und kam zu Alexa und Nat herüber.

Zurück am Bungalow erzählten die beiden Frauen Valerie, dass Nat sich nach ihr erkundigt hatte und ihnen entging die feine Röte nicht, die daraufhin Valeries Gesicht überzog.

„Nach mir? Wieso das denn?"

„Er wollte wissen, ob du morgen mit zum Tauchen kommst."

„Aha." Sie errötete noch mehr. „Das ist ja ein Ding", sagte sie und lächelte zart, während der indische Hausrabe im Baum hinter dem Bungalow sein unrhythmisches Lied krächzte.

Wenig später suchte Eckhard sie heim. Er kam soeben von der Schnorchelsafari zurück und hatte extra den Umweg über die Rückseite der Bungalows genommen, um die Frauen mit den schillernden Ausschmückungen seiner gesammelten Schnorchelerlebnisse zu beglücken.

„Mensch, wir haben vielleicht geile Riffe angefahren! Ich habe folgende Fische gesehen." Er zückte den Reiseführer aus dem Rucksack, blätterte die Seite mit den Abbildungen auf und begann: „Den Leoparden-Drücker, einige Flötenfische, oder waren es Trompetenfische? Na ja, ist ja egal. Ein paar von diesen eben", und er hielt den uninteressierten Frauen das

Buch vor die Nase. „Und dann noch Doktorfische, das sind die hier und auch den hier, den Blaustreifenschnapper, Schwarmwimpelfische, und wie heißt der? Fähnchen-falter-fische, aha und dann noch Mondsichel-falter-fische. Gut, nicht wahr?"

„Ja, ganz große Klasse!", bestätigte Alexa gereizt. Sie wartete nur auf die Gelegenheit, ihm wegen des Surfens die Hammelbeine lang zu ziehen. Die bot sich schon im nächsten Moment, als er ihr die Patschhand auf die Schulter legte und fragte: „Und wie war dein Tag, Seeigelchen?"

Mit einem Satz war sie auf ihren Füßen. „Dein toller Surfkurs war der letzte Scheiß! Von wegen: Der Wind trägt dich der Sonne entgegen! Schwachsinn! Und du hattest uns noch nicht einmal angemeldet! Und dass wir Füßlinge brauchen, hast du uns auch nicht gesagt!"

Eckhard sah sie verblüfft an, wie sie mager und durchtrainiert in ihrem Bikini vor ihm stand, sich aufregte und auf ihn niederbrüllte. Schließlich mussten beide lachen.

Maulend ließ sie sich wieder auf ihrem Badetuch nieder. „Ist doch wahr."

„Ich habe euch angemeldet", sagte er. „Ich war gestern Abend an der Rezeption und habe gesagt, dass heute noch zwei Mädels zum Surfen kämen. Und das mit den Füßlingen dachte ich, wisst ihr. Das tut mir leid." Er sah ehrlich betrübt drein.

Isabel drehte die Augen zum Himmel. „Du bist eine Nummer", sagte sie gutmütig.

„Wieso hat Santiago euch denn keine gegeben?"

„Das ist eine gute Frage", stimmte Alexa zu und erinnerte sich mit Unbehagen an Santiagos Blick auf ihr nasses T- Shirt.

„Haben sich die beiden Frauen aus Bungalow 51 zu einem Tauchgang angemeldet?", fragte Dietmar Nat.

Sie saßen im Büro der Tauchschule und besprachen den Plan für die Woche.

Nat sah auf der Liste nach. „Ja, wieso?"

„Die sollen gut betreut werden."

Nat zog die Augenbrauen hoch. „Hier sollen alle Taucher gut betreut werden und das tun wir auch."

„Ja, ich weiß. Aber pass auf die beiden besonders gut auf."

„Wieso?"

„Die machen einen sehr unerfahrenen Eindruck", behauptete Dietmar.

„Wie kommst du denn darauf?"

„Ich muss ständig unfreiwillig mit anhören, wie die sich über das Tauchen unterhalten. Die haben keinerlei Erfahrung."

Nat sah ihn stirnrunzelnd an. Hatte Dietmar es etwa auf eine der beiden Frauen abgesehen? Das wäre sehr untypisch für ihn, der stets Abstand zu den Gästen wahrte. Vielleicht war es doch nicht so gut, dass sie mitten zwischen den Urlaubern wohnten.

„Wie stellst du dir das vor?"

„Wohin geht der nächste Tauchgang?"

„Ans Khuda Rah Thila."

„Wer von euch kennt sich dort am besten aus?"

„Mick."

„Dann übernimmt er die Gruppe und du die Anfänger", entschied Dietmar und Nat erkannte, dass Widerspruch zwecklos war.

Also sagte er nur: „Okay."

„Und sag´ ihm, er soll die beiden im Auge behalten."

Im Watervillage trat an diesem Abend abermals die Liveband auf, die täglich zwischen den beiden Bars der Insel hin und her zu pendeln schien, ihre Ausrüstung auf einer Holzkarre vor sich herschiebend. Das Programm war mit dem vom letzten Mal bis ins Detail identisch.

„Wenn sie wenigstens mal die Reihenfolge der Titel variieren würden!", sagte Valerie halb amüsiert, halb erstaunt über so viel Einfallslosigkeit. In der Pause sahen sie den Sänger der Band aufgeregt auf eine Urlauberin einreden. Tatsächlich ergriff diese dann das Mikrofon und sang etwas in einer fremden Sprache und das so zaghaft, dass man ohnehin so gut wie nichts verstand. Trotzdem klatschten alle höflich.

„Das finde ich mutig", erklärte Valerie anerkennend. Da sah sie eine Frau die Bar betreten, winkte sie zu sich heran und stellte sie als Monique, die französische Reiseleiterin vor. Die beiden unterhielten sich eine Weile mit den anderen auf Englisch, verfielen dann aber bald in eine angeregte französische Konversation. Irgendwann entschuldigte Monique sich freundlich und verschwand.

„Worüber habt ihr gesprochen?", fragte Eckhard ungeniert.

„Oh, über dies und das. Monique hat sich über Charles aufgeregt. Er ist der Hotelmanager des Watervillage und geistert hier wohl wie ein Gespenst über die Insel, entlässt wahllos Leute, arbeitet selber aber so gut wie nicht."

„Weißt du denn, wer das ist?", fragte Isabel, die bisher geistig eher abwesend gewirkt hatte, nun doch wach.

„Ja, ich habe ihn einmal gesehen, als ich in Moniques Büro war. Ich zeige ihn euch bei nächster Gelegenheit."

Die beiden Frauen nickten, denn an Klatsch waren sie sehr interessiert. Und so auf den Geschmack gekommen, begannen sie über verschiedene Hotelgäste zu lästern und Meinungen auszutauschen. Von dem Tratsch ein wenig aufgemuntert, gingen sie zu Bett. Isabel schlief schon bald wie ein Stein, während Alexa wach neben ihr lag und ihren Gedanken nachhing.

Warum musste sie in diesen Tagen so oft an ihre Eltern denken? Irene und Lars waren eng mit Lilith und ihrem damaligen Mann befreundet gewesen. Sie hatten sogar einen gemeinsamen Urlaub verbracht, bevor die Freundschaft zwischen Lilith und Irene zu bröckeln begann. Was hatte Irene Alexa noch über diese Ferien erzählt? Ach ja, Irenes und Lars´ Ehe war fast zerbrochen, weil sie seit Jahren kein Kind bekamen, obwohl sie es sich sehnlich wünschten. In dem Urlaub hatten sie dann endlich Glück, denn Irene war schwanger mit Alexa wieder zurückgekommen.

Hatte die Freundschaft der beiden Frauen darunter gelitten, dass die eine einfach schwanger geworden war, während die andere vergeblich jahrelang darauf gewartet hatte? Irene beteuerte, dass es nicht an ihr gelegen habe. Merkwürdig, wie Beziehungen verlaufen. Und warum wollen manche Menschen unbedingt Kinder haben? Sie selber verspürte nicht das geringste Bedürfnis danach. Das war der häufigste Streitpunkt zwischen Markus und ihr gewesen. Ob Nathalie ihm nun den gewünschten Nachwuchs liefern wird? Vielleicht war der ja bereits unterwegs und die beiden wollten deshalb so zügig heiraten.

Alexa beobachtete noch eine Weile einen Gecko, dessen Schatten sie an der Zimmerdecke entlang huschen sah und spürte, wie Übelkeit in ihr aufstieg. Markus so schnell zu verlieren, tat entschieden zu sehr weh. Er war die stabile Größe in ihrem Leben gewesen, der Fels in der Brandung, auf den sie sich immer verlassen konnte. Zuverlässig und konstant auch in seinen Gefühlen ihr gegenüber, nicht so wankelmütig wie ihr Vater, bei dem sie nie wusste, woran sie war. Wann hatte ihre Beziehung zu bröckeln begonnen? Als er ihr aus Dankbarkeit diesen blöden Heiratsantrag gemacht hatte? Dabei hatte ein Trauschein überhaupt keine Bedeutung für sie. Natürlich freute sie sich mit ihm, als er wieder schmerzfrei laufen konnte, aber sie hätte ihn auch geliebt, wenn er seine körperliche Einschränkung behalten hätte. Nur weil er wieder gesund war, mussten sie doch nicht gleich heiraten und sich in eine unabsehbare Abhängigkeit begeben! Scheinbar hatte das viele Training in seiner Jugend verhindert, dass er die üblichen Entwicklungsschritte machte, die andere in dieser Zeit durchlebten, wenn sie Beziehungen eingingen, die wieder zerbrachen. Er hatte nie erlebt, wie unberechenbar auch nahestehende Menschen sein können. In mancher Hinsicht wirkte er naiv und erfahren. Dazu passte, dass er Nathalie nun so schnell heiraten wollte. Sie weinte leise und schlief dann endlich ein.

Mitten in der Nacht erwachte Alexa davon, dass etwas fehlte. Sie starrte in die Dunkelheit und forschte, was das war. Dann bemerkte sie, dass es Isabels Atem war. Alexa drehte sich um und sah, dass Isabels Bett leer und die Terrassentür nur angelehnt war. Schwerfällig erhob sie sich, warf einen Blick auf das vom Mondlicht beschienene Meer und erschrak. Isabel saß alleine am Strand und starrte auf das Wasser.
`Vielleicht wartet sie dort auf ein Rendezvous´, vermutete Alexa, doch etwas an Isabels Körperhaltung war höchst merkwürdig. Sie wirkte nicht wie eine Frau, die in Erwartung eines erotischen Abenteuers vor Vorfreude bebte. Ganz im Gegenteil. Von ihrer nach vorne gebeugten reglosen Haltung ging eine große Traurigkeit aus.
Alexa wartete zehn Minuten, doch niemand erschien. Schließlich stieß Alexa die Terrassentür auf und ging zu ihr. Isabel rührte sich nicht. Sie musste die Tür gehört haben, die lärmend gequietscht hatte, und ahnte wohl, dass es Alexa war, die nun zu ihr kam. Diese setzte sich schweigend neben sie. Nun, in ihrer direkten Nähe empfand sie Isabels Traurigkeit unmittelbar und nahezu körperlich. So hatte sie Isabel noch nie erlebt.
„Ist alles okay bei dir?", fragte sie.

Isabel gab keine Antwort. Die beiden Frauen saßen lange stumm nebeneinander. Obwohl Isabel unbewegt auf das Meer starrte, hatte Alexa doch das Gefühl, dass ihr ihre Anwesenheit guttat. Sie gewöhnte sich an die Stille und zuckte zusammen, als Isabel plötzlich den Mund öffnete und mit tonloser Stimme sagte: „Meine Mutter hat einen Tumor in der linken Brust."

Für einen Moment glaubte Alexa, nichts zu begreifen. Was hatte Isabel da gesagt? Tumor? In der Brust? Das war ja furchtbar! Und das in Liliths Alter! Wieso hatte Isabel die ganze Zeit nichts davon erzählt? Bevor sie jedoch eine entsprechende Frage denken, geschweige denn formulieren konnte, fügte Isabel ebenso tonlos hinzu: „Der Arzt sagt, der Krebs habe bereits gestreut. Ich habe heute mit ihr telefoniert. Ihr Zustand ist unverändert."

Nun nahm Alexa den Schock wahr, der sich in ihr breitmachte. Kälte strömte durch ihren Körper, als friere sie von den Füßen aufwärts ein. Unfähig, sich zu rühren oder etwas zu sagen, saß sie einfach nur da und sah Isabel an.

7
≈≈✷≈

Beim Blick aus dem Fenster an diesem Morgen stellte Alexa erleichtert fest, dass das Meer ruhig war. Heute sollten sie ihren ersten richtigen Tauchgang auf den Malediven absolvieren. Bei Sturm und Regen wären sie sicher nicht raus gefahren. Und ein schönes Erlebnis war genau das, was sie beide jetzt brauchten. Mit tiefen Augenringen sah Alexa lange zu der Stelle, an der sie gestern Nacht mit Isabel gesessen hatte. Noch immer spürte sie die Nachwirkungen der Fassungslosigkeit. Was war ihr eigener Kummer schon verglichen mit dem, was Isabel und ihre Mutter durchmachten? Bei der Erinnerung an Isabels lautloses Weinen traten auch ihr wieder Tränen in die Augen. Unbeholfen hatte sie Isabel über den Rücken gestrichen und beide hatten geschwiegen. Alexa hatte noch immer keine Ahnung, was sie sagen oder tun sollte. Zu sehr war sie damit beschäftigt, mit ihrer eigenen Verstörung zurechtzukommen. Die bloße Vorstellung, ihre Mutter zu verlieren, verursachte einen stechenden Schmerz in der Brust. Wie musste das erst für Isabel sein, die ganz allein war? Immerhin verstand sie nun, warum Lilith das Geld aus ihrer Lebensversicherung in die Erfüllung eines Lebenstraums ihrer Tochter gesteckt hatte. Sie würde ihr bald gar keine Wünsche mehr erfüllen können.

Alexa hörte, dass Isabel sich im Bett rührte und setzte sich zu ihr.

„Guten Morgen. Wie geht es dir?"

Isabel blinzelte sie aus geröteten Augen an. „Ganz okay."

„Kann ich irgendetwas für dich tun?"

Es dauerte eine Weile, bis Isabel antwortete: „Ja, lass´ uns einen schönen Urlaub verbringen, der mich auf andere Gedanken bringt. Die letzten Monate waren furchtbar und die nächsten werden es wahrscheinlich auch."

„Ach, Isabel, das tut mir so leid!"

„Danke", erwiderte Isabel und versuchte ein Lächeln.

Nach dem Frühstück fanden sich Isabel und Alexa an der Tauchschule ein und sahen zur Anzeigetafel, auf der nur eine Spalte beschriftet war. Außer ihnen und Valerie befanden sich Heather und noch fünf weitere Namen auf der Liste. Es sollte zum Khuda Rah Thila gehen, dem Riff, dass Nat gestern als eines der schönsten im Süd Ari Atoll beschrieben hatte. Er selber fuhr nicht mit, stattdessen stand Mick in der Zeile „Tauchlehrer".

`Seltsam, dass Nat sich nicht eingetragen hat, obwohl er weiß, dass Valerie mitkommt´, dachte Alexa. Nach und nach trudelten die anderen Taucher ein. Valerie erschien zusammen mit Heather, die mit mädchenhaftem Augenaufschlag in die Runde schaute, dann Alexa und Isabel mit einem Strahlen begrüßte, als seien sie alte Freunde, die sie seit Jahren nicht mehr gesehen hatte. „Wie wunderbar, dass ihr mitkommt! Oh, wir werden eine ganz fantastische Zeit verbringen! Glaubt mir, es ist einfach unglaublich da draußen!"

`Jaja, schon klar´, dachte Alexa und sah nach, wo Mick blieb und wann es endlich losging. Der trat aus dem Materialraum und hielt bündelweise Tauchcomputer in der Hand. Schließlich kam er auch auf sie zu und lächelte Isabel an: „Hallo, wie geht´s dir?"

„Danke, gut", antwortete sie ebenso freundlich. Das schien alles zu sein, was von dem intensiv verbrachten Abend übrig geblieben war. Alexa konnte es kaum glauben.

„Wie sieht es aus?", wollte er wissen. „Habt ihre eure Tauchcomputer mitgebracht oder braucht ihr einen von uns?" Niemand besaß einen Eigenen, daher verteilte er die Instrumente der Tauchschule. An Alexa gewandt fragte er: „Bist du schon einmal mit Computer getaucht?"

Sie verneinte.

„Okay, dann erkläre ich dir kurz, wie die Dinger funktionieren. Also, das Gerät beginnt zu arbeiten, sobald du ins Wasser steigst." Er befeuchtete seine Finger mit Spucke und berührte die Sensoren. Sofort leuchtete die Anzeige auf. „Er zeigt dir immer an, wie tief du bist, wie lange du bereits unten bist und die verbleibende Dekompressionszeit. Beim Aufsteigen blinkt ein Pfeil auf, wenn du zu schnell bist. Okay?"

Alexa nickte. Das Display abzulesen sollte sie nicht vor Probleme stellen.

Innerhalb weniger Minuten verwandelte sich der Vorraum in einen Ort lebendig gewordener Chaostheorie. Anzüge, Masken, Flossen und Westen wurden anprobiert und hin und her gereicht. Schließlich schien alles Benötigte auf den Holzkarren geladen zu sein. Die Bootsjungen zogen das Vehikel zum Dhoni und verluden die Kisten. In dieser Zeit briefte Mick die Gruppe. Dazu hängte er eine mit Folie beklebte Schemazeichnung des Riffs an einen Wandnagel. Die Zeichnung zeigte nicht nur die Lage der Felsenklippe im Meer, sondern auch die Tiefen, häufig vorkommende Fische und Korallen und Hauptströmungsrichtungen.

Er erzählte ihnen mit breitem amerikanischen Akzent, dass das Khuda Rah Thila unter Naturschutz stehe und dass dort nicht gefischt werden dürfe. „Deshalb herrscht da ein bemerkenswerter Arten- und Fischreichtum. Ihr werdet das gleich merken, wenn wir dort runterkommen. Das Boot wird etwa an dieser Stelle hier halten, das heißt, wir kommen wahrscheinlich von der Westseite an das Riff heran." Er tippte mit dem Zeigefinger auf die Zeichnung an der Wand.

„Ich sage deshalb wahrscheinlich, weil es sehr schwer ist, das Thila zu finden. Es gibt keine oberen Orientierungspunkte. Aber das ist nicht weiter schlimm, denn bei dem Thila handelt es sich um einen runden Korallenblock. Insofern spielt es keine Rolle, von welcher Seite man darauf stößt. Es empfiehlt sich ohnehin, einfach langsam an dem Block entlang zu schwimmen, und dann kommt man zwangsläufig an der Stelle wieder an, von der aus man gestartet ist. Wir werden heute Morgen vermutlich wenig Strömung haben und wenn, dann wird sie eher hier entlang ziehen." Nun strich er mit dem Finger über die Zeichnung.

„Tja, ansonsten können wir uns, glaub´ ich, auf einen entspannten Tauchgang mit vielen bunten Fischen einstellen. Also, relaxt, lasst euch mit der Strömung treiben, sofern es überhaupt eine gibt, und genießt einfach dieses Thila. Gibt´s noch Fragen?"

Niemand rührte sich.

„Also gut, dann geht´s los!"

Fröhlich schwatzend zog die Taucherschar über den Landesteg zum Boot, wo die Bootsjungen ihnen beim Einsteigen halfen. Sie nahmen auf den Holzbänken an den Außenwänden des Dhoni Platz und suchten die Kisten, in denen ihre Ausrüstung deponiert war. Die Sauerstoffflaschen steckten in Fächern mitten auf dem Boot. Alexa zog einen Tank heraus und befestigte ihre Tarierweste und den Atemregler daran, ehe sie ihn zurück in die Halterung stellten, damit er während der Fahrt nicht umkippen konnte.

„Ist die Ausrüstung bei allen in Ordnung?", rief Mick und bekam nur zustimmendes Gemurmel zur Antwort. Er gab der Besatzung das Okay und das Boot setzte sich in Bewegung. Sanft schaukelnd verließ es die Lagune und hielt auf das Innere des Atolls zu. Schon bald kam die Nachbarinsel in Sicht und das Schaukeln des Dhoni nahm zu.

Alexa spürte den unangenehmen Druck des Bleigurtes auf ihrem Bauch und Übelkeit in sich aufsteigen. Sie lockerte den Gurt und sah auf das Wasser hinaus. Aber auch das half nicht.

„Geht es dir nicht gut?", fragte Isabel besorgt. Bis auf die noch immer geröteten Augen blühte sie selber wieder auf und der enge Tauchanzug betonte ihre üppigen Formen.

Alexa nickte jämmerlich.

Heather kam quer durch das Boot auf sie zu. „Du musst einen Punkt fixieren, der sich nicht bewegt – eine Insel oder auch nur den Horizont. Aber du darfst nicht ins Boot schauen, wo alles wankt!", warnte sie mütterlich und fasste Alexa am Arm.

Diese nickte und suchte sich eine ruhige Stelle, auf die sie blicken konnte. Die nächste Insel kam zum Vorschein und Alexas Augen klammerten sich an ihr fest. Nach einer Weile ließ die Übelkeit tatsächlich nach und sie konnte wieder lächeln. Heather tätschelte noch einmal ihren Arm und wankte dann auf ihren Platz neben Valerie zurück, die Alexa ebenfalls aufmunternd zunickte.

„Frag´ mich jetzt bitte nicht, ob wir uns dies hier freiwillig antun oder womöglich noch warum!", sagte Isabel mit gespieltem Ernst.

„Schon gut", erwiderte Alexa, „ich halte die Klappe."

„Gut." Isabel drehte ihr Gesicht in den Wind. Sie war gespannt darauf, endlich in einem Revier zu tauchen, das dem entsprach, was ihr Vater wohl täglich zu sehen bekommen hatte in den fast dreißig Jahren, in denen sie ohne ihn aufgewachsen war. Es fühlte sich an wie eine Mischung aus trotziger Verärgerung und dem Wunsch nach Nähe. Gleichzeitig war es so etwas wie die Erfüllung eines Kindheitstraums. Sie würde für einen Moment in die Fußstapfen dieses fremden Mannes treten, der sie verlassen hatte und kein Bedürfnis danach zu haben schien, sie kennen zu lernen. Sie würde eine Zeit lang mit ihm auf Augenhöhe sein, auch wenn er davon nichts wusste. Aber es genügte völlig, dass es ihr bewusst war. Für diesen Moment verdrängte sie den Gedanken an ihre sterbenskranke Mutter, denn er trieb ihr erneut Tränen in die Augen.

Die Sonne brach durch die immer spärlicher werdenden Wolken und die Taucher streckten ihr vom Boot aus die Nasen entgegen. Die zu Beginn noch munteren Gespräche verstummten. Mick setzte sich neben John, der einen Fortgeschrittenenkurs belegt hatte und heute bis auf 30 Meter Tiefe ging. Die beiden besprachen die Einzelheiten des Tauchgangs und Mick stellte ihm einfache Rechenaufgaben, die er durch Anzeigen der entsprechenden Zahl mit den Fingern lösen musste. Das Gleiche würde Mick auch in 30 Metern Tiefe tun, um Johns Denkvermögen zu kontrollieren und den Beginn einer möglichen Stickstoffnarkose einzuschätzen.

Nach etwa vierzig Minuten erreichten sie das anvisierte Ziel und Mick sprang nur mit Flossen und Maske ins Wasser, um die Strömung und die Lage des Thilas zu erkunden. Die Position des Dhonis musste zweimal verändert werden, dann endlich war Mick zufrieden und forderte die Taucher auf, nun ihre Ausrüstung anzulegen. Augenblicklich begann das Gewusel auf dem Boot. Innerhalb weniger Minuten saßen alle eingezwängt in ihr Equipment auf den harten Bänken und prüften untereinander den Sitz und die Funktion der Instrumente. Mick sprang als Erster ins Meer und rief: „Los geht´s!"

Nacheinander folgten sie ihm. Als alle im Wasser waren, gab Mick das Zeichen zum Abtauchen und Alexa glaubte für einen Moment, einen etwas intensiveren Blickkontakt zwischen ihm und Isabel zu bemerken, als nötig gewesen wäre. Verwundert nahm sie den Atemregler in den Mund, ergriff den Inflator ihrer Tarierweste, hielt ihn senkrecht in die Höhe und ließ dann die Luft aus der Jacke. Rings um sich herum vernahm sie das Zischen der entweichenden Luft aus den Westen der Taucher, ehe das Meerwasser ihren Kopf umschloss und sie nurmehr ihren eigenen Atem durch das Gerät hörte. Untergetaucht sah sie schließlich auch die anderen ungetrübt durch ihre Maske gemächlich nach unten sinken. Schon bald begannen ihre Ohren zu schmerzen und sie glich den Druck aus.

Sachte segelten die zehn Taucher in die Tiefe und was für sie von oben nur schemenhaft erkennbar gewesen war, entpuppte sich mehr und mehr als großer Korallenblock, der sich immer deutlicher vom Blau des Meeres abhob. Unvermittelt fand Alexa sich umringt von einem Schwarm leuchtend gelber Fische und sie verlor den Blickkontakt zu Isabel, ihrer Tauchpartnerin. Sie scheuchte die Fische beiseite und schwamm auf Isabel zu, die mit einem unsichtbaren Seil an Mick gebunden schien.

`Will sie ihm etwa bis auf 30 Meter Tiefe folgen?´, fragte Alexa sich bestürzt.

Aber das hatte Isabel dann wohl doch nicht vor. Sie hielt sich einfach so lange an einer Stelle auf, bis Mick mit John wieder hochkam und sie eingeholt hatte. Alexa konnte sich nicht entspannen, weil Isabel mehrmals anhielt, sich umdrehte, ständig ihre Maske ausblies und auf irgendwelche Korallen zeigte. Leuchtend bunte Fischschwärme zogen vorüber und Alexa stellte sich vor, wie sie Eckhard als Retourkutsche im Reiseführer zeigen würde, welche Fische sie gesehen hatten und wie die hießen. Endlich hatte Mick mit ihnen aufgeschlossen, fragte sie per Handzeichen irritiert, ob alles in Ordnung sei und schwamm dann mit John vorbei. Sofort nahm Isabel seine Fährte auf. Ihre Maske musste mit einem Mal nicht mehr ausgeblasen werden.

So folgten sie Mick und John. Nach einer halben Stunde begann Alexa zu frösteln. Sie bemerkte, dass

Mick und John sich mehrmals auf etwas aufmerksam machten und dann das Gezeigte interessiert begutachteten. Doch immer, wenn sie dann an die Stelle kam, war das Tier entweder weg oder sie hatte Tomaten auf den Augen. Jedenfalls sah sie nichts, was sie vom Hocker gerissen hätte. Außer der Gänsehaut auf ihren Unterarmen natürlich. Glücklicherweise bedeutete Isabel ihr, dass sie nur noch 50 bar in ihrer Flasche hatte.

`Hat wohl vor Aufregung ihren Sauerstoff doppelt so schnell weggeatmet´, vermutete Alexa erleichtert. Sie begannen den Aufstieg.

Sie waren die Ersten, die auftauchten und über die Eisenleiter in das Boot hinauf stiegen. Als Alexa den Oberkörper aus dem Wasser reckte, bekam sie abrupt das Gewicht der Sauerstoffflasche zu spüren, das sie gnadenlos zurück in die Tiefe zu ziehen schien. Doch im gleichen Augenblick griff jemand von der Bootsbesatzung nach ihr, half ihr hoch und noch bis auf den Platz. Dankbar lächelte sie ihn an.

Schnaufend schälten sie sich aus der Ausrüstung und wickelten sich in ihre Handtücher ein. Nach und nach trudelten die anderen ein und das Boot füllte sich mit fröhlichem Geschnatter in allen möglichen Sprachen. Die Letzten, die auftauchten, waren Heather und Valerie.

„War das nicht ganz fantastisch?", fragte Heather Alexa.

Diese nickte. Um keinen Preis hätte sie zugegeben, dass sie da unten nicht viel wahrgenommen hatte. Heather fasste sie am Arm. „Habt ihr die unglaublichen Fischschwärme gesehen?", erkundigte sie sich, ohne eine Antwort zu erwarten, „Und diese leuchtenden Farben! Hach, war das schön!"

Wieder nickten Isabel und Alexa brav. Alexa sah, dass Isabels Blick zu Mick irrte und der zwinkerte ihr prompt zu, als er zurück auf das Boot kam.

„Habt ihr auch die Schildkröte gesehen, die da ganz gemütlich entlang geschwommen ist?", wollte Valerie wissen.

„Nein, haben wir nicht", gab Alexa bedauernd zu. Wieso hatten sie diese Schildkröte nicht gesehen, wenn sie schon einmal da unten waren? Bestimmt nur deshalb, weil sie Tuchfühlung zu Mick gehalten hatten.

„Wie war das Tauchen für dich?", fragte sie Valerie mit neuer Einfühlsamkeit.

Valerie senkte den Blick. „Eigentlich schön. Aber in Wirklichkeit schrecklich. Ich habe ständig meine Eltern tot vor mir schweben gesehen. Weißt du, ihre Leichen sind nie geborgen worden, sondern im Meer geblieben."

Linkisch nahm Alexa sie kurz in den Arm, damit niemand etwas bemerkte und blöde Fragen stellte. Sie war nicht gut im Trösten und die Schicksalsschläge um sie herum begannen sie zu überfordern.

Endlich nahmen alle ihre Plätze ein und das Dhoni setzte sich in Bewegung. Ein Teller mit Koksnussstückchen wurde herumgereicht. Mick ging von Taucher zu Taucher, notierte Restluft, Tauchzeit und -tiefe in einer Liste und sammelte die Tauchcomputer ein. Dabei fragte er jeden, wie es ihm gefallen habe und gab den perfekten Animateur, der die Stimmung in der Gruppe anheizt. So fiel es nicht auf, dass er mit Isabel flirtete, denn nur Alexa hatte ein Auge darauf.

`Immer noch besser der als der Ölfisch. Und wenn es ihr guttut, ihre Chancen bei den Männern hier auszuloten, soll sie es in Gottes Namen halt tun.´ Isabel tat ihr unendlich leid.

Während der Fahrt redete Heather fast ununterbrochen auf Valerie ein und fasste sie dabei ständig an, wenn ihre Hände nicht gerade damit beschäftigt waren, die Armreifen und sonstigen Gehänge zum Klimpern zu bringen. Alexa schnappte Gesprächsfetzen auf, die darauf schließen ließen, dass sie Valerie darüber aufklärte, was sie unbedingt machen müsse und was in ihrem eigenen Leben alles aufregend sei. Alexa hatte nicht mitbekommen, dass Mick sich neben Isabel niedergelassen hatte und dass sich die zwei angeregt unterhielten. Als sie es nun sah, schloss sie ihre Augen und streckte ihr Gesicht seitlich aus dem Boot, um es zu sonnen. In ihrem Magen machte sich wieder ein bisschen Übelkeit breit. Genauso wie der Gedanke an das, was Valerie unter Wasser zu sehen geglaubt hatte.

Zurück auf der Insel erledigten die Frauen ihre Logbucheinträge, ließen sie von Mick unterschreiben und mit einem Stempel versehen, auf dem stand: „Have fun on the brigg with Mick". Von Nat war nichts zu sehen, von Michael zum Glück auch nicht. So stapften sie zu ihrem Bungalow zurück und erholten sich auf der Terrasse erst einmal von den „Strapazen" des Tauchganges. Eckhard ließ sie diesmal in Ruhe.

`Der ist auf seinem Inselhüpfen-Ausflug gut versorgt´, dachte Alexa erleichtert.

Sie war sich darüber im Klaren, dass sie den ausufernden und übertriebenen Schilderungen dieses Ausflugs nicht entrinnen konnte. Tatsächlich sah Eckhard seine Stunde gekommen, als sie nach dem Abendessen in der Bar saßen, Valerie sich wegen einer „massiven Müdigkeitsattacke" früh zurückzog und Isabel wie eine Schmeißfliege an Mick, also an der Theke, klebte.

Er brachte ein gerüttelt Maß an Begeisterung zustande, als er begann: „Mensch, Seeigelchen, da hättest du dabei sein müssen! Wir waren auf einer Einheimischeninsel, da kommt man ja sonst gar nicht hin. Es war total interessant zu sehen, wie die da leben. Ganz einfache Häuser ohne viel Luxus. Im Prinzip bestand die Insel nur aus einer Straße, an der rechts und links diese Hütten standen. Die meisten hatten vorne einen kleinen Laden, wo sie Tourikram verkaufen. Und dann waren wir noch auf einer anderen Hotelinsel, auf der eine Fünf-Sterne-Anlage steht. Aber ehrlich gesagt, da wollte ich nicht untergekommen sein. Die hatten in der Mitte, wo das Restaurant war, gleichzeitig auch ihre Müllcontainer und Stromaggregate stehen. Und das stank total. Also da wollte ich nicht meinen Urlaub verbringen!"

„Na, das klingt ja sehr spannend. Wie schade, dass ich nicht dabei war", bestätigte Alexa ironisch. Sie fragte sich, wieso Eckhard diese Begeisterung aufbrachte. Schließlich dämmerte es ihr. „Wer hat denn die Tour begleitet?"

„Die Helene natürlich", erwiderte er und warf sich in die Brust, „die hat uns alles ganz genau erklärt und die Verhandlungen mit den Einheimischen übernommen."

„Welche Verhandlungen?"

„Na, die Verkaufsgespräche. Die wollen einen immer über´s Ohr hauen. Und die Helene hat dann die Preise für uns runtergehandelt."

„Was hast du denn gekauft?", fragte Alexa und bereute die Frage im gleichen Augenblick. Sie wollte sich lieber die Peinlichkeit von Eckhards Errungenschaften ersparen. Doch der zog ein recht hübsches Fotoalbum aus dem Rucksack, das mit getrockneten Bananenblättern überzogen war und eine Schildkröte aus Naturmaterialien auf dem Deckel trug. „Das ist für meine Großtante", erklärte er stolz und ein bisschen wehmütig.

Alexa kam es seltsam vor, dass jemand ausgerechnet seiner Großtante etwas aus dem Urlaub mitbrachte und sie zögerte. Vielleicht käme dann ja doch noch eine Peinlichkeit zu Tage. Oder womöglich die „Scheiße", von der er neulich gesprochen hatte. Aber schließlich siegte die Neugier. „Deine Großtante?"

„Ja. Sie ist eine tolle Frau und für mich so etwas wie eine Mutter."

Nun wurde es doch noch interessant. „Bist du bei ihr aufgewachsen?", fragte sie und war überrascht, als er dies bestätigte.

„Ja, so gut wie. Meine Eltern sind bei einem Autounfall ums Leben gekommen, als ich sieben Jahre alt war."

„Ach du lieber Gott! Das tut mir leid." Gab es hier nur Leute mit toten oder sterbenden Eltern?!

„Zumindest hat man mir das jahrelang erzählt."

Verwirrt starrte Alexa ihn an. Sie ahnte nichts Gutes. Eckhard schien an diese Reaktion gewöhnt zu sein, denn er fuhr leichthin fort: „Als ich achtzehn war, fand meine Großtante, dass ich nun alt genug sei, die Wahrheit zu erfahren, und erklärte mir, dass sie erst vor acht Jahren an einer Überdosis Heroin gestorben waren. Sie hatten sich einen ´goldenen Schuss´ gesetzt, wie man so schön sagt. Ich lebte aber schon viel früher bei meiner Großtante, weil meine Eltern wohl nicht mehr in der Lage waren, mich zu versorgen. Das Jugendamt hatte sich bereits eingeschaltet und ich sollte in ein Heim eingewiesen werden."

„Wie sich das anhört!"

„Ja, nicht wahr." Eckhard lächelte und Alexa fand dieses Lächeln mit einem Mal sympathisch.

„Aber wieso deine Großtante? Hast du keine engeren Verwandten?"

„Nein, sie war die Einzige, die noch da war. Sie hat mich echt toll aufgenommen und mit dem Jugendamt wie eine Löwin um mich gekämpft. Sie war alleinstehend und da war ich wohl so etwas wie ein Sohnersatz für sie. Na ja, und jetzt ist sie halt alt und in letzter Zeit viel krank. Ich glaube, sie macht es nicht mehr lange."

Er sah in die Dunkelheit hinaus, in der der Wind durch die tropischen Bäume strich. Es war eine starke und kühle Brise aufgekommen. Den sonst klaren Sternenhimmel verdunkelten dichte Wolken.

Alexa spürte seine Beklommenheit und hatte das Gefühl, irgendetwas sagen zu müssen. „Und deine Eltern? Weißt du, warum sie heroinsüchtig waren?"

„Da kann ich mir nur auf das verlassen, was meine Großtante mir erzählt hat und das war nicht gerade berauschend, vor allem was meinen Vater betraf. Aber wahrscheinlich war ihr meine Mutter als ihre Nichte einfach nur näher als mein Vater." Alexa nickte bestätigend, um überhaupt etwas beizutragen. Ihr wurde unangenehm bewusst, dass sie oft ziemlich ekelhaft zu ihm gewesen war und das tat ihr jetzt leid. Schließlich seufzte Eckhard, als wollte er das Thema damit beenden. „Und du? Wie sieht´s bei dir aus? Du erzählst nie etwas über dich!"

„Och, bei mir ist alles normal", antwortete sie ausweichend.

„Na, jetzt sei aber mal ehrlich!" Er fasste an ihren Oberarm, um zu demonstrieren, wie muskulös dieser sei.

„Frag´ mich bloß nicht, ob ich sportsüchtig bin!", rief sie mit schon wieder beginnender Gereiztheit.

„Wieso nicht?", fragte er unschuldig.

„Weil ich es nicht bin! Ich bin Physiotherapeutin und muss mich fit halten."

Er schien nachzudenken. „Na ja, zumindest isst du am Tisch immer ganz normal mit." Nachdenklich fügte er hinzu: „Aber was du danach machst, weiß ich natürlich nicht."

Alexa zog eine Grimasse. „Hast du mich nach dem Essen schon mal zum Kotzen auf´s Klo rennen gesehen?"

„Ich habe noch nie darauf geachtet."

Beleidigt wandte sie sich ab.

„He komm, sei wieder friedlich, Seeigelchen, ja? Ich hab´s nicht so gemeint."

Alexa stellte sich vor, was für ein Bild sie beide gerade abgaben – sie schlank und sehnig neben dem bulligen

Hardy mit dem glänzenden Mondgesicht und dem Seitenscheitel. Es war einleuchtend, dass sie mit Isabel ein ganz ähnliches Bild abgab. Das brachte sie fast zum Lachen.

Auch dieses Mal erschien Isabel erst spät in der Nacht. Ein dumpfer Knall schreckte Alexa auf. Verstört sah sie, dass Isabel eine Kakerlake erlegt hatte und achtlos in die Zimmerecke schubste.
„Sorry", sagte sie, als sie sah, dass Alexa wach war. „Ich wollte dich nicht wecken. Schlaf weiter."
Nahezu mütterlich drückte Isabel Alexas Kopf in das Kissen zurück und strich mit den Fingern über ihre Augen. Dann blieb sie noch lange neben ihr sitzen, bis Alexa wieder eingeschlafen war.
In der Nacht stürmte und regnete es. Vom Heulen des Windes und dem Prasseln der Regentropfen wach geworden, wankte Alexa auf die Toilette. Der Regen ergoss sich über den gefliesten Boden bis zur Badezimmertür, sodass die originell gefalteten Handtücher ebenfalls nassgetränkt waren. Zurück im Zimmer hörte sie, wie das Meer gegen den Strand peitschte. `Verrückte Insel´, fand Alexa, `zum Surfen kein Wind und zum Schlafen ein Hurrikan.´
Sie trat ans Fenster und schaute auf das Meer hinaus. Da sah sie eine Gestalt mit flatterndem Strandkleid und wehenden Haaren mit erhobenen Händen auf das Meer hinausstarren, als bete sie es an. Als sie die Holzketten und Anhänger im Wind klappern hörte, hatte sie eine Ahnung, wer das war. Als die Gestalt dann erst mehrere Sonnengrüße vollführte und dann in der Baum-Asana verharrte, war der letzte Zweifel ausgeräumt, wer diese Person war. `nicht nur die Insel ist verrückt, die Gäste sind es auch´, dachte sie und legte sich wieder hin.

8
≈≈▨≈

Als Alexa an diesem Morgen erwachte, stellte sie erleichtert fest, dass der Sturm und der Regen nachgelassen hatten. Eine dichte Wolkendecke zog an dem Dachfenster vorbei. Von draußen war das sanfte Rauschen des Meeres zu hören, das sich ebenfalls beruhigt hatte. Sie spürte ein dumpfes Ekelgefühl, das sie nicht zuordnen konnte. Dann fiel ihr die Kakerlake ein, die Isabel letzte Nacht ins Jenseits befördert hatte und sie blinzelte in die Ecke, in die der Kadaver geschoben worden war. Der Kakerlakenkörper war verschwunden. Sie konnte sich beim besten Willen nicht vorstellen, dass Isabel ihn entsorgt hatte. So gesellte sich zu dem Ekelgefühl ein leichtes Gruseln. Dass Isabel, die wie eine Mumie neben ihr lag, kaum noch zu atmen schien, machte das Ganze nicht besser.

Fröstelnd schob Alexa das Laken beiseite, unter dem sie gelegen hatte und wankte ins Bad hinaus. Eine neue Ameisenstraße und ihr Haustier, der obligatorische Krebs, begrüßten sie unter bedecktem Himmel. Langsam wurde ihr etwas wärmer. Sie entdeckte drei frische Mückenstiche und begann, mit Wonne daran zu kratzen.

Als Isabel aus ihrem Komaschlaf erwacht war, fragte Alexa sie, wo denn die Kakerlake sei. „Wo soll die schon sein? Ich habe sie platt gemacht und jetzt schimmelt sie da hinten in der Ecke vor sich hin", brummte Isabel.

„Eben nicht. Die ist weg."

„Wie, die ist weg?" Isabel riss die Augen auf. „Iieh! Hat die etwa doch noch gelebt und ist irgendwo hingekrochen, um zu sterben? Wie ekelhaft!"

Auch sie zog es nun mit magischer Kraft ins Bad.

Im Erlebnispaket stand für Eckhard heute das Katamaransegeln auf dem Programm und da er sich sklavisch an die Vorgaben hielt, verschwand er gleich nach dem Frühstück in Richtung Wassersportzentrum. Er rief Alexa, Isabel und Valerie noch zu, sie sollten sich keine Sorgen machen, etwas zu verpassen – am Abend werde er ihnen alles berichten. Solchermaßen beruhigt unternahmen die drei einen Inselspaziergang, solange das noch möglich war, denn das Wetter verhieß nichts Gutes. Der Himmel zog sich immer mehr zu und von Westen blies ein starker Wind, der die Bäume bog und rüttelte und unbeherrscht das Laub mit sich riss. Auch den Frauen fuhr er wütend in die Haare, zerrte an ihren Kleidern und an der Westseite der Insel peitschte er das Meer gegen den Strand, als fände ein Zweikampf der Gewalten statt.

Erst auf der Ostseite wurde der Spaziergang etwas friedvoller, da die Pflanzen die Frauen vor dem Wind abschirmten. Unbeeindruckt von dem kommenden Unwetter saßen unzählige Geckos auf den Baumrinden, sahen wachsam starr in eine Richtung, ehe sie mit dem Schwanz zuckten und davonhuschten. Der indische Hausrabe schien ihnen über die Insel zu folgen, denn sein „Bedenke, was du tust"-Ruf ertönte ständig in ihrer Nähe und Alexa erwog, erneut einen Stein nach ihm zu werfen, damit er verschwand.

Auf dem Inselweg begegneten ihnen wie immer zahllose Bedienstete, die sie noch nie gesehen hatten. Dabei entdeckte Valerie den Hotelmanager, der in dem Ruf stand, selber nicht zu arbeiten, dafür aber wahllos Leute zu entlassen. Sie stieß die beiden anderen in die Seite und raunte, dass der Mann, der da x-beinig den Inselpfad vor ihnen herlief und sich dabei mit dem Chef des Wassersportzentrums unterhielt, der Hotelmanager sei. Fasziniert starrte Alexa auf die Speckfalte in seinem Nacken, die sich veränderte, wenn er den runden Kopf bewegte und auf die Skoliose im Bereich der Brustwirbel. Diese sah allerdings angeboren und nicht nach einem Haltungsschaden aus. Als er mit seinem Begleiter Richtung Watervillage abbog, verloren sie ihn aus den Augen.

Die Frauen malten sich aus, wie Eckhard sich bei dem Wetter ein filmreifes Gefecht mit dem Wind lieferte, doch als sie zum Wassersportzentrum kamen, sahen sie niemanden. Dafür konnten sie an der Angelschule miterleben, wie ein Schwung neuer Gäste soeben in Empfang genommen wurde. Etwa zehn Urlauber hockten auf den Holzbänken, schlürften unlustig an den Kokosnüssen, die Helene Hülstonk ihnen zur Begrüßung kredenzt hatte. Sie warteten auf ihre Zimmerzuteilung. Mit großen Augen starrten sie in den verregneten Himmel und Alexa ahnte, dass sie sich ihren Malediveurlaub anders vorgestellt hatten.

„Die Armen!“, sagte Isabel, „bei diesem Sturm möchte ich nicht drei Stunden auf dem Schnellboot verbringen!“

„Ach ja, richtig, die haben vermutlich eine Fahrt `einmal Hölle und wieder zurück´ hinter sich!“ Neugierig sah Alexa den Leuten in die Gesichter und tatsächlich waren einige sehr blass und hohlwangig. Wenn man genau hinsah, konnte man vielleicht noch Reste von Erbrochenem sehen.

„Die Ärmsten!“, bestätigte sie. Lediglich eine athletische Blonde schien von den Strapazen unbeeindruckt zu sein. Mit verschränkten Armen sah sie Helene Hülstonk unentwegt herausfordernd an.

Die drei Frauen gelangten gerade noch trocken in die Bar, als der Regen begann. Und innerhalb kürzester Zeit klatschten fette Tropfen auf das palmblattgedeckte Dach. In der Bar hatten sich einige Urlauber versammelt, die Ablenkung vom Nichtstun suchten, und ihnen stellte die Hotelleitung zur Unterhaltung eine DVD zur Verfügung. Da „Jackie Chan“ weitestgehend ohne Dialoge auskam, war die Bar erfüllt von Kampfschreien, dumpfen Schlaggeräuschen und allerlei Radau. Man verstand sein eigenes Wort nicht mehr. Der Verkäufer des Souvenirladens kam eilig herausgelaufen und blickte sich suchend um. Als er erkannte, wo die vermeintliche Schlägerei stattfand, schlurfte er kopfschüttelnd zurück in sein Geschäft.

Zum Glück wurde bald die Tischtennisplatte frei und die drei Frauen spielten abwechselnd. Zwischendurch starrte Alexa trübsinnig auf die geschlossene Wolkendecke am Himmel und fragte sich wieder einmal, was sie hier eigentlich tat und wie ihre Praxis wohl ohne sie so lief. Wieso hatte Isabel unter allen Umständen auf eine Malediveninsel gewollt, wo eine Kommunikation mit dem Rest der Welt so schwierig war? Sie beschloss, es heute Abend mal wenigstens mit einem Anruf in die Heimat zu versuchen.

Als der Regen für einen Moment etwas nachließ, entschieden sie, zum Bungalow zurückzugehen. Dort ging Valerie schnorcheln und Isabel und Alexa badeten im Meer, das nun wärmer war als die Luft am Strand. Später stellten Alexa und Isabel fest, dass in ihrem Bungalow Wasser in den Kleiderschrank eingedrungen war und ihre Wäsche durchnässt hatte. Trotz intensiver Nachforschungen und hektischem Abfingern war die undichte Stelle nicht zu ermitteln. So legten sie die Kleidungsstücke zum Trocknen aus und ließen die betroffenen Fächer im Schrank frei.

`Hauptsache in der Regenzeit auf die Malediven geflogen!´ Alexa setzte sich auf das Bett und nahm sich erneut ihren Roman vor. Leider handelte er über weite Strecken von der Besetzung der Kanalinseln im Zweiten Weltkrieg und mehr am Rande von der Lehrerin, die Probleme mit ihren Schulklassen hatte. Dabei war es dies, was sie interessierte. Denn die Situation, in der die Figur steckte, kam ihr sehr bekannt vor. Vielleicht hätte sie doch nicht Physiotherapeutin werden sollen. Andererseits war sie mit ihrem Beruf doch sehr zufrieden. Es gab nichts anderes, was sie lieber gemacht hätte. Aber wieso war in der vorherigen Praxis so viel schief gelaufen? Warum eckte sie so oft mit anderen Menschen an? Und wieso geriet ausgerechnet sie immer wieder an Nervensägen? Sie hatte weniger das Gefühl, beruflich zu scheitern als in ihren Beziehungen zu anderen Menschen. Sie dachte an Lars, ihren Vater, und sein widersprüchliches Verhalten ihr gegenüber, und an Markus, der eigentlich mit ihr eine Familie gründen wollte, und nun eine andere heiratete. Isabel, ihre beste Kindheitsfreundin, die sich ohne ersichtlichen Grund plötzlich so merkwürdig verhielt und dann, als ihr Vater die Familie verließ, gänzlich von ihr weg triftete. Auf die Menschen in ihrem Leben, die ihr am nächsten standen, war kein Verlass. Schnell verdrängte sie den Gedanken, bevor er richtig aufgekeimt war, denn ihre Augen begannen verdächtig zu brennen.

Am Abend hatte sich der Himmel in ein dickes Kleid aus bauschiger, graublauer Wolle gehüllt. Am Horizont ergossen sich Regenschlieren in der untergehenden Sonne, dunkelrot und orange eingefärbt, diagonal ins Meer. Davor zeichneten sich dunkel die Silhouetten einiger Palmen ab, die sachte im Wind wogen.
Obwohl es draußen empfindlich abgekühlt war, liefen beim Abendessen die Ventilatoren im Restaurant auf höchster Stufe, als gelte es, die Servietten von den Tischen zu pusten. Die Jalousien zum Atrium waren wegen des schräg einfallenden Regens heruntergelassen worden und die Kellner trugen die Grills, die eigentlich unter freiem Himmel stehen sollten, eilig zur Überdachung. Aber für das Grillgut interessierte sich Alexa ohnehin nicht. Sie fand es spannender, die neuen Gäste zu inspizieren, die an ihre Tische geführt wurden. Erst nachdem sie entschieden hatte, dass nie-

mand Interessantes dabei war, widmete sie sich gleich der Salatbar. Eckhards Bericht war an diesem Abend ausnahmsweise erheiternd. Sein Segeltörn war ähnlich artistisch verlaufen, wie die Frauen vermutet hatten. Der Schilderung nach hing er permanent im Trapez und wurde immer wieder von kräftigen Wellen geduscht. Und John, sein Partner, hatte das Gleichgewicht verloren und war zwischen die Kufen geraten.

„Ich glaube, er war noch ziemlich betrunken, als er heute Morgen zum Segeln erschien", sagte Eckhard halblaut.

„Warum trinkt er so viel?", fragte Valerie.

„Warum trinkt ein Mann schon?", fragte er großspurig zurück. Als er merkte, dass die Frauen ihn mit schmalen Augen ansahen, lenkte er ein: „Ein Mann trinkt, wenn er Probleme mit seiner Frau hat!"

„Und welche Probleme hat er mit seiner Frau?"

„Die beiden haben sich nichts mehr zu sagen. Ist euch das noch nicht aufgefallen?" Er sah sie erstaunt aus Kulleraugen an.

„Das ist kaum zu übersehen", entgegnete Alexa, „aber *warum* reden sie nicht mehr miteinander?"

„So etwas frage ich nicht", erwiderte Eckhard, „fragt ihr Elisabeth doch mal."

Alexa war unbehaglich zumute, sich bei der distanzierten Frau nach derart privaten Dingen zu erkundigen. Das wäre zu indiskret. Aber interessiert hätte es sie schon.

Valerie ging auch an diesem Abend früh ins Bett, und in der Bar drohte sich eine langweilige Soiree anzubahnen. Aber es gab da ja noch die neuen Gäste, denen man sich widmen konnte. Heather hatte prompt die blonde Frau mit dem herausfordernden Gesichtsausdruck im Schlepptau, die Alexa heute an der Angelschule aufgefallen war. Sie war eine der wenigen, die nicht grün im Gesicht gewesen war. Heather stellte sie ihnen als Annette vor, die das Tauchen so sehr liebe wie sie selbst. Sie erfuhren, dass sie ebenfalls fünfzehn Tauchgänge gebucht hatte, obwohl sie nur eine Woche hier verbrachte.

`Na, da haben sich ja zwei gefunden´, ging es Alexa durch den Kopf. Ihr kam die Szene letzte Nacht in den Sinn und sie fragte sich, warum Heather ihre Yogaübungen in der Weltuntergangsstimmung am Meer gemacht hatte. Da fiel ihr ein, dass Heathers Urlaub bald zu Ende sein müsste und fragte sie danach.

„Ja, du hast Recht!" Heather strahlte sie an, als habe sie ihr das Kompliment ihres Lebens gemacht. „Du hast mitgerechnet, nicht wahr?" Sie fasste Alexa beherzt am Arm. „Aber ich kann noch nicht abreisen, weißt du? Das ist alles so wunderbar hier – da habe ich eine Woche verlängert."

Die anderen am Tisch sahen sie erstaunt an.

„Ging das denn so einfach?", fragte Isabel.

„Aber ja, kein Problem. Das Hotel ist nicht ausgebucht, weißt du. Es ist ja Nebensaison. Und der Flug ließ sich ganz problemlos umbuchen. Das ist großartig, nicht wahr?"

Die anderen waren immer noch sprachlos.

„Und jetzt machst du noch mal fünfzehn Tauchgänge", vermutete Alexa.

„Aber nein!" Heather wollte sie wieder am Arm fassen, merkte aber, dass sie das bereits seit einer Weile tat. „Ich werde nur noch einmal am Tag runtergehen, siehst du?"

Alexa nickte. „Ja, ich sehe."

Sie lockerte Heathers Griff.

Annette saß die ganze Zeit über schweigend da. Sie schien nicht an einem Gespräch interessiert zu sein. Ab und zu traten ihre Unterkiefermuskeln hervor, als müsse sie sich ungeheuer beherrschen. Schon bald verabschiedete sie sich sachlich und marschierte im Stechschritt aus der Bar.

„Sie ist nur zum Tauchen hier", raunte Heather geheimnisvoll, als erkläre das Annettes seltsames Benehmen oder verlange gar Respekt. „Und sie kennt den britischen Reiseleiter wohl ziemlich gut."

Unerwartet näherte sich eine andere Gestalt ihrer Sitzgruppe und fragte, ob sie sich dazusetzen dürfe. Die Gestalt war mit Schnäuzer und Seitenscheitel ausgestattet und trug einen Bauchansatz vor sich her. Sie stellte sich als Bernd vor, der in der „Computerbranche" tätig sei und gehört habe, dass bei ihnen am Tisch Deutsch gesprochen werde. Und sie hatte gedacht, das würde ein langweiliger Abend! Alexa kam aus dem Staunen nicht mehr heraus. Heute tat sich ja mal richtig etwas. Überrumpelt boten sie ihm an, in Annettes Sessel Platz zu nehmen, was er gleich mit einem Seufzer tat, als habe er eine wichtige Etappe in seinem Urlaub gemeistert: Kontakte knüpfen.

Es dauerte eine Weile, bis die Unterhaltung wieder in Gang kam. Ausgerechnet Isabel war es, die Bernd aus der Computerbranche in ein Gespräch zog, dabei wäre das nach Alexas Meinung eher Eckhards Part gewesen. Doch der winkte nach John und Elisabeth, die schweigend in einer anderen Sitzgruppe saßen und das Angebot, zu ihnen kommen zu dürfen, erleichtert annahmen. Vor allem John schien froh, sein randvolles Bierglas herübertragen zu können, und Alexa ahnte, dass es auch heute nicht bei einem Bier bleiben würde.

Eckhard und John unterhielten sich gleich angeregt über ihren Segeltörn und Johns Missgeschick.

Dieser lachte unbekümmert und zeigte die blauen Flecken, die er als Trophäen auf dem Oberkörper davongetragen hatte.

Elisabeth schien darüber leicht pikiert, denn sie zog ihre schmalen Lippen kraus und sah unter sich.

Alexa fragte, ob sie dem Wassersport nichts abgewinnen könne.

„Nein, ich mag Wasser nicht", antwortete Elisabeth höflich.

„Ach!", rief Heather erstaunt, die - von den anderen Unterhaltungen ausgeschlossen - sich nun ihnen widmete. „Und dann urlaubst du auf einer Insel, auf der man fast nichts außer Wassersport machen kann?!"

„Oh, man kann lesen", entgegnete Elisabeth.

„Und jetzt liest du den ganzen Tag?", fragte Heather aufgeregt, als finde sie das ausgesprochen fesselnd.

„Ich lese viel, doch natürlich nicht den ganzen Tag. Das würden meine Augen gar nicht mitmachen." Interessiert beobachtete Alexa, wie hier kühle britische Distanziertheit auf forsche amerikanische Direktheit traf.

„Wäre ein anderes Urlaubsziel nicht etwas unterhaltsamer für dich gewesen?"

Elisabeth zögerte einen Moment, ehe sie sagte: „Es war John, der hierher wollte."

„Aber du hattest dabei doch ein Wörtchen mitzureden, oder?", hakte Alexa nun nach.

Elisabeth begann, sich unter dem Druck der Fragen zu winden. „Wir haben schon lange keinen gemeinsamen Urlaub mehr gemacht. Und Johns Bedingung war, dass wir hierhin kommen. Er wollte in jedem Fall tauchen und segeln."

Alexa und Heather starrten sie an. Isabel und Bernd waren mittlerweile tief in ein Gespräch versunken. John hatte einen Punkt erreicht, wo seine Sprache sehr schnell und sehr unverständlich wurde und die Frauen waren sich sicher, dass niemand der anderen vier ihrer Unterhaltung folgte. Deshalb fragte Alexa entrüstet: „Der stellt Bedingungen als Voraussetzung für einen gemeinsamen Urlaub?!"

Elisabeth nickte mit niedergeschlagenen Augen. Schließlich sagte sie leise: „Wir haben sehr früh geheiratet und dann haben wir lange Zeit vergeblich versucht, ein Kind zu bekommen. Auch die künstlichen

Befruchtungsversuche sind fehlgeschlagen. Das war alles belastend, besonders für mich. Und unsere Ehe hat darunter gelitten. Wir standen kurz vor der Trennung. Dieser Urlaub hier ist ein Versuch, die Beziehung zu kitten."

Während sie das erzählte, spielte sie an ihrem Cocktailglas, an dem sie nur ein paar Mal genippt hatte und sah unglücklich aus. Betroffen und verlegen sahen Alexa und Heather sie an. Schließlich tat Heather das, was sie am liebsten tat. Sie fasste Elisabeths Arm und hielt ihn eine Weile. Alexa sah zu dem betrunkenen John hinüber und mutmaßte, dass dieser Kittversuch zum Scheitern verurteilt war.

Abrupt löste Elisabeth Heathers Hand von ihrem Arm, sagte kaum hörbar: „Entschuldigt mich bitte", und floh aus der Bar. John nahm davon keine Notiz. Er war vollauf damit beschäftigt, Eckhard, der sich sichtbar ausgeklinkt hatte, mit Laut-Buchstaben-Kombinationen zu überschütten.

`Dann lieber keinen als so einen´, entschied Alexa, seufzte und lehnte sich in ihren Sessel zurück. Schmerzlich kam ihr Markus in den Sinn. Es war ihr tatsächlich für einige Zeit gelungen, kaum an ihn zu denken. Nun hatte sie ihn deutlich vor Augen und er war in keiner Hinsicht mit John zu vergleichen. Sie spürte einen Stich in der Brust. Es wäre wirklich schön gewesen, ihn jetzt an ihrer Seite zu haben. Sie hätten sich gemeinsam amüsiert. Er verstand ihre Art und hatte Sinn für ihren Humor. Aber das hatte sich ja nun wohl endgültig erledigt. Sie dachte an den offenen Streit, den sie mit seinem Vater während der Familienfeier ausgetragen hatte. Dieser hatte abgestritten, die Insolvenz seiner Firma vorgetäuscht zu haben. Alexa hatte ihm vorgeworfen, dass es keinen guten Eindruck hinterlasse, wenn man mit einem neuen Auto der Nobelklasse durch die Kleinstadt fahre, in dem man etliche Kleinbetriebe fast in den Ruin getrieben hatte. Markus´ Vater hatte kalt erwidert, dass es sie einen Dreck angehe, welches Auto er fahre und wie er das finanziert habe und das Gespräch für beendet erklärt. Sie war nie wieder auf eine Familienfeier eingeladen worden.

Nach ein paar Minuten stand Heather auf, sagte: „Ich schau´ mal nach Elisabeth", und verschwand ebenfalls, seltsamerweise jedoch nicht durch den Ausgang, den Elisabeth genommen hatte. Alexa sah ihr nach und erneut fiel ihr Heathers Beckenschiefstand auf, der sich für ihren geübten Blick augenfällig abzeichnete, während die Amerikanerin durch den weichen Sand stapfte.

Nun saß Alexa isoliert von den Gesprächen der anderen. Eckhard war zwar eigentlich „frei", doch Alexa sah keine Möglichkeit, sich in Johns Redefluss einzuklinken, zumal ihr gar nicht danach war. Sie beobachtete mit schmalen Augen und steigendem Unbehagen, dass Isabel begonnen hatte, den Computerfuzzy Bernd anzugraben und fand, dass nun der Tiefpunkt erreicht war. Sie beschloss, sich dieses Elend nicht länger anzusehen, stand ebenfalls auf, sagte knapp „Gute Nacht" und ging.

Auf dem Weg zum Bungalow wurde ihr bewusst, dass Elisabeth ihr mehr oder weniger die Geschichte ihrer eigenen Eltern erzählt hatte. Was war das für ein merkwürdiger Urlaub, in dem alle entweder tote Eltern hatten oder welche, die keine Kinder bekamen? In dem Isabel auf Teufel komm raus mit jedem Mann etwas anfangen wollte. Was war los mit ihr? Ständig gab es neue Impulse, die es ihr immer schwerer machten, unangenehme Gedanken zu verdrängen und die sie penetrant auf die Lücke in ihr selbst hinwiesen. Sie wollte sich diese Lücke nicht ansehen, weil es eben eine Lücke, ein Nichts war, mit dem sie sich gar nicht beschäftigen konnte! Und dieser nervige indische Hausrabe, der sie zu verfolgen schien. Wieso konnte sie den Urlaub auf dieser paradiesischen Insel nicht genießen? Wieso konnte sie in ihrem Leben so gar nichts genießen?

Vor der anderen Bungalowhälfte stand überraschend ihr glatzköpfiger Nachbar, der offensichtlich doch nicht abgereist war. Er unterhielt sich mit einer männlichen Silhouette, die Alexa erschreckend bekannt vorkam. Ihr stockte der Atem und ihr Herzschlag setzte einen Moment lang aus. Sie blieb wie angewurzelt stehen und starrte den Mann so lange an, bis der Ältere aufhörte zu reden und sie fragend ansah. Dann drehte sein Gesprächspartner sich zu ihr um und starrte sie ebenfalls überrascht an.

„Alexa! Was machst du denn hier?", fragte Markus perplex.

„Was ich hier mache?", rief sie. „Urlaub! Was denn sonst?"

„Urlaub?! Hast du nicht gerade erst eine Praxis eröffnet?"

„Was geht dich das an?", fuhr sie ihn an. „Hast du etwa auch die Kröte mitgebracht?"

„Nein, ich habe keine Kröten dabei. Die darf man gar nicht in das Land einführen", entgegnete er pikiert. Er wandte sich an den Glatzkopf: „Darf ich vorstellen: Alexa, meine temperamentvolle Ex-Freundin." Er wies auf den Kahlkopf. „Dietmar, Geschäftsführer der Tauchschulen im Süd Ari Atoll."

Alexa nickte dem Mann nur kurz zu, um dann gleich wieder Markus einen giftigen Blick zuzuwerfen. „Und was tust *du* hier?", fragte sie scharf.

Markus unterdrückte den Impuls, ihr die Gegenfrage „Was geht dich das an?" zu stellen. Er war wie vom Donner gerührt. Alexa sah hinreißend aus. Braungebrannt, wie es schien gut erholt und kampfbereit wie immer.

Er riss sich zusammen und erwiderte: „Dienstreise. Ich muss hier etwas für die Firma klären."

Alexa sah zwischen den beiden Männern hin und her. „Ich fasse es nicht!", sagte sie und stapfte dann gruß- los in ihren Bungalow. Markus sah ihr nach und be- mühte sich, Puls und Herzschlag wieder unter Kont- rolle zu bringen.

„Probleme?", fragte Dietmar.

„Ich hoffe nicht", erwiderte Markus.

9

`Markus ist da!´, war Alexas erster Gedanke, als sie nach einem viel zu kurzen, unruhigen Schlaf erwachte. Auf dieser winzigen Insel. Ihm hier aus dem Weg zu gehen, war nahezu unmöglich. Ein wahr gewordener Albtraum. Da verließ sie Deutschland, um ihm nicht über den Weg laufen zu müssen, reiste um die halbe Welt und saß nun hier mit ihm auf einem Eiland fest! Es hatte schrecklich weh getan, ihn zu sehen.

Wenigstens hatte er die Kröte nicht dabei. Sie stöhnte leise.

„Was hast du?", fragte Isabel schläfrig.

Alexa zögerte, dann drehte sie sich zu Isabel um. „Rate mal, wer mir gestern Abend über den Weg gelaufen ist?"

Isabel brummte. „Dieser Hotelmanager?"

„Nein, Markus."

Isabel riss die Augen auf. „Dein Markus?!"

„Er ist nicht mehr mein Markus, wie du dich vielleicht erinnerst."

„Zusammen mit Nathalie? Machen die beiden etwa eine vorgezogene Hochzeitsreise?"

„Nein, er ist allein. Angeblich hat er beruflich hier zu tun."

„Was kann man denn auf so einer kleinen Insel beruflich zu tun haben?!"

„Isabel, er arbeitet für einen Reiseveranstalter."

„Ach ja. Schöner Mist. Und jetzt?"

„Nichts und jetzt. Ich werde versuchen, ihm nicht mehr zu begegnen."

„Das tut mir leid. Zum Glück gehen wir ja gleich erst einmal tauchen. Unter Wasser wird er dir wohl nicht auflauern."

Alexa nickte und verschwieg, dass sie gar nichts dagegen hätte, wenn er das täte. Einen Moment lang hatte sie gehofft, dass er ihr nachgereist war, weil er sie vermisste. Aber seine Überraschung sie zu sehen schien echt gewesen zu sein. Ein guter Schauspieler war er nicht. Und warum sollte er ihr bis auf die Malediven nachreisen, wo sie doch im gleichen Ort wohnten? Wenn er sie sehen wollte, hätte er das einfacher haben können. Nein, es war wohl leider wirklich Zufall, dass sie beide hier waren.

Am Morgentauchgang nahmen an diesem Tag außer Isabel, Alexa und Valerie auch Annette, Bernd und John teil. Annette stand unbeteiligt am Rand; sie hatte ihre eigene Ausrüstung komplett mitgebracht und brauchte nur noch eine Sauerstoffflasche, wie sie Mick sachlich mitteilte. Auf seine Versuche, sie mit flotten Sprüchen aufzulockern, ging sie nicht ein. Schließlich fand er sich damit ab und ließ sie in Ruhe. Ihre Kiefermuskeln zuckten und ihr Badeanzug spannte sich über einen sportgestählten Körper. Zusammen mit ihren eher herben Gesichtszügen verlieh ihr das etwas deutlich Maskulines.

„Ob die bei einem Kaffeekränzchen auch mal hemmungslos bei den Sahnetorten zuschlägt?", fragte Isabel Alexa mit einem Kopfnicken in Richtung Annette, die ihr unheimlich war.

„Ich kann mir nicht vorstellen, dass irgendjemand auf die Idee käme, sie überhaupt zu einem Kaffeekränzchen einzuladen", erwiderte Alexa und fügte hinzu: „Und falls das einmal vorkommen sollte, ginge sie mit an Sicherheit grenzender Wahrscheinlichkeit nicht hin, um Sahnetorten zu essen, sondern um sie zu werfen!"

Unruhig sah sie immer wieder suchend zum Inselweg, ob Markus dort vorbeiging.

Annette bekam ausgerechnet John als Tauchbuddy zugewiesen. Der sah aus wie der Tod und stank nach Alkohol. Sie fackelte nicht lange, ging strammen Schrittes zu Mick und erklärte ihm in einem Ton, der keinen Widerspruch duldete, dass sie mit diesem „versoffenen Kerl" kein Team bilden werde.

Eingeschüchtert stimmte Mick sofort zu und gab ihr Valerie als Buddy. Das schien in Ordnung zu sein, denn Annette stellte sich ohne weitere Einwände wieder in ihre Ecke am Rand zurück. Mick verschwand einen Moment lang im Büro und kam dann mit Nat heraus. Der nahm John unauffällig beiseite und überzeugte ihn leise davon, besser erst am Nachmittag tauchen zu gehen, denn ein Tauchgang mit Restalkohol im Blut sei gefährlich. Willenlos zog John daraufhin ab.

Gleichzeitig mit Micks Tauchgruppe fuhr noch ein zweites Boot raus, auf dem Nat als Tauchlehrer mitfuhr. Alexa wunderte sich, wieso Nat nicht versucht hatte, Valerie in seine Gruppe zu bekommen. Sie fragte Mick, an welches Riff das andere Dhoni fuhr und er antwortete: „An dasselbe wie wir."

„Warum sind wir dann nicht mit einem Boot gefahren?"

„Weil wir zu viele sind. Außerdem betreut Nat seit ein paar Tagen eine Anfängergruppe und die sind alle auf dem anderen Boot dabei."

„Wie lange geht denn dieser Anfängerkurs noch?"

„Morgen sind die fertig, glaube ich. Warum interessiert dich das?", fragte er mit einem Grinsen.

„Ach, nur so", erwiderte sie, froh auf dem Boot und nicht auf der Insel zu sein.

Das Dhoni schaukelte gehörig auf den Wellen, aber Alexa hatte gelernt und frühzeitig damit angefangen, ein festes Objekt zu fixieren. So konnte sie die Übelkeit im Griff behalten. Doch sobald der Motor abgeschaltet wurde und sie die Ausrüstung anlegen mussten, ging´s wieder los. Alexa beeilte sich, als eine der ersten vom Boot runter zu kommen, bevor ihr richtig schlecht wurde. Auch dieses Mal war sie dankbar, dass die Besatzung ihr auf dem schwankenden Boot half, die Weste mit der Sauerstoffflasche anzulegen. Annette dagegen schien auf keine Hilfe angewiesen zu sein, geschweige denn diese zu dulden. Sie blickte den Bootsjungen mit zusammengekniffenen Augenbrauen an, als er sich ihr näherte. Er schwenkte schnell wieder ab.

Beim Abtauchen gab´s Probleme. Einige Taucher waren bereits auf fünfzehn Meter abgetaucht, als andere noch mit Druckausgleichsproblemen an der Oberfläche dümpelten und die Gruppe driftete auseinander. Mick kümmerte sich zunächst um die Taucher, die nicht nachkamen und versuchte dann, die Gruppe unter Wasser wieder zusammen zu führen. Doch Annette war mit Valerie im Schlepptau bereits von dannen gezogen und auch von zwei anderen Tauchern sah man nur noch die Flossen und die Luftblasen in der Ferne. Isabel und Alexa warteten im stummen Einverständnis auf Mick, denn beiden war es lieber, in Begleitung eines Tauchlehrers zu sein. Im Gegensatz zum Khuda Rah Thila bot dieses Riff keinen vergleichbaren Fischreichtum. Man sah sie nur vereinzelt vorbeischwimmen und auch die Korallen präsentierten sich nicht so farbenprächtig. Alexa war nicht bei der Sache. Vor ihrem inneren Auge sah sie in einer Endlosschleife die Szene von gestern Abend ablaufen. Vor allem Markus´ Blick, der auf ihr ruhte.

Endlich hatte Mick mit dem Rest der Tauchgruppe aufgeschlossen und sie schwammen gemeinsam los. Bald schon erwies sich ihr Warten als sinnlos, denn Mick glitt unbeeindruckt von dem, was hinter ihm passierte, vorneweg und die Taucher hingen wie die Heringe aufeinander. Mehrere Flossenschläge trafen Alexa, und Isabels Instrumente verhakten sich im

Atemregler eines Tauchers, der unvermittelt direkt unter ihr auftauchte. Solchermaßen beeinträchtigt ließ sich auch dieser Tauchgang nicht genießen und Alexa wusste, was ihr bevorstand. Valerie und die anderen Taucher würden ihr voller Begeisterung erzählen, wie toll es war und was sie alles gesehen hatten. Sie selber würde lächeln und nicken und am liebsten „Bockmist!" schreien. Beim Abendessen würde Eckhard sie „Seeigelchen" nennen und sie mitleidig fragen, was sie erlebt habe, um dann von seinem „Abenteuerpaket" anzufangen. Schließlich würde noch Markus auftauchen und ihr den Rest geben.

Da fasste Isabel sie aufgeregt am Arm, deutete auf etwas in der blauen Ferne, legte beide Hände ineinander und bewegte dabei die Daumen auf und ab. Alexa erinnerte sich daran, dass dies das Zeichen für eine Schildkröte war, welche in freier Wildbahn zu sehen sie noch nie das Glück gehabt hatte. Endlich sah sie den dunklen Schatten, um den sich die Taucher gruppiert hatten.

Doch als sie dort ankam, hatte die Schildkröte bereits die Weite des Ozeans der Hektik um sie herum vorgezogen. Mit gemächlichen Bewegungen schwamm sie in nahezu meditativer Gleichmut in das tiefe Blau.

`Na super´, fand Alexa, `jetzt kann ich wenigstens behaupten, ich hätte eine gesehen, auch wenn es nur ein Schatten war.´

Sie hatte sich gerade daran gewöhnt, unter Wasser zu sein, und ein bisschen Getier wahrgenommen, da bedeutete Isabel ihr, dass ihre Luft knapp war. `Was atmet die denn so hektisch?´, rätselte Alexa. Jetzt schon den Aufstieg beginnen zu müssen, nervte sie, denn sie hatte soeben angefangen, sich zu entspannen. In fünf Metern Tiefe legten sie den Sicherheitsstopp ein und waren erneut die ersten im Boot.

„Kannst du nicht mit deiner Luft haushalten?", fragte sie Isabel mehr rhetorisch als genervt.

„Ich weiß auch nicht, was los ist. Vielleicht habe ich zuviel Blei."

„Frag doch Mick gleich mal", schlug Alexa ein wenig hinterhältig vor.

Isabel nickte, fragte dann allerdings ausgerechnet Bernd, als der ins Boot kam.

`Als ob Bernd das Brot davon Ahnung hätte!´, dachte Alexa. Er gab sich alle Mühe mit Isabels Bleigurt und fingerte an ihm herum, als könne man ihm ansehen, dass man mit ihm zuviel Luft verbraucht. „Ich glaube, man muss die Gewichte gleichmäßig verteilen", sagte er und begann, die Elemente an dem Gürtel entlang zu schieben.

„Ja, meinst du?", fragte Isabel zwar etwas ungläubig, dass dies die Lösung ihres Problems sein sollte, aber doch mit zuckersüßem Augenaufschlag. Seufzend wandte Alexa sich ab und sah aus dem Boot zu dem zweiten Dhoni hinüber.

Auch dort kamen die Taucher einer nach dem anderen an die Oberfläche und sie sah Nat ohne Ausrüstung im Wasser schwimmen und zu ihnen herüber sehen. Als er etwas rief, konnte sie das Objekt seiner Aufmerksamkeit ausmachen. Valerie war ebenfalls aufgetaucht und legte nun eine Warteschleife vor der Leiter des Bootes ein, auf der sich ein anderer Taucher abmühte. Und Nat nutzte die Gunst der Stunde, sich mit ihr quer über das Wasser darüber zu unterhalten, wie ihr der Tauchgang gefallen habe. Sie ging freudig darauf ein und die beiden unterhielten sich, bis sie nur noch als einzige ihrer Tauchgruppe im Wasser war.

Fast gleichzeitig brachen die Boote zur Heimfahrt auf. Gegen Ende der Fahrt überholte Nats Boot das ihre, weil es zuerst anlegen musste.

Alexa sah ihn aufrecht im Boot stehen und mit seinen eisblauen Augen Valeries Blick suchen. Und sie sah auch, dass die beiden sich zuwinkten. Und das war ein angenehmerer Anblick als Isabel, die an dem blass-bäuchigen, behaarten Bernd herumbaggerte, dem zu allem Übel ein Goldkettchen um den Hals baumelte.

Zurück an der Tauchschule erledigten sie ihre Log-bucheinträge und waren nun Teil der quirligen Menge von Tauchern, die sie sonst als Außenstehende be-obachtet hatten. Alexa entging es nicht, dass Nat Va-lerie erneut ansprach und dass die beiden sich darauf-hin eine Weile lang angeregt unterhielten und dabei anstrahlten.

`Aha´, dachte sie, `wurde aber auch langsam Zeit, dass sich da etwas anbahnt! Wenigstens die zwei sind glücklich.´ Und wieder kam ihr Markus schmerzhaft in den Sinn. Dabei war es ihr in den letzten Tagen so gut gelungen, kaum noch an ihn und Nathalie zu den-ken!

Als Bernd endlich mit in der Sonne blitzendem Gold-kettchen abzog, erzählte Alexa Isabel davon, was sie zwischen Nat und Valerie beobachtet hatte.

„Ach, wie schön", sagte Isabel, „hat es nun doch ge-funkt!"

„Sieht zumindest danach aus", bestätigte Alexa und wunderte sich ein bisschen darüber, dass Isabel das so gelassen hinnahm, sich sogar für Valerie zu freuen schien, obwohl sie selber ja kein Glück bei Nat gehabt hatte.

`Na ja, missgünstig ist sie nun wirklich nicht, die Gu-te.´

„Denkst du, das gibt etwas mit den beiden?", fragte Isabel.

„Wie meinst du das? Ich glaube nicht, dass sie schon an Heirat denken", erwiderte Alexa in Anspielung auf Isabels Einwand, sie wolle Nat ja nicht gleich eheli-chen.

„Sehr witzig, Seeigelchen!", konterte diese.

„Nenn´ mich nicht Seeigelchen, sonst bekomme ich einen Tobsuchtsanfall!", rief Alexa und stimmte dann aber widerstrebend in Isabels Lachen ein. „Okay, Gleichstand", gestand sie ein, „allerdings muss ich dir noch zwei Punkte für das Brot abziehen. Also liege ich doch deutlich in Führung."

„Welches Brot?"

„Bernd."

„Sehr witzig, Alexa, wirklich! Wieso, was ist denn mit Bernd?", wollte Isabel wissen und konnte sich ein Grinsen nicht verkneifen.

„Wirst schon sehen, was mit Bernd ist. Spätestens heute Abend in der Bar."

„Ich weiß gar nicht, wovon du sprichst", erklärte Isabel und lächelte gleichmütig.

„Wartet auf mich!", rief Valerie und schloss mit ihnen auf. „Legen wir uns heute Nachmittag vor eurem Bungalow an den Strand?"

„Kommt Nat mit?", erkundigte sich Isabel plump und Alexa stieß sie in die Seite.

„Nat? Wieso Nat?", fragte Valerie irritiert und errötete.

„Och, ich dachte nur so."

„Wie kommst du darauf? Der muss doch arbeiten."

„Ach so! Ja schade, nicht?", lauerte Isabel weiter.

„Frag´ ihn doch, ob er Zeit hat, wenn du ihn gerne dabei hättest", schlug Valerie leichthin vor und trat den Weg zu ihrem Bungalow an.

„Ganz große Klasse, Bella, gut gemacht!", sagte Alexa, als Valerie außer Hörweite war.

„Hör auf, mich Bella zu nennen! Außerdem weiß ich gar nicht, was du hast!"

„Also plumper ging es ja nun wirklich nicht!"

Isabel zuckte gleichgültig mit den Schultern. Sie schlossen die Tür zu ihrem Bungalow auf und traten in den kühlen Innenraum.

„Mein Gott, das ist ja eisig hier!", rief Isabel entsetzt und lief zur Fernbedienung. „Der Kerl vom Zimmerservice hat die Klimaanlage auf sechzehn Grad eingestellt! Das ist ja nun wirklich ein bisschen zuviel des Guten! Da holt man sich ja eine Lungenentzündung!" Man hörte die Lüftung piepen, als Isabel sich an der Fernbedienung zu schaffen machte. Alexa trat hinaus ins Bad und stellte sich im Sonnenlicht unter die kalte Dusche, um das Meerwasser abzubrausen. Vom Krebs war nichts zu sehen und die Ameisen hatte der Zimmerservice mit weggeputzt. Alles war sauber und die Handtücher lagen fächerförmig gefaltet am Waschbecken. Spätestens in zwei Stunden würde eine Sandstraße direkt von der Terrasse zur Dusche führen und die Handtücher würden kreuz und quer verteilt liegen. Aber bis dahin, beschloss Alexa, würde sie ein gepflegtes Nickerchen einlegen. Als sie zurück ins Zimmer kam, lag Isabel bereits wie hingegossen quer über beide Betten da und schnarchte leise vor sich hin.

Wieso wollte Isabel nicht mehr Bella von ihr genannt werden? Das hatte sie in ihrer Kindheit immer getan und damals war es okay. Bella und Lexa. Wieso hatten sie eigentlich so oft zusammen gespielt, obwohl ihre Mütter sich entfremdet hatten? Und wieso bekam Bella oft teure Geburtstagsgeschenke, obwohl Lilith jeden Pfennig umdrehen musste? Hatte ihr leiblicher Vater, der sich nie blicken ließ und sich nicht kümmerte, doch Geld springen lassen? Und wieso grübelte sie jetzt verdammt noch mal schon wieder über so etwas nach? Das hatte alles nichts mit ihr zu tun. Isabel wollte einfach aus irgendwelchen Gründen nicht mehr Bella von ihr genannt werden. Punkt. Und sie blieb jetzt im Bungalow, dann kam sie gar nicht erst in Versuchung Ausschau nach Markus zu halten.

An der Nordspitze der Insel saß Dietmar im Sand und sah auf das offene Meer hinaus. So ruhig und unbewegt er äußerlich auch wirkte - in seinem Inneren tobte ein Sturm. Er hatte nun keinen Zweifel mehr, dass jemand ganz Bestimmtes ihn dazu zwingen wollte, sich mit den Fehlern seiner Vergangenheit auseinanderzusetzen. Warum jetzt nach all den Jahren? Warum konnten die Dinge nicht einfach so belassen werden, wie sie nun mal waren? Dass Markus Danders hier aufkreuzte, um ihn im Auftrag seiner Firma zu kontrollieren, war ja schon nervig genug. Aber dann stammte der auch noch aus seiner alten Heimat! Und Alexas Ähnlichkeit mit ihr war eigentlich ebenfalls kaum zu übersehen. Deshalb hatte sie in ihm diese schmerzhaften Erinnerungen ausgelöst. Wie sollte er jetzt damit umgehen?

Alexa und Isabel schreckten verstört auf, als es an ihrer Terrassentür klopfte. Entschuldigend lächelte Valerie, als sie die Gestalten mit den verquollenen Gesichtern sah. „Habe ich euch geweckt?"

„Ach was, wie kommst du denn darauf?", erwiderte Isabel mit gleichgültiger Ironie.

„Ich lege mich hier schon mal hin", kündigte Valerie an und breitete ihr Badetuch vor der Terrasse aus.

„Ist gut, wir kommen gleich." Alexa gähnte und reckte sich. `Das wird ein gemütlicher Nachmittag werden. Lesen, schnorcheln, abhängen und darüber nachdenken, was Markus wohl gerade so macht oder wo er sich aufhält. Und Eckhard ist in Sachen Erlebnispaket unterwegs´, sinnierte sie. Aber irgendwie war ihr das jetzt auch egal.

Es kam, wie sie vermutet hatte. Sie lasen, gingen schnorcheln und lagen vor der Terrasse in der Sonne.

„Was macht Hardy denn heute?", erkundigte sich Valerie. Erfrischt vom Bad im Meer und begeistert von den Korallengärten, die sie in der Lagune begutachtet hatte, sank sie auf ihr Badetuch zurück, wobei sich ihr Brustkorb schnell hob und senkte.

„Parasailing", brummte Alexa in ihr Handtuch.

Valerie fixierte mit zusammengekniffenen Augen einen Punkt am Himmel gleich hinter dem Außenriff.

„Dann ist er das da drüben vielleicht sogar."

Sie wies auf den Punkt, den sie fixiert hatte. Rasch richteten sich Alexa und Isabel auf ihren Laken auf und starrten in die gewiesene Richtung. Dort wurde eine kräftige Gestalt in einem Fallschirm hängend von einem Motorboot am Riff entlang durch die Luft gezogen.

„Das muss Eckhard sein", bestätigte Alexa knapp. „Was macht er denn da jetzt? Hängt er nur sinnlos in diesem Schirm herum?"

Die beiden Angesprochenen sahen ratlos zu dem seltsamen Gespann hinüber. Auf Anhieb konnten sie sich nicht vorstellen, was daran toll sein sollte.

„Ich glaube, man hat einen guten Blick auf die Insel und man sieht die Tiere im Wasser, Rochen und so. Zumindest die Schatten", vermutete Valerie.

„Na ja, wir werden es heute Abend live und in Farbe erleben", stellte Alexa lapidar fest, „Vielleicht auch schon viel früher als uns lieb ist."

Sie wunderte sich selber, dass sie immer noch genervt über Eckhard sprach, obwohl sie ihn spätestens seit dem Gespräch, das sie zu zweit in der Bar geführt hatten, gar nicht mehr als so aufdringlich empfand. Das musste die Gewohnheit sein.

Ähnlich wenig Sitzfleisch wie Eckhard schien Isabel zu haben, denn es hielt sie nicht lange auf ihrem Badetuch am Strand. Unter immer neuen Vorwänden ging sie in den Bungalow hinein und hinaus, zur Bar und zurück. Als sie das zweite Mal von dort wiederkam, fragte Alexa, ohne aufzusehen: „War Bernd noch nicht da?"

„Welcher Bernd?", entgegnete Isabel ausdruckslos. Da sie Markus nicht erwähnte, war der offensichtlich ebenfalls nicht dort gewesen. Eine halbe Stunde später marschierte Isabel erneut in Richtung Bar und kam diesmal nicht zurück. Bernd war wohl doch aufgetaucht. Oder Markus.

Auch beim Abendessen erschien Markus nicht. Er musste im Watervillage wohnen. Alexa spürte, wie sie sich etwas entspannte. Isabel war lediglich zu entlocken, dass der Nachmittag mit Bernd in der Bar ereignislos gewesen war. Sie hatte ihn dort in eine Computerzeitschrift vertieft angetroffen, die er aus Deutschland mitgebracht hatte. Sie hatte sich zu ihm gesetzt und mühsam ein Gespräch in Gang gebracht. Aber das sei ja nicht weiter schlimm, sagte sie. „Hauptsache er ist nett ...“

„...und trägt ein Goldkettchen und den Bauchnabel einen halben Meter vor sich her", fügte Alexa ungerührt hinzu.

„Dass du immer auf Äußerlichkeiten achten musst!"

Alexa verschluckte sich an ihrem Saft. „Das sagst ausgerechnet du, die grundsätzlich nicht ungeschminkt vor die Tür geht, auch nicht, wenn sie ins Wasser will!"

„Bei Männern meine ich", ergänzte Isabel mit Schmollmund.

`Jetzt sag bloß nicht, dass es dir auf die inneren Werte ankommt!´ schoss es Alexa durch den Kopf und sie spürte Verärgerung in sich aufsteigen. Wieso eigentlich? Sie wusste doch, womit Isabel zu kämpfen hatte.

„Warum rufst du mich nie an?", fragte Isabel plötzlich zusammenhangslos.

Perplex brachte Alexa nur ein „Hä?" heraus.

„Warum du mich nie anrufst!"

„Wieso sollte ich dich denn anrufen?"

Als sie Isabels verletzten Gesichtsausdruck sah, bereute sie die Frage und ergänzte: „Ich meine, ich wusste nicht, dass du Wert darauf legst."

Es war deutlich zu sehen, dass Isabel mit sich rang. Schließlich stieß sie gepresst hervor: „Du bist meine älteste Freundin. Ich kann mich an ein Leben ohne dich gar nicht erinnern. Du warst meine Lexa und ich war immer für dich da, wenn du mich gebraucht hast. Da kann man doch wohl erwarten, dass du dich auch mal bei mir meldest!"

Alexa sah sie mit offenem Mund an. „Jaja, schon richtig. Aber du meldest dich doch auch nie bei mir."

„Weil du mir immer das Gefühl vermittelst, dass ich dir lästig bin."

„Das stimmt nicht, ich kann es nur nicht haben, wenn du dich aufführst, als seist du meine große Schwester und müsstest auf mich aufpassen."

Nun mit der Keks-Geschichte aus ihrer Kindheit anzufangen, kam ihr albern vor. Und Isabel damit zu konfrontieren, dass sie sich in eine Richtung entwickelt hatte, die Alexa oberflächlich und peinlich fand, war in der Situation, in der Isabel sich befand, ebenso wenig angebracht.

Isabel hob an, etwas zu erwidern, besann sich dann aber und verschlang stattdessen Unmengen Schokoladenpudding.

Irritiert begann auch Alexa zu essen. Was war hier eigentlich los?

Dann erschien Eckhard. Breitbeinig und mit Armen, die so weit vom Oberkörper abstanden, als trage er einen unsichtbaren Rettungsreifen, kam er auf den Tisch zu.

„Hallo Mädels", rief er schon von weitem. „Hallo Seeigelchen", fügte er dann noch hinzu und strich mit der Hand durch Alexas gegelte Haare. Unwirsch fegte sie diese beiseite. Ihr war nicht danach, von ihm berührt zu werden.

„Mensch, heute hättet ihr ...", begann er.

„... dabei sein müssen!", vollendeten die Frauen im Chor.

„Richtig. Woher wisst ihr das?" Er grinste. „Parasailing ist eine feine Sache!"

148

„Was macht man denn da, wenn man sinnlos in dem Fallschirm hängt und durch die Gegend geschleift wird?", fragte Alexa ohne Federlesens.

„Hey, Seeigelchen, komm runter von deinem Ross! Erstens hängt man da nicht sinnlos in dem Fallschirm rum, sondern hat einen fantastischen Blick auf die Insel und das Meer und zweitens wird man nicht durch die Gegend geschleift, sondern von einem Schnellboot gezogen."

„Und was sieht man Tolles von der Insel und dem Meer?", hakte sie nach.

„Du siehst das Land aus einem anderen Blickwinkel, von schräg oben halt, siehst, wie es bewachsen ist. Und im Meer erkennst du jede Menge Fische und Korallen – als dunkle Schatten natürlich."

Alexa sah zu Valerie. „Eins zu Null für dich."

Valerie lächelte und nickte. „Habe ich doch gesagt."

In der Bar saß John ohne Elisabeth einigermaßen nüchtern zusammen mit Helene Hülstonk, Annette und dem britischen Reiseleiter an der Theke.

„Ich glaube, ich geselle mich zu denen", sagte Eckhard und setzte seinen Plan sofort in die Tat um. Isabel heftete sich an Bernds Fersen, sobald er die Bar betreten hatte. Was sich zwischen den beiden abspielte, war für Alexa als Beobachterin derart belanglos, dass es sie nicht mehr aufregte, sondern nur noch ermüdete. Sie beschloss, sich heute Abend wieder Watte in die Ohren zu stopfen und das Laken über den Kopf zu ziehen.

Das Gespräch mit Valerie und Heather plätscherte ohne Höhepunkte vor sich hin. Alexa beobachtete die Gäste, die barfuß durch den weichen Sand flanierten, als befänden sie sich auf den Champs Elysees. Unter ihre innere Leere mischte sich Anspannung. Sie befürchtete, Markus könnte hier auftauchen und sich

149

unter die Urlauber mischen. Aber wie jeden Abend sah sie nur den jungen Einheimischen und die sympathische Frau hinter der Rezeption stehen. Der Aushilfsverkäufer des Souvenirshops, der einem Neandertaler ähnelte und wohl auch genau so geschäftliche Verhandlungen führte, wie sie gehört hatte, wartete auf Kundschaft. Und im Hintergrund lief die spanische Tanz-CD, deren Melodien sie bereits im Schlaf vor sich hin summen konnte.

`Ich werde sie vermissen´, dachte Alexa lakonisch.

Etwas später sah sie, wie Isabel und Bernd sich gleichzeitig erhoben und in trauter Zweisamkeit die Bar verließen.

`Das wäre geschafft!´ Alexa schickte sich an, ins Bett zu gehen.

Valerie und Heather erhoben sich ebenfalls. Heather bat darum, bei den Tauchlehrern vorbeizuschauen, weil sie etwas mit ihnen wegen des morgigen Tauchgangs besprechen wollte. Valerie und Alexa begleiteten sie.

Mick und Nat lächelten ihnen entgegen. Nat nutzte gleich die Gelegenheit, Valerie anzusprechen und die beiden unterhielten sich über den Tauchgang am Morgen. Dabei strahlten sie sich an, als gingen zwei Sonnen gleichzeitig auf. Auf dem Inselpfad verlor Valerie kein Wort über Nat. Alexa brannte es unter den Nägeln, endlich etwas mehr von Valerie selber über die sich da zweifellos anbahnende Affäre zu erfahren. Aber ihre Begleiterin schwieg beharrlich. Stattdessen sprach sie über das Barfußlaufen auf der Insel, die Krabben, die vor ihnen flüchteten und den bewölkten Himmel und ihre Hoffnung, dass das Wetter morgen besser sein werde.

`Alles sehr spannend´, dachte Alexa ungeduldig.

Dann blieb Valerie abrupt stehen und sah Alexa ernst an. „Ich möchte dir gerne etwas erzählen."

Alexa blieb ebenfalls stehen. „Okay."

„Ich habe ein kleines Kästchen mit hierher gebracht, das für mich sehr wichtig ist und ich möchte es zu meinem letzten Tauchgang mitnehmen."

„Was ist darin?", fragte Alexa. Die Asche ihrer Eltern konnte Valerie wohl kaum im Meer verteilen, denn deren Leichen waren ja nie geborgen worden.

„Es sind die Verlobungsringe meiner Eltern", erwiderte Valerie leise. „Ich werde sie ihnen ins Meer bringen, damit sie sie für immer tragen können."

Trotz der Dunkelheit sah Alexa Tränen in ihren Augen schimmern. Sie nahm Valerie in den Arm und hielt sie lange fest, damit sie diesen Tränen freien Lauf lassen konnte.

„Ach, Valerie", sagte sie. „Es tut mir so leid! Soll ich dich als Buddy dabei begleiten?"

Valerie nickte. „Ja, das wäre schön. Nur in dem Moment, wenn ich sie aus dem Kästchen hole, lass mich bitte, so gut es geht, alleine."

Alexa versprach es ihr. „Kann ich sonst noch etwas für dich tun?"

Valerie schüttelte den Kopf. „Es reicht, wenn ich mich ab und zu mal bei dir ausweinen darf."

„Das darfst du."

Valerie drückte ihre Hand und lächelte zart. „Danke."

10
≈≈▫≈

Als wolle das Wetter der trüben Stimmung nach Valeries Tränen der letzten Nacht trotzen, begrüßte der Morgen sie mit strahlendem Sonnenschein. Kein Wölkchen zeigte sich am Himmel, der sich im zartesten Babyblau präsentierte. Es war abzusehen, dass die Sonne den Tag über heiß brennen und dass es selbst im Schatten drückend warm werden würde - erst recht auf der Terrasse von Isabel und Alexa, auf der kein Lüftchen wehte. Wie erwartet, wurde es um die Mittagszeit derart heiß und schwül, dass die Frauen apathisch in ihren Stühlen oder auf dem Handtuch im Sand dösten. Isabel schlief ein.

Alexa dämmerte vor sich hin. Im Halbschlaf übermannten sie Visionen der Unterwasserwelt. Sie sah sich ohne Tauchausrüstung in den Tiefen des Meeres schweben, mehr tot als lebendig, denn sie hatte das Gefühl nicht mehr zu atmen. Alles um sie herum war dunkelgrün mit Schattierungen von Blau und Grau. Kaum ein Geräusch war zu vernehmen, nur von fern ließ sich das Rauschen der Wellen erahnen. Ansonsten war alles still, schwerelos und angenehm gleichgültig. Sie kam sich vor wie Ada in *Das Piano*, die sich am Ende des Films über ihrem Klavier am Meeresgrund schwebend sieht. Kein Gefühl davon, irgendwo etwas zu verpassen, kein Drang, etwas erleben zu müssen. Alles Wollen hatte aufgehört und sich in Wohlgefallen aufgelöst. So musste der Tod sein. Ob so der Tod von Valeries Eltern ausgesehen hatte? Hatte diese Vorstellung nicht etwas Berauschendes und auch Gleichgültiges? Wie Eckhard sich wohl fühlte als Vollwaise, aufgewachsen bei einer Großtante, für die er Kindersatz war? Ob er oft an seine Eltern dachte? Oder war seine Großtante für ihn die

Wurzel in der Welt? War es dieser Großtante ergangen wie Elisabeth, die vergeblich versuchte, schwanger zu werden? Vielleicht fand Elisabeth auch einen Ersatz für das Kind, das sie sich so gewünscht hatte. Für wen war John eine Wurzel? Für Elisabeth jedenfalls nicht! Wo war Elisabeth? Man sah sie nicht mehr.

Eckhard war bestimmt besser informiert, schließlich hatte er gestern Abend bei John in der Bar gesessen. Alexa sah ihn vor sich, wie er mit rotgeränderten, glasigen Augen in der Bar saß. Sie stellte sich vor, wie er noch betrunken zwischen den Kufen des über das Wasser rauschenden Katamarans hing und mal nach rechts und mal nach links geschleudert wurde. Haltlos, wie ein Fähnchen im Winde.

Markus war auch ein solches Fähnchen im Winde. Hatte sich wegen einer kleinen Unstimmigkeit zwischen ihnen getrennt und auf diese Kröte gesetzt, die ihn schon ewig anhimmelte. Eine Kröte, die seine Eltern bestimmt für eine bessere Partie hielten.

Unwillig verlagerte Alexa ihr Gewicht auf die Seite. Sie wollte keinen rückhaltlosen Mann, keinen, der sich nicht gegen seine Umwelt durchzusetzen vermochte. Sie wollte auch gar nicht mehr an Markus denken. Und erst recht nicht an seine Eltern. Für seinen Vater, diesen dicken und korrupten Menschen, war Alexa seit ihrem Streit während der Familienfeier ein rotes Tuch gewesen.

Sie malte sich seine diebische Freude darüber aus, dass sein Sohn die schreckliche Person abgesägt und durch ein Gänschen ersetzt hatte, das ihm gewiss keine Scherereien machte. Bestimmt hatte er seine Hände bei dieser überstürzten Hochzeit im Spiel. Wenigstens blieb er ihr als Schwiegervater erspart.

Nein, Markus war nicht rückhaltlos, wurde ihr bewusst. Er hätte sie sofort und auf der Stelle vor den Altar geführt, wenn sie zugestimmt hätte. Gegen den Widerstand seiner Eltern. Auf deren Geld könne er gut verzichten, hatte er gesagt. Er verdiene selber genug und über sein Lebensglück bestimme er immer noch selbst. Sie seufzte, als sie sein entschlossenes Gesicht bei diesen Worten vor Augen hatte. Es war ihm ernst gewesen.

Ihre eigenen Eltern wären froh gewesen, wenn sie den Jungen aus reichem Elternhaus geheiratet hätte. Das sahen sie in Markus – die gute Partie, mit der Alexa ausgesorgt hätte. Dabei wären sie es gewesen, die ausgesorgt hätten, im wahren Sinne des Wortes, denn sie hätten sich keine Sorgen mehr um Alexas finanzielle Zukunft machen müssen.

`Ich brauche niemanden, der für mich sorgt´, entschied sie unwillig und spürte, wie die Halbschlafphase nachließ und Wut in ihr aufstieg. `Außerdem wollte er mich sowieso nicht richtig, sonst hätte er sich nicht von seinen Eltern diese Barbiepuppe aufschwatzen lassen.´ Sie merkte, dass sie nun wütend und leider ausgesprochen wach war.

Sie blinzelte gegen die Sonne und sah Isabel mit hochrotem Kopf und offenem Mund schlafen. Sie dachte an Lilith und wie schwer es für sie gewesen war, Isabel alleine großzuziehen. Wie gut, dass wenigstens ihr eigener Vater Lilith geholfen hatte. Er war ein guter Handwerker und stets zur Stelle, wenn bei Lilith und Isabel etwas repariert werden musste. Nur Alexa gegenüber hatte Lilith sich schon immer merkwürdig verhalten, mal betont freundlich und mal irritierend distanziert. Und nun hatte sie ihr, da sie nicht mehr lange zu leben hatte, diese Reise spendiert.

`Die Arme´, besann sich Alexa mit Blick auf Isabel, `jetzt ist sie bald ganz allein auf der Welt und doch schläft sie wie ein Kind, obwohl *sie* sich Sorgen machen müsste! Aber wer Trübsal bläst, bin ich.´

Und genau das wollte sie nicht. Sie wollte nicht länger die Bilder in sich tragen, diese Menschen kreuz und quer durch ihren Kopf marschieren und ihr die Laune verderben lassen. Erst recht wollte sie nicht über das Geschehene nachdenken oder es zu nah an sich heranlassen. Entschlossen stemmte sie sich von ihrem Badetuch hoch, wartete einen Moment ab, bis der Kreislauf sich wieder stabilisierte, und erfrischte sich dann mit einem kurzen Bad im Meer, das sie auf andere Gedanken brachte.

Etwas später sah sie von der Lagune aus Heather kommen, die einen weiteren Tauchgang beendet hatte. Sie stapfte schnurstracks ins Meer, kraulte ein paar kräftige Züge, ehe sie die Arme nach oben hob als bete sie das Meer an. Alexa beobachtete sie staunend und überlegte, ob sie Isabel wecken sollte. Doch zurück am Strand sah sie diese immer noch mit krebsrotem Gesicht im Schatten schlafen. Alexa beschloss, sie in Ruhe zu lassen, denn eine Sensation war Heathers Verhalten nun auch wieder nicht. Außerdem konnte sie es Isabel später erzählen, um dann gemeinsam mit ihr zu spekulieren, ob Heather einer Sekte angehörte und wenn ja, welcher.

Doch dazu kam es nicht, denn Isabel schlief so lange, dass Alexa Heathers Auftritt vergessen hatte. Stattdessen war ihr eingefallen, dass Eckhard heute beim Surfen war und sie wollte ihm gerne dabei zusehen. Nur, um zu kontrollieren, ob er tatsächlich wie ein junger Gott über das Wasser glitt – der Sonne entgegen! Aber sie hatte nicht die geringste Lust auf Santiago und wollte nicht alleine zur Surfschule hinüber.

Sie suchte ein paar Blätter zusammen und strich damit so lange unter Isabels Nase entlang, bis diese die Nase kraus zog und mit dem Handrücken über die Störquelle rieb.

Verschlafen öffnete sie die Augen einen Spalt breit, um zu sehen, was sie da malträtierte.

„Wir müssen zur Surfschule", eröffnete Alexa ihr.

Isabel schien minutenlang nicht zu begreifen. Man sah ihr an, dass ihre Zunge am Gaumen festgeklebt war. Schließlich brachte sie mühsam ein „Was?" hervor.

„Wir müssen zur Surfschule", wiederholte Alexa ungerührt.

„Zur Surfschule? Wieso? Haben wir uns angemeldet?", fragte Isabel gequält.

Alexa lachte. „Keine Sorge, wir müssen uns nicht selber auf so ein Ding stellen. Das macht Eckhard für uns."

Isabel gab keine Antwort, in ihr schien das Gehirn mühsam seine Arbeit aufzunehmen. „Ich bin total fertig", gab sie dann zu.

„Nimm eine kalte Dusche, das bringt den Kreislauf in Schwung. Hier ist eine unerträgliche Hitze."

Mühsam rappelte Isabel sich auf und schleppte sich in den Bungalow. Als sie eine halbe Stunde später auftauchte, hatten ihre Augen zwar immer noch die Größe von Knöpfen, aber sie war munter und gestylt. „Also, gehen wir zur Surfschule", sagte sie.

Am Holzsteg des Watervillage sahen sie Eckhard auf dem Surfbrett stehen und wie einen jungen Gott über das Wasser schweben - der Sonne entgegen. Alexa hatte für einen Moment wieder das Gefühl, ihn würgen zu müssen. Aber das eigentliche Objekt ihres Unwillens tauchte bereits hinter den Palmen auf und rief: „Nimm das Segel dicht, Hardy! Ja super!" Er applaudierte. Selbst auf die Entfernung konnte man deutlich sehen, dass Eckhards Wangen in der Sonne glänzten und dass er sich über Santiagos Lob freute wie ein Kind über die Süßigkeitentüte bei der Einschulung. Er war so auf seine Surferei konzentriert, dass er Isabel und Alexa nicht bemerkte. Genau das tat aber Santiago. Eckhard schien heute sein einziger Schüler zu sein und der brauchte ja nun augenscheinlich im

Moment keine Hilfe. Genug Zeit für Santiago, den Frauen lässig entgegen zu schlendern.

„Hallo, ihr beiden Hübschen, wollt ihr es auch noch mal versuchen?", fragte er augenzwinkernd.

„Ganz bestimmt nicht", erwiderte Alexa bissig, um gleich die Fronten zu klären, „Wir wollten nur sehen, wie Eckhard sich blamiert." Kaum ausgesprochen, bemerkte sie, wie unpassend diese Bemerkung war, denn blamabel war allenfalls ihre eigene Vorstellung beim Schnupperkurs gewesen und nicht das, was Eckhard ihnen gerade bot.

„Den Wind im Rücken behalten", rief Santiago ihm noch zu, dann entschwand Eckhard immer mehr ihrer Sicht und war nunmehr ein farbiges Dreieck, das vor der Silhouette der Wasserbungalow-Perlenkette vorbeirauschte.

„Super gemacht", sagte Santiago mehr zu sich selber und wandte sich dann wieder den beiden Frauen zu. „Was kann ich für euch tun?"

Bevor Alexa mit einem giftigen „Nichts, wir sind – wie bereits gesagt – wegen Eckhard hier" reagieren konnte, fuhr Isabel schnell dazwischen: „Ach, wir wollten euch mal ein bisschen zusehen."

Alexa sah sie überrascht von der Seite an. War nun Santiago an der Reihe?

Santiago strahlte ein geübtes Lächeln. „Ja klar, das könnt ihr natürlich gerne machen. Leider ist der Surfkurs heute ausgefallen, sonst hätte ich euch noch etwas mehr gezeigt, aber so können wir uns besser unterhalten."

Offensichtlich hatte er rasch begriffen, dass bei Isabel mehr zu holen war als bei Alexa, denn er richtete nun seine Aufmerksamkeit auf Isabel und strahlte sie an, wobei seine Wangen die Unterlider seitlich nach oben schoben.

`Wären die Pupillen jetzt noch konkav, sähe er aus wie ein Krokodil mit Römernase´, amüsierte sich Alexa und entspannte sich, nun da sie Santiago auf Isabels Fährte wähnte. Zu dritt gingen sie ein Stück am Strand entlang und sahen Eckhard zu, der sich langsam näherte und nun sah, dass Santiago in Begleitung war. Als er die beiden erkannte, begann er heftig zu winken, hielt entschlossen auf den Strand zu und rief schon von weitem etwas von „Erinnerungsfoto". Kaum bei ihnen angelangt, ließ er das Segel ins Wasser fallen und befahl den beiden Frauen, zu ihm zu kommen. Alexa schwante nichts Gutes, als sie durch das knietiefe Wasser auf ihn zuging. Eckhard erklärte Santiago, wo sich sein Handy im Rucksack befand und bat ihn, es zu holen und ein paar Fotos zu machen.

Beide Hände in den Taschen seiner Shorts verborgen schlenderte Santiago lässig durch die Palmen auf das Inselinnere und erschien wenige Minuten später mit dem Mobiltelefon in der Hand. Flugs riss Eckhard Isabel und Alexa an sich, nahm sie rechts und links in den Arm und strahlte. Alexa unternahm keine Anstrengungen mehr, sich dagegen zu wehren, und versuchte ein höfliches Lächeln. Irgendwie tat Eckhard ihr leid.

Nachdem er mit ihnen fertig war, stieg er erneut auf das Brett und zog erstaunlich behände das Segel aus dem Wasser. Nun posierte er für die Kamera, indem er den Gabelbaum mit einer Hand hielt und am anderen Arm den Bizeps spielen ließ.

Alexa fand das peinlich und kehrte ihm den Rücken zu. Sie sah, wie Santiago hinter der Kamera grinste und Isabel zuzwinkerte. Diese lächelte geschmeichelt zurück.

`Na ja, besser als Bernd. Vielleicht tut es ihr ja gut, ihre Chancen auszuloten.´ Sie sah Isabel prüfend an und hatte das ungute Gefühl, dass Santiago ihr wirklich gefiel. Das drohte mehr zu werden als ein bloßes Herumbaggern wie bei Nat, Michael, Mick und

Bernd. Santiago andererseits schien der geborene Charmeur zu sein, einer der genau wusste, wie er es anstellen musste, gefühlsmäßig unbeschadet eine Nacht mit einer Frau zu verbringen.

`Wenn das mal gut geht´, überlegte Alexa unbehaglich. Zum ersten Mal in diesem Urlaub fühlte sie sich verantwortlich für Isabel.

„Wie sieht´s aus bei euch – habt ihr Lust auf einen Drink in der Bar?", fragte Santiago lässig.

`Einen *Drink*!´, dachte Alexa spöttisch und schüttelte gleichzeitig den Kopf. Isabel sah sie mit flehendem Blick an. `Oh nein, nicht das noch! Wieso will sie mich dabei haben?!´ Fragend sah sie Isabel an.

„Bitte", flüsterte Isabel.

Alexa seufzte. „Na gut."

„Ich komme auch mit!", rief Eckhard und Alexa war fast froh darüber. Sie halfen ihm, abzuriggen und das Brett zu verstauen. Dann flanierten sie über den hölzernen Steg in das Restaurant des Watervillage. Unter ihren Füßen schwammen verschiedene Fische und dazwischen sogar ein kleiner Rochen. Gemächlich trat die Sonne ihren Rückzug hinter den Palmen der Insel in Richtung Westen an, lasierte dabei mit sanftem Pinselduktus den Himmel in einem warmen Rot. Es hätte eine schöne Spätnachmittags-Stimmung herrschen können, hätte Alexa sie nicht mit Isabel, Eckhard und vor allem mit diesem Möchtegern-Casanova verbringen müssen. Lustlos ließ sie sich auf einer Metallbank am äußeren Ende der Freiterrasse des Restaurants nieder. Die drei anderen gruppierten sich um sie, wobei Santiago darauf achtete, dass er neben Isabel saß.

Alexa ließ ihren Blick über das Türkis der Lagune schweifen bis hin zur Nordspitze der Insel, auf der die Palmen wie dafür aufgereiht darauf warteten, mit Beginn der Dunkelheit von unten angeleuchtet zu werden. Von Markus war weit und breit nichts zu sehen. Wenigstens wurde hier eine andere CD abgespielt.

Ein beflissener Kellner trat an ihren Tisch, verbeugte sich in nahezu asiatischer Manier und fragte mit übermäßig heiterem Lächeln, was er ihnen bringen dürfe.

„Ich lade euch selbstverständlich ein", erklärte Santiago großspurig und Isabel errötete grundlos, wie Alexa fand.

Nachdem er ihre Bestellung aufgenommen hatte, verbeugte sich der Kellner wieder und lief davon, wobei er fast eine Topfpalme umstieß. Die schien zornig mit ihren Blättern nach ihm zu schlagen. Diese Vorstellung erheiterte Alexa und ihre Laune hob sich etwas. Sie hatte die Frage nicht gehört, die Isabel an Santiago gerichtet hatte. Doch sie musste ihn dazu animiert haben, von seinem bewegten Leben zu erzählen. Das tat er natürlich gerne und hörte auch gar nicht mehr auf damit.

„Also aufgewachsen bin ich in Spanien, in Tossa, das eigentlich ein sehr schönes Fleckchen Erde ist, mit einer wunderschönen alten Burg über der Stadt, von welcher man auf das Meer und die Bucht sehen kann. Aber leider ist die Costa Brava durch Lloret de Mar und ähnliche Touri-Orte ziemlich verschandelt – ja, man hat auf den Einfahrtsstraßen die Landschaft mit Plakatwänden zugestellt. Außerdem fallen im Sommer Touristen wie Heuschrecken in die Orte ein und verwandeln sie in große Diskotheken und Baggerschuppen."

`Das muss dir doch sehr entgegengekommen sein´, vermutete Alexa, hielt sich jedoch mit Mühe zurück.

„Aber in der Nebensaison ist es beschaulich dort. Zu beschaulich für mich, ich wollte raus, wollte etwas von der Welt sehen, deshalb bin ich fortgegangen."

`Und ausgerechnet auf den beschaulichen Malediven gelandet?!´, fragte Alexa sich, sagte aber weiterhin nichts.

„...Surfen ist das Einzige, was ich richtig gelernt habe in meiner Jugend ..."

`Wer hätte das gedacht?´

„… also, was hätte ich tun sollen?" Er breitete beide Arme vor Isabel aus, als wolle er sie gleich auf Händen aus der Bar tragen und sah sie dabei mit großen Augen an.

„Surflehrer werden natürlich", antwortete sie und kicherte linkisch.

Santiago hob die Schultern und ließ sie dann gleichzeitig mit den Armen fallen, wobei eine Hand wie zufällig auf Isabels Oberschenkel liegenblieb. Isabel wurde flammend rot.

`Guter Gott, dich hat´s aber auf einmal heftig erwischt!´ erkannte Alexa. `Wieso ist mir das nicht schon früher aufgefallen?´

Sie erschrak regelrecht darüber, denn sie erahnte drohendes Unheil.

„So bin ich auf den Malediven gelandet. Zuerst war ich drei Jahre im Nord Male Atoll und seit zwei Jahren bin ich hier." Er sah Isabel tief in die Augen.

„Was für ein aufregendes Leben!", rief Alexa voller Inbrunst, sodass Eckhard sie perplex anstarrte. Um dem Gesagten noch einen obendrauf zu setzen, rief sie ebenso enthusiastisch: „Was für ein toller Typ du bist!"

Nun war Eckhard völlig konsterniert. Mit Sarkasmus konnte er nichts anfangen. Und an den beiden anderen prallte er ab wie ein Tennisball an einer Betonwand. Sie sahen sich an wie zwei verliebte Rinder.

`Okay, das reicht´, fand Alexa, sprang mit einem Satz auf und sagte: „So, ich muss dann mal!"

Irritiert sah Isabel sie an. „Wie – du musst dann mal? Was ist denn mit deinem Cocktail?"

„Den kannst du gerne haben!", antwortete Alexa entschlossen und zwängte sich aus der Bank. Die Doppeldeutigkeit ließ sie bewusst so stehen. Sollte Hardy eben den Aufpasser spielen, das wollte er doch schon immer. Wutschnaubend marschierte sie aus der Bar, bahnte sie sich ihren Weg durch den dicht bewachsenen Inselpfad und stampfte dabei mit ihren kleinen Füßen auf. Sie konnte sich selber nicht erklären, warum sie so aggressiv war und wieso sie sich aus dem Staub gemacht hatte, obwohl sie auf Isabel aufpassen wollte. Aber Letzteres schien ein Ding der Unmöglichkeit zu sein. Denn entweder hatte sie sich in dieses aufgeblasene Gummikrokodil verliebt oder sie war einfach nur wild entschlossen, ihre Weiblichkeit bis zum bitteren Ende auszuspielen. Vielleicht hätte sie doch mit ihr über den bevorstehenden Tod ihrer Mutter sprechen sollen. Aber was hätte sie ihr sagen können? Kopf hoch, alles wird gut? Das wird schon werden? Halb so schlimm? Wie sollte man jemanden trösten können, dessen Mutter todkrank war? Fast kam es ihr vor, als wollte Isabel das Schicksal ihrer Mutter teilen und ebenfalls schwanger von einem Mann werden, der sie bald verlassen würde. Die ganze Sache war ein Desaster. Plötzlich hörte sie eine Dampflok hinter sich schnaufen. Atemlos ächzte jemand: „Was rennst du denn so?" Eckhard!

„Ich bin wütend", antwortete Alexa, ohne ihren Schritt zu verlangsamen.

„Das hat man gemerkt", schnaufte er. „Aber warum denn? Es hat dir doch keiner etwas getan!"

Abrupt blieb sie stehen und drehte sich zu Eckhard um, der prompt gegen sie stieß. „Nein, mir hat er nichts getan, aber er wird Isabel etwas antun."

„Wer?" Eckhard schien nicht zu begreifen.

„Dieses Krokodil mit Römernase", rief sie und wies vage in Richtung des Watervillage.

Eckhard sah sie eigentümlich aus seinen wässrigen, weit auseinanderstehenden Augen an. „Bist du etwa eifersüchtig?"

„Logisch, dass deine Gedanken nur in diese Richtung kreisen", erwiderte Alexa resigniert und nicht einmal sonderlich böse. Eckhard war eben so. Mit wegwerfender Handbewegung nahm sie ihren Weg zum Bungalow wieder auf.

„Jetzt warte doch mal", rief Eckhard und schloss zu ihr auf. „War doch nur eine Frage. Was ist bloß los mit dir? Warum bist so verbiestert?"

Sie hatte erst nur „Keine Ahnung" sagen wollen. Doch der letzte Satz ließ sie stutzen. Wieder blieb sie stehen und sah Eckhard an. „Verbiestert? Ich? Wie kommst du denn darauf?"

„Na komm, ein Sonnenscheinchen bist du nicht gerade", sagte er gutmütig und fügte dann fast zärtlich hinzu: „Seeigelchen."

Alexa hatte den zärtlichen Ton in seiner Stimme sehr wohl wahrgenommen und dachte nur: `O Gott! Nicht das noch. Santiago gut losgeworden, Markus hier irgendwo auf der Insel und nun Hardy auf der Pelle! Kapiert hier niemand, dass ich im Moment keinen Mann in meiner Nähe ertragen kann? Ganz fix für einen Themenwechsel sorgen!´

Geistesgegenwärtig fragte sie: „Was ist eigentlich mit John los? Und wieso sieht man Elisabeth nicht mehr?"

„Was haben die beiden denn damit zu tun?"

„Nichts. Aber ich würde gerne das Thema wechseln", gab sie unumwunden zu.

Eckhard schüttelte verständnislos den Kopf.

Schließlich seufzte er und sagte: „Keine Ahnung. John hängt im Moment viel mit Helene und dem britischen Reiseleiter ab. Vielleicht hat sie darauf keinen Bock."

Alexa wandte sich ab und ging auf ihren Bungalow zu, den sie inzwischen erreicht hatten.

„Wir sehen uns dann gleich beim Abendessen", sagte sie zu Eckhard, der ihr mit hängenden Schultern nachblickte und dann zu seinem Haus trottete. Dann blieb sie abrupt stehen, als sie Markus vor ihrer Terrasse durchs Wasser spazieren sah.

„Hallo Alexa", begrüßte er sie mit ruhiger Stimme. Aber sie kannte ihn lange genug, um zu erkennen, dass er nervös war.

„Was willst du?", fragte sie betont barsch, um ihre Überrumpelung zu überspielen.

„Ich wollte dich besuchen und mich ein bisschen mit dir unterhalten. Oder reden wir jetzt nicht mehr miteinander?"

Alexa zögerte und nahm dann widerwillig an dem Plastiktisch Platz. „Bist du wirklich beruflich hier?", fragte sie.

Markus setzte sich zu ihr. „Ja, es gibt Probleme mit dem Hotelmanager des Watervillage. Aber das bleibt bitte unter uns. Mein Chef hat darauf bestanden, dass ich mich vor Ort darum kümmere, weil der Kerl in der Vergangenheit immer wider Abrechnungen manipuliert hat. Verrätst du mir auch, wieso du hier bist, obwohl du gerade erst eine Praxis eröffnet hast?"

„Lilith wollte, dass ich Isabel hierher begleite. Es war ihr extrem wichtig, dass ich mitkomme. Um der alten Zeiten willen, was immer das heißen mag."

„Wie merkwürdig ist das denn?"

„Ich weiß auch nicht, warum ausgerechnet ich das sein musste. Isabel hat einen ganzen Stall voller Freundinnen. Aber sie hat nicht locker gelassen."

„Und deswegen lässt du in der Praxis alles stehen und liegen? Das ist aber sehr untypisch für dich! Wenn ich mit einem solchen Vorschlag gekommen wäre, hättest du mich für verrückt erklärt."

Ja, in den letzten Tagen war so einiges untypisch für sie. Alexa zwang sich einen Moment zur Ruhe. Irgendwie war ihr heute alles zuviel. Da war so viel Frust, so viel Angestautes in ihr. Zurückgehaltene Gefühle, Schmerz, Wut. Die ständige Angst, Markus zu begegnen und gleichzeitig unterschwellig der Wunsch, ihm nah zu sein. Und nun war er zu ihr gekommen.

„Ich hatte keinen Bock darauf, der Kröte und dir bei

den Hochzeitsvorbereitungen zuzusehen!", platzte es aus ihr heraus.

Überrascht und betroffen sah er sie an. „Ich wusste nicht, dass dir das etwas ausmacht."

„Soll das ein Witz sein?", fuhr sie auf. „Wir waren fünf Jahre lang ein Paar und du denkst, es macht mir nichts aus, dass du mich sitzenlässt und so schnell eine andere heiratest? Und dann erfahre ich es noch nicht einmal von dir, sondern über Dritte!"

„Ich habe dich nicht wegen Nathalie sitzenlassen! Wie kommst du denn auf so etwas? Du warst in den letzten Monaten unserer Beziehung so abweisend und gleichgültig, dass ich geglaubt habe, dir liegt nichts mehr an mir. Weißt du nicht mehr, wie oft wir über dieses leidige Kinderthema gesprochen haben? Du hast mir klipp und klar gesagt, dass du keine willst, zumindest nicht mit mir."

„Ich habe nicht gesagt, dass ich keine mit *dir* will, sondern überhaupt keine."

„Wieso will man denn mit einem Mann, den man liebt, keine Kinder? Ich kenne nur Paare, bei denen das genau anders herum ist."

Alexa seufzte und sah aufs Wasser. Das hatten sie doch so oft durchgekaut. Es gab keine Erklärung dafür. Es war einfach so.

Und da saß jetzt dieser Mann, mit dem sie so lange zusammen gewesen war und den sie nun so schrecklich vermisste, zum Greifen nah. Die blöde Kröte war weit weg. Wenn er erst einmal verheiratet war, wäre er für sie verloren. Sie wollte ihn zurückhaben und es würde unter Umständen keine zweite Chance geben, ihm zu sagen, was ihr nun auf der Zunge brannte. Heute war ohnehin alles egal. Was hatte sie schon zu verlieren?

Also sagte sie es: „Ich liebe dich, Markus. Ich liebe dich wirklich. Und es tut mir weh, dass du nicht mehr bei mir bist."

Markus sah sie eine Weile lang konsterniert an. Alexa merkte, dass es fieberhaft in ihm arbeitete. Mit dieser Offenheit hatte er nicht gerechnet. Auch nicht damit, dass sich ihr Gespräch so entwickeln würde. Dann griff er über den Tisch nach ihrer Hand. „Warum hast du mir das früher nie so gesagt?"

Alexa zuckte die Achseln und Tränen traten in ihre Augen.

„Ach, Alex, wenn ich das gewusst hätte! Warum hast du ...? Ich meine, warum bist du ...?" Er verstummte.

Sie ahnte, dass er ihr zu verstehen gab, dass ihr Geständnis zu spät kam. Markus stand auf, kam zu ihr herüber und zog sie hoch. Dann nahm er sie in den Arm und küsste sie lange auf den Mund.

„Ich habe dich auch geliebt", sagte er schließlich, strich über ihre Wange und ging.

Der indische Hausrabe schrie seinen warnenden Ruf, doch Alexa nahm ihn nicht mehr wahr. Ihr war, als krieche sie nackt durch eine brennend heiße Wüste, verdurstend und halb von Sinnen. In ihr war eine undurchdringliche Finsternis, während das gleißende Licht ihre Augen fast erblinden ließ. Von innen erloschen, von außen gegrillt. So musste es sich anfühlen, wenn man bei lebendigem Leib verbrannte. Sie hatte komplett versagt; der Mann, mit dem sie eigentlich ihr Leben verbringen wollte, war gegangen. Alles verlor seinen Sinn.

Zu Alexas Überraschung erschien Isabel vor dem Abendessen in dem von ihr abgedunkelten Bungalow. `Bestimmt will sie sich in Schale werfen – für einen langen Abend in der Bar´, mutmaßte sie apathisch.

Doch Isabel kleidete und schminkte sich eher dezent.

„Was war denn das für ein Abgang eben?", fragte sie mit Schmollmund.

„Mir ist dieser Spanier auf die Nerven gegangen."

„Warum? Er hat dir doch gar nichts getan."

Alexa hatte das Gefühl, dass dies heute schon einmal zu ihr gesagt worden war. Teilnahmslos antwortete sie: „Nein, mir hat er nichts getan, aber ich habe Angst, dass er dir nicht guttut."

Und wieder überraschte Isabel Alexa, als sie nachdenklich auf den Boden sah und dann raunte: „Ja, ich glaube, da muss ich wohl ein bisschen vorsichtig sein."

Alexa erinnerte sich an die Verantwortung, die sie für Isabel übernehmen wollte und zwang sich aus der Lethargie. Sie überlegte, ob sie ihr von dem Gespräch mit Markus erzählen sollte. Doch der Schmerz war zu frisch. Stattdessen legte sie Isabel eine Hand auf die Schulter und bat: „Pass auf dich auf, bitte."

Isabel blickte auf und dann sahen die beiden sich in seltener Vertrautheit an. „Ja, Schwester", sagte sie. „Warum sind deine Augen so rot?"

„Zuviel Sonnenlicht."

„Bist du traurig wegen Markus?"

Alexa schluckte und nickte.

„Ach Lexa, das tut mir so leid für dich", sagte Isabel und nahm sie in den Arm.

In der Bar gesellte sich Isabel schon bald zu Santiago, der ebenfalls dort erschienen war und an der Theke bei den Tauchlehrern stand.

`Muss sie wirklich jeden Abend ihr Glück bei einem anderen versuchen?´, dachte Alexa mitleidig und drohte erneut in die Teilnahmslosigkeit abzugleiten. Was hätte sie auch tun sollen? Isabel da wegziehen und ihr erklären, dass sie sich unmöglich benahm? Außer ihr selber schien das hier ohnehin niemanden zu stören. Weder Valerie noch Eckhard verloren ein Wort darüber. Vielleicht malte sie ja Gespenster an die Wand.

Sie kam sich an diesem Abend in der Bar heimatlos vor. Es hatte sie schon große Überwindung gekostet, überhaupt zum Abendessen und anschließend hierher zu kommen. Viel lieber hätte sie sich unter ihrer Bettdecke vergraben. Aber das hätte nur unnötig die Neugier der anderen geweckt und sie wollte mit niemandemn darüber reden, was mit ihr los war. Sie hatte den Autopiloten eingeschaltet und funktionierte einfach nur.

Außer Valerie und Eckhard war niemand von denen erschienen, die sie bisher kennengelernt hatte. Kein John, kein Bernd, keine Heather, keine Annette, keine Elisabeth und zum Glück auch kein Markus. Lediglich Personen, die zum „Inventar" gehörten, waren da: die Tauchlehrer, die Reiseleiter inklusive Helene Hülstonk mit britischem Lover und das Hauspersonal. Der Verkäufer stand entspannt vor seinem Souvenirshop, die Maledivin an der Rezeption lächelte freundlich in die Runde. Reges Treiben hinter der Vertäfelung der Rezeption ließ darauf schließen, dass der Kassierer bei der Arbeit war und den Gästen Geld oder Unterlagen aus ihrem Safe aushändigte.

Am anderen Ende der Bar wurde ein Bingospiel ausgetragen. Lediglich vier Urlauber beteiligten sich, was nicht zuletzt am Gewinn lag - zwei Dosen Bier standen aus. Der Hotelangestellte, der das Bingo leitete, sprach ein derart schlechtes Englisch und hielt sich das Mikrofon dabei so dicht an den Mund, dass man so gut wie nichts verstehen konnte. Die skurrile Szenerie atmete die Spannung eines Langschläferwettbewerbs aus und hätte Alexa bestimmt zum Lachen gebracht, wenn ihr nicht zum Heulen zumute gewesen wäre. Immerhin war für diese Zeit die spanische Tanz-CD ausgeblendet worden.

Alexa und Eckhard begannen früh, zunächst verstohlen, dann immer offener zu gähnen, und beschlossen bald, ins Bett zu gehen. Die Frauen hatten sich ohnehin für den Frühtauchgang angemeldet. Da platzte Eckhard mit einer Neuigkeit heraus, die er bislang

168

offensichtlich für nicht sonderlich interessant gehalten hatte: „Die Tamilen haben auf Sri Lanka eine Urlaubermaschine in die Luft gesprengt", verkündete er ohne Zusammenhang. Valerie schnappte nach Luft.

„Was sagst du da?", fragte Alexa erstaunt darüber, dass es doch etwas gab, das sie in ihrer inneren Abgestorbenheit noch berühren konnte.

„Die Tamilen haben auf Sri Lanka eine Urlaubermaschine in die Luft gesprengt", wiederholte er mit der gleichen Betonung.

„Eine Maschine voller Passagiere?", wollte Valerie wissen. Sie war bleich.

„Das weiß ich nicht. Ich weiß nur, dass eine Maschine, die am Flughafen stand, in die Luft gejagt worden ist."

„Woher weißt du denn das?", fragte Alexa misstrauisch, denn sie hatte Eckhard hier noch nie eine Zeitung lesen oder im Internet surfen gesehen.

„Santiago hat es mir heute erzählt."

„Und woher weiß der das?", bohrte Alexa gereizt weiter. „Nun lass dir doch nicht jeden Wurm einzeln aus der Nase ziehen!"

„Er hat´s im Internet gelesen."

Valerie und Alexa sahen sich lange an.

„Mein Gott, Sri Lanka ist doch gleich nebenan!", sagte Valerie schließlich. Alexa nickte langsam. Das Gefühl der Sicherheit, das sie hier bislang so selbstverständlich empfunden hatte, war mit einem Mal dahin. Bilder von Urlauberentführungen, die in den letzten Jahren durch die Presse gegangen waren, tauchten vor ihrem inneren Auge auf. `2000 war es eine Urlaubergruppe in einem malaysischen Taucherparadies´, erinnerte sie sich bedrückt. Heute blieb ihr aber auch gar nichts erspart.

„Na, die werden ja nicht gleich hier herüber kommen", versuchte Eckhard, sie zu beruhigen. „Und wenn, wäre es schon ein ziemliches Pech, wenn von den über tausend Inseln ausgerechnet wir an der Reihe wären."

„Ja, aber Ari Beach liegt doch direkt an der Ostseite des Atolls, also zu Sri Lanka hin!", gab Valerie zu bedenken. Sie war nun entschieden blass.

Eckhard tätschelte beruhigend ihren Oberschenkel. „Nun reg´ dich mal nicht auf, Mädchen. Hier kreuzt schon keiner auf. Außerdem bin ich ja auch noch da, um auf euch aufzupassen!" Er hob gleich schützend die Arme über den Kopf, als befürchte er, von beiden eins übergezogen zu bekommen. Vorsichtig lugte er mit schelmischem Grinsen zwischen den Armen hervor. „Damit kann man euch auf die Palme bringen, nicht wahr?"

Valerie lachte gutmütig und Alexa gab ihm einen halbherzigen Stoß in die Rippen. Sie saßen noch eine Weile einfach nur da und hingen ihren Gedanken nach. Dann beschlossen sie, nun endgültig ins Bett zu gehen.

Sogleich erlebte Alexa die dritte Überraschung an diesem Abend. Als Isabel sah, dass sie aufbrachen, verabschiedete sie sich von Santiago, der einen irritierten Gesichtsausdruck aufsetzte, und schloss sich ihnen an. Offensichtlich war ihr doch daran gelegen, die Notbremse zu ziehen. Alexa sah über ihre Schulter hinweg noch, wie Santiagos Augen schmal wurden.

`Pass´ bloß auf, Gummikrokodil, sonst bekommst du es mit mir zu tun und das wird kein Spaß!´ Alexa musste innerlich unwillkürlich darüber lachen. Was sollte sie schon gegen einen ausgewachsenen Mann ausrichten?

Es tat gut, gemeinsam mit Isabel zum Bungalow zu gehen und sich für die Nacht vorzubereiten. Im Bett liegend unterhielten sie sich lange über die Geschehnisse des Tages, verschiedene Leute, die sie kennengelernt hatten und was sie wohl in den wenigen noch verbleibenden Tagen erleben würden. Und schließlich erzählte Alexa Isabel von der Begegnung mit Markus. Allerdings ließ sie aus, wie sie geendet hatte. Schon halb im Schlaf dachte Alexa wehmütig, wie nett dieses gemeinsame Zubettgehen gewesen war und dass sie das die ganze Zeit über hätte haben können, wäre Isabel nicht … Doch dann fiel sie in einen traumlosen, gnädigen Schlaf, der sie davor bewahrte, sich mit den Tamilen auf Sri Lanka und dem endgültigen Verlust von Markus noch weiter beschäftigen zu müssen.

Die Dunkelheit um sie herum war samten. Die Dunkelheit in ihr beklemmend. Leise und ohne Alexa zu wecken, hatte Isabel sich aus dem Bungalow geschlichen. Nun vergrub sie ihre Füße im Sand, der wie jede Nacht bisher sehr kühl war. Das Meer raunte besänftigend und der indische Hausrabe in dem großen Baum hinter ihrem Haus beobachtete sie wieder schweigend. Sie seufzte tief. Es war an der Zeit, es Alexa endlich zu erzählen. Aber irgendwie ergab sich nie die Gelegenheit dazu. Und jetzt hatte Alexa auch noch einen solchen Durchhänger wegen Markus. Das machte es weiß Gott nicht einfacher.
Außerdem hatte sie Angst vor Alexas Reaktion. Und dann womöglich verkracht hier auf engem Raum ausharren zu müssen, wäre nicht witzig. Aber unverrichteter Dinge wieder abzureisen und das Lilith beichten zu müssen, auch nicht. Isabel sah auf das dunkle Meer hinaus, auf dem sich Silberschnüre kräuselten. Der kühle Wind streichelte sie beruhigend. Irgendwann würde sich ein günstiger Moment ergeben. Bald.
Sie dachte an Santiago und ein Schauer durchlief ihren Körper. Alexa hatte Recht, sie musste sich in Acht nehmen. Sie war auf dem besten Weg, sich wenige Tage vor ihrer Abreise ernsthaft zu verlieben. Und dabei war sie sich sehr wohl bewusst, dass Santiago keineswegs ernste Absichten hegte. Wie sollte er? Er kannte sie ja kaum. Aber es war schön, sich der Illu-

sion hinzugeben, ein Mann wie Santiago könnte ein echtes Interesse an ihr haben. Und hier ein amouröses Abenteuer zu erleben, das den Namen auch verdiente, wäre ebenfalls reizvoll. Doch sie würde sich definitiv die Finger daran verbrennen, soviel war klar. Seufzend kehrte sie langsam zurück in ihren Bungalow.

Währenddessen wanderte Markus alleine über die Insel, um sich seiner Gefühle bewusst zu werden. Das Zusammentreffen mit Alexa und ihr ungewohnt offenes Geständnis hatten ihn ins Wanken gebracht. Er konnte nicht ignorieren, was er noch für sie empfand. Das war überdeutlich und die Signale, die sein Körper ihm sendete, waren eindeutig. Aber er konnte doch Nathalie jetzt nicht verlassen! Die Hochzeitsvorbereitungen waren im Gange und er wusste, wie viel er ihr bedeutete. Es würde ihr das Herz brechen. Aber konnte das der ausschlaggebende Grund sein? Würde er sich nicht ein Leben lang fragen, ob er die richtige Entscheidung getroffen hatte?
Er liebte Alexa gerade wegen ihrer direkten, brüsken Art. Sie war geradlinig und frei heraus, dafür betete er sie an, seit er sie kannte. Und Herrgott, wenn sie halt keine Kinder wollte, dann würden sie eben ohne welche glücklich werden! Aber konnte er Nathalie das antun? Und war er wirklich bereit, dafür auf Kinder zu verzichten? Warum war das Leben erst so schön und dann so kompliziert geworden, seit er Alexa kannte? Er trat gegen die flachen Wellen, dass das Wasser spritzte. Was für ein aberwitziger Zufall, dass sie sich tausend Kilometer von zu Hause entfernt auf einer kleinen Insel im Indischen Ozean trafen, um dann auf einmal in aller Offenheit miteinander reden zu können. Das war in den letzten Monaten ihrer Beziehung nicht mehr möglich gewesen. Warum auch immer! Er hatte ohnehin nicht verstanden, was mit Alexa los war.

Dass sie sich in ihrer früheren Praxis nicht wohl fühlte, war ihm bewusst. Aber das hätte sich nicht derart auf ihre Beziehung auswirken müssen. Markus hatte eher das Gefühl, dass Alexa sich umso mehr von ihm zurückzog, je verbindlicher es wurde. Wenn er von Heirat oder gar Familie sprach, konnte er förmlich zusehen, wie sie Kelle und Mörtel auspackte und in Windeseile eine Mauer zwischen ihnen aufbaute. Und jetzt das! Es war nicht zu fassen. Er wusste nicht, ob er dem skrupellosen Hotelmanager dankbar sein oder ob er ihn dafür hassen sollte, dass er ihn auf diese Insel geführt hatte. Oder waren es eher irgendwelche Schicksalsgöttinnen, die dafür gesorgt hatten? Aber zu welchem Zweck?

11
≈≈◻≈

Auf Eckhards Abenteuerprogramm stand heute ein Ausflug mit dem Wasserflugzeug nach Male. Um beschäftigt zu sein, begleitete Alexa ihn nach dem Frühstück zum Nordende der Insel, von wo die Maschine starten würde. Nach dem wolkenverhangenen Tag gestern lag noch immer diesige Feuchtigkeit in der Luft, aber ein sonniger Tag streckte bereits seine Fühler aus. Außer Eckhard standen drei weitere Gäste am Strand und warteten auf das Flugzeug, das schon bald am Himmel auftauchte.

Fünf Minuten später war es auf der ruhigen Lagune gelandet und ein Dhoni machte sich auf den Weg, um die Ladung und die Passagiere in Empfang zu nehmen. Sechs neue Hotelgäste wurden an den Strand gebracht.

Alexa betrachtete sie mit Wehmut. Sie hatten ihren Urlaub vor sich, während sie selber in drei Tagen schon wieder abreiste. Dann würde sie dem Tratsch zu Hause nicht länger entrinnen können. Die ganze Kleinstadt wusste, dass sie Markus an Nathalie verloren hatte und mehr als einer ahnte sicher, dass sie ihn noch immer liebte. Sie schluckte.

Schließlich wurden Eckhard und die anderen aufgefordert, in das Boot einzusteigen. „Einen schönen Tag wünsche ich dir, Seeigelchen", sagte Eckhard und winkte ihr zum Abschied.

„Hör´ auf, mich Seeigelchen zu nennen", knurrte Alexa und kam sich vor wie Isabel, die sich ständig dagegen wehrte, Bella genannt zu werden. Das hatte sie jetzt davon.

Alexa blieb am Strand stehen und sah zu, wie die Passagiere vom Boot in das Flugzeug einstiegen. Kurz darauf wurden die Motoren gestartet und wenig später befand sich die Maschine bereits hoch in der Luft.

Bei Alexa würde er wohl nicht landen können. Betrübt sah Eckhard aus dem Seitenfenster des Wasserflugzeugs. Oder hatte es doch etwas zu bedeuten, dass sie ihn zum Abflug begleitet hatte? Wahrscheinlich nicht. Aber es wäre schön. Der Urlaub neigte sich dem Ende zu und er hatte das Gefühl, viel gesehen und erlebt zu haben. Auch wenn er keine der Frauen erobert hatte. Egal, dann würde das eben bald zu Hause passieren. Den Kopf nie hängen lassen, das war seine Devise. Und damit hatte er bislang ganz gut gelebt.

Welcher Mann mit seiner Vorgeschichte konnte schon von sich behaupten, auf den Malediven gewesen zu sein? Das hatte er sich alles selbst erarbeitet und darauf war er stolz. Seine Großtante hatte ihm lediglich das Erlebnispaket geschenkt, als er die Reise längst gebucht hatte. Ihn beschlich das unbehagliche Gefühl, dass es ihr Abschiedsgeschenk an ihn war. Er wischte sich eine kleine Träne aus dem Augenwinkel. `Ach, Tantchen´, dachte er voller Dankbarkeit, `was wäre ohne dich nur aus mir geworden?´

Und ohne ihr Geschenk könnte er jetzt auch nicht die traumhafte Aussicht auf den Indischen Ozean und die Inselperlen genießen. Also tat er das nun entschlossen. Sein Tantchen wollte, dass er seinen ersten großen Urlaub unbeschwert verbrachte. Den Gefallen würde er ihr gerne tun. Es gab so wenig, dass er ihr zurückgeben konnte für all das, was sie für ihn getan hatte. Sie sagte immer, sie sei froh darüber, dass er ihr die Zeit vertrieb. Aber das war natürlich maßlos untertrieben. Wenn er ihr eine Frau wie Alexa als Partnerin präsentierte, wäre das die größte Freude, die er ihr machen könnte. `Na ja, wer weiß, vielleicht geht da ja doch noch was´, hoffte er.

Mit hängenden Schultern schlich Alexa in Richtung Watervillage. Sie fühlte sich leer und ausgebrannt. Alles erschien ihr sinnlos. Inzwischen war es ihr sogar egal, wie die Praxis zuhause lief. Es war bedeutungslos geworden. Dann begann sie sich über ihre Unzufriedenheit zu ärgern. Was hatte sie erwartet? Dass Markus sofort seine Verlobung mit Nathalie auflöste, nur weil sie ihm plötzlich ihre Liebe gestand? Dass sich diese Lücke in ihrem Inneren von alleine schließen würde? Sie wusste es selbst nicht so recht. Lag es vielleicht doch an ihr? Trug sie ständig sinnlose Scheingefechte aus, anstatt sich darum zu kümmern, was wirklich mit ihr los war? Hatte das, was in ihrem Leben schiefging, nicht viel mehr mit ihr selber zu tun, als sie sich eingestehen wollte?

Sie trat den Rückweg zu dem Strandbungalow an, den sie nun nur noch wenige Tage bewohnen würde. Die Sonne hatte sich endgültig gegen das diesige Wetter durchgesetzt und es kurzerhand in Luft aufgelöst. Nun brannte sie heiß und unbarmherzig vom Himmel. Es war gut, dass sie bald zu Hause war. Wenn sie erst einmal wieder ihren festen Arbeits- und Wochenrhythmus hatte, bleib wenigstens keine Zeit mehr für diese unangenehmen Gedanken und Gefühle in ihr. Vor allem hätte sie nicht ständig das Bedürfnis, Aufregendes zu erleben und Markus oder wem auch immer etwas zu beweisen!

Schon von weitem sah sie, dass Isabel ihren Plastikstuhl ins Meer gestellt hatte und sich im Meerwasser abkühlte. Dabei saß sie mit dem ganzen Körper in der prallen Sonne. „Du weißt doch, dass man die Mittagssonne meiden soll, zumal wir hier fast am Äquator sind", sagte Alexa vorwurfsvoll.

Erschreckt fuhr Isabel zusammen. Sie war kurz davor gewesen einzuschlafen. „Ach du bist´s. Ich bin schon vorgebräunt. Außerdem will ich nicht käseweiß nach Hause kommen, da mache ich mich ja lächerlich!"

„Käseweiß bist du seit einer Woche nicht mehr", erwiderte Alexa, obwohl sie sich keinerlei Hoffnung machte, Isabel damit überzeugen zu können.

„Und, ist Hardy weg?", fragte Isabel träge.

„Hmhm. War ganz schön schnell in der Luft, das Wasserflugzeug", sagte Alexa und strich mit den Zehenspitzen durch den feuchten Sand. „Ich bleibe im Schatten", sagte sie, verzog sich auf die Terrasse und legte sich ein Handtuch über den Kopf. Sie wollte nichts mehr sehen oder hören. Isabel schlief auf ihrem Stuhl im Meer ein.

Am späten Mittag kam sie mit einem krebsroten Rücken in den Bungalow, wo Alexa sie mit einer dicken Schicht After Sun Lotion eincremen musste. Alexa schüttelte innerlich den Kopf über so viel Unvernunft und vermutete, dass die Creme jetzt nicht mehr viel ausrichten konnte.

Der Tag schien kein Ende nehmen zu wollen. Isabel lag stöhnend auf ihrem Bett und hatte keine Ahnung, wie sie sich wenden sollte, weil der ganze Oberkörper brannte. Auf der Terrasse stand die Hitze. Eckhard war in Male, Valerie und Heather beim Tauchen. Von Markus war weit und breit nichts zu sehen. Vielleicht war er abgereist und widmete sich hingebungsvoll seinen Hochzeitsvorbereitungen. Zum Lesen hatte Alexa keine Lust, und das Abendessen, das etwas Abwechslung geboten hätte, lag in weiter Ferne.

Aber das Bedürfnis, dem Gefühl der inneren Leere zu entfliehen, trieb sie zur Bewegung. Auch auf die Gefahr hin, Markus über den Weg zu laufen. Die Tauchschule lag stumm und verlassen wie Treibgut bei Ebbe. Also war hier keine Ablenkung zu erhoffen. Auf dem Inselweg entdeckte sie eine kleine Schnapsflasche, die im Sandboden festgetreten worden war. Sie fand es merkwürdig, auf einer Sandinsel mitten im

Ozean Spuren westlicher Zivilisation zu finden. Die Urlauber waren darüber informiert worden, dass einige Fluggesellschaften ihren Passagieren Plastiktüten mitgaben, in denen sie Müll sammeln und zum Entsorgen mit nach Europa transportieren konnten, weil die Malediven ein Müllproblem hatten. Valerie hatte einen solchen Sack in ihrem Zimmer stehen und er war auch bereits gut gefüllt, während bei Alexa und Isabel der Mülleimer tagtäglich überquoll von Plastikwasserflaschen und Verpackungsmaterial, insbesondere von Kosmetikproben.

`Vielleicht hätten wir Valerie etwas von dem Müll für den Plastiksack geben sollen´, überlegte sie kurz und schlenderte weiter. Möglicherweise würde der Hotelmanager ihr ja noch einmal begegnen und sie konnte ihn observieren, um seinem Geheimnis auf die Spur zu kommen. Sie schlug den Weg am Strand entlang ein und beschloss, heute Abend vor dem Abendessen einen Sonnenuntergang anzuschauen, der bei diesem ungetrübten Himmel sicher schön sein würde. Was sie auch sah und woran sie dachte: Nichts half gegen die Lethargie.

Um halb fünf ging sie zur Tauchschule, um Valerie und Heather dort abzuholen. Sie waren mit Nat unterwegs gewesen, wie Alexa an der Anzeigetafel erkennen konnte. Noch war niemand da, aber weit draußen sah sie ein Dhoni am Horizont. Alexa stand eine Weile an der niedrigen Mauer und sah durch die Palmblätter und grünen Büsche hindurch dem Hausboot entgegen, das sich vor dem gleißenden Hintergrund deutlich abhob. Dann schlenderte sie im Vorbereich auf und ab und ließ ihre Füße durch den weichen Sand streichen.

Inzwischen hatte das Dhoni knatternd angelegt und die ersten Taucher liefen fröhlich schnatternd mit wehenden Handtüchern über den Steg auf die Tauchschule zu.

`Kein Wunder, dass sie gute Laune haben, bei dem Wetter. Manche Menschen haben eben mehr Glück als andere.´

Sie war verstimmt und stellte fest, dass sie kaum jemanden von den Leuten kannte, die von Bord kamen. Offenbar hatte ein Bäumchen-wechsel-dich unter den Gästen stattgefunden und in wenigen Tagen wäre auch sie ein solches Bäumchen, das ausgewechselt würde.

Als letzte kamen Valerie, Heather und Annette, gefolgt von Nat, der mit freiem Oberkörper einmal mehr wie ein Spargeltarzan wirkte. `Aber auf Brustmuskeln und Bizeps kommt es nicht an, oder?´ Alexa erwiderte Annettes kurzen militärischen Gruß, der nicht mehr als ein Kopfnicken war, ebenso knapp. Valerie und Heather schienen sich mehr zu freuen, sie zu sehen. Ihre Augen leuchteten und sie riefen: „Kommst du uns abholen? Das ist aber nett!"

Und prompt kam Heathers unvermeidliches: „Heute hättest du unbedingt dabei sein müssen! Wir haben einen Riffhai gesehen! Und der war riesig!" Sie deutete mit beiden Händen vage seine Maße an und Valerie nickte bestätigend.

„Ach, das ist ja toll!", sagte Alexa mit so viel Herzlichkeit, wie sie aufbringen konnte.

Valerie legte ihr die Hand auf die Schulter. „Morgen bist du doch auch noch mal dabei. Vielleicht sehen wir dann erneut einen", sagte sie mitfühlend, während ihre Augen heimlich Nat suchten. Der hatte ebenfalls ihren Blickkontakt gesucht und beide strahlten sich kurz aber intensiv an.

`Muss schön gewesen sein unter Wasser.´ Alexa behielt sie im Auge.

Tatsächlich flirteten sie ziemlich offensichtlich miteinander. Valerie gab ihm ihr Logbuch zum Unterschreiben und Stempeln mit. Als er zurückkam, hörte Alexa, wie er leise zu Valerie sagte, er habe seine Email-

Adresse in ihr Logbuch geschrieben, damit sie ihm mailen könne. Valerie errötete heftig und lächelte.

Alexa merkte, dass ihr Mund sich verzog, und wunderte sich darüber. Sie gönnte Valerie doch, was da geschah, hatte selber sogar ein bisschen nachgeholfen. Nein, Eifersucht wegen Nat war es ganz sicher nicht. Eher wegen dem, was Valerie zu empfinden schien. Entschlossen machte sie kehrt und schlenderte zum Bungalow, um Isabels Wunden zu pflegen. Die saß aufrecht im Bett, hatte die Klimaanlage kalt und den Ventilator auf höchste Stufe gestellt, sodass Alexa eisige Luft entgegen schoss, die sie frösteln ließ. Zwischen Isabels Oberschenkeln lag eine der teuren Chipstüten aus der Zimmerbar und ihre Hand förderte die letzten Krümel daraus zu Tage.

„Sehnst du dich nach Sibirien?", fragte Alexa und griff zur Fernbedienung der Klimaanlage.

„Ah, das kühlt schön!", erwiderte Isabel und schloss die Augen. Sie sah noch immer aus wie eine überreife Erdbeere. Vorsichtig drückte Alexa ihr einen Finger auf den Rücken. Der Abdruck hinterließ einen weißen Fleck, der sich schnell wieder knallrot einfärbte. „Eindeutig Sonnenbrand", stellte sie ungerührt fest.

„Du machst Witze", sagte Isabel trocken.

„Und das, obwohl du so schön vorgebräunt und damit gegen die bösen Sonnenstrahlen hier unten gewappnet warst", erwiderte Alexa ironisch.

Isabel seufzte. „Cremst du mich bitte noch einmal ein?" Sie reichte Alexa die After Sun Creme, die verdächtig leicht in ihrer Hand wog. Tatsächlich gab die Flasche lediglich zweideutige Geräusche von sich und verteilte ein paar Cremekleckse auf Alexas Hand.

„Na, das war's dann wohl", sagte sie und hielt Isabel die Ausbeute hin.

„So ein Mist! Könntest du bitte bei Helene vorbeischauen und fragen, ob sie noch welche hat?" Isabel klimperte Alexa mit treuherzigem Blick zu.

Diese seufzte. „Warum hast du mir nicht früher gesagt, dass die Flasche fast leer ist. Ich war doch eben bereits drüben."

„Och bitte, liebes Alexilein." Wieder klimperten Isabels Augen, als müsse sie einen widerspenstigen Liebhaber verführen.

„Schon gut."

Alexa machte sich erneut auf den Weg. In Bewegung zu sein war besser als sinnlos herumzuhängen und Trübsal zu blasen. Um diese Zeit so kurz vor dem Abendessen war die Bar wie ausgestorben. Einzig vertraut waren die Töne, die aus dem Lautsprecher klangen und das unvermeidliche Rezeptionspersonal. An Helene Hülstonks Zimmer angekommen, vernahm sie seltsame Geräusche, die sie nicht einordnen konnte: Rascheln, ein Keuchen, dann fiel etwas zu Boden. Vorsichtig spähte sie in den Raum, dessen Tür halb offenstand. Helene und ihr britischer Lover waren in eine heftige Knutscherei verwickelt. Er hatte seine Hand unter ihre Bluse geschoben und sie stöhnte leise.

`Hätte ich dem Eisblock gar nicht zugetraut´, dachte Alexa, `aber leider muss ich euch jetzt stören.´ Ungerührt klopfte sie an und trat im selben Augenblick ins Zimmer, so dass die beiden erschrocken auseinandersprangen und Alexa entgeistert anstarrten. Einen Moment lang starrte Alexa entgeistert zurück, denn der Kerl war nicht der britische Reiseleiter, sondern ein augenscheinlich recht nüchterner John.

Als sie sich wieder gefasst hatte, sagte Alexa steif: „Meine Freundin hat sich die Pelle verbrannt und braucht etwas After Sun. Hast du noch welche da?"

Helene, in ihrem verrutschten Bluse-Rock-Ensemble mit den Farben und dem Logo ihres Arbeitgebers, griff mechanisch nach einer der Plastikflaschen, die in einem Regal hinter ihr standen, und reichte sie Alexa mit versteinerter Miene. Sie machte sich nicht die Mü-

181

he, ihre Kleidung oder ihre Haare in Ordnung zu bringen.

Alexa betrachtete das Etikett auf der Flasche. „Das ist Sonnenmilch. Isabel braucht aber After Sun oder besser eine Salbe gegen Sonnenbrand", sagte sie, als bemerke sie Helenes kalten Blick nicht. Die drehte sich nun richtig dem Regal zu, suchte das Gewünschte heraus und reichte es Alexa abermals wortlos. Alexa kontrollierte erneut das Etikett und sagte dann: „Vielen Dank und viel Spaß noch."

Sie warf John einen giftigen Blick zu, den er betroffen erwiderte, und verließ den Raum. Als sie um die Ecke des Gebäudes bog, prallte sie gegen Elisabeth und hielt erschrocken inne.

„Hast du John gesehen?", erkundigte sich Elisabeth. „Ich suche ihn bestimmt schon seit einer halben Stunde und kann ihn nirgends finden."

Alexa wurde blass. Fieberhaft überlegte sie, wie sie nun am besten reagieren sollte. Elisabeth mit der Wahrheit konfrontieren oder diesen Mistkerl decken?

Noch während sie herumstammelte und ihr Blick zu Helenes Bürotür huschte, erbleichte auch Elisabeth und schien Eins und Eins zusammenzuzählen.

Sie bedankte sich höflich bei Alexa und steuerte dann zielstrebig den Ort an, an dem sie John zu Recht vermutete.

Hastig suchte Alexa das Weite.

Isabel saß inzwischen auf der Terrasse. Der Zimmerservice war damit beschäftigt, das Laken ihres Bettes kunstvoll in Form eines in Falten gelegten Herzens zu drapieren, das sich über das Fußende ergoss und von einem breiten Fächer gesäumt wurde. So musste Isabel in der Hitze auf der Terrasse einbalsamiert werden.

„Wie kann man nur so unvernünftig sein und sich über Mittag in die pralle Sonne setzen", setzte Alexa erneut kopfschüttelnd an.

„Ich war doch schon vorgebräunt", erklärte Isabel standhaft.

„Stimmt, hatte ich glatt vergessen."

Nach einer Pause fügte sie hinzu: „Rate mal, was ich gerade in Leni Schtonks Zimmer beobachtet habe!"

„Du hast gesehen, wie sie vergeblich versucht hat, eine Kokosnuss aufzubeißen."

„Falsch."

„Du hast gesehen, wie sie sich eine Seegurkenmaske aufgelegt hat!"

Alexa musste lachen, obwohl sie ihre Entdeckung alles andere als lustig fand.

„Falsch. Du denkst in die verkehrte Richtung. Nur noch ein Versuch."

„Sie hat sich Kühlpads in die BH-Körbchen geschoben!"

„Schon ganz nah dran."

„Sie hat ihren Bobby auf dem Schreibtisch vernascht!"

„Fast richtig!"

„Hach, wie entzückend! Wirklich? Hast du sie in flagranti erwischt?" Sensationslust blitzte in ihren Augen auf.

„Kann man so sagen."

„Na, das ist ja mal was", bestätigte Isabel befriedigt.

„Du hast aber noch nicht erraten, mit wem."

Isabel drehte sich zu ihr um. „Etwa mit Santiago?"

„Nein. Mit dem wird man wohl eher dich bald unter einem Surfbrett erwischen."

„Sehr witzig, Alexa, wirklich, wie überaus geschmackvoll!"

„Mann, war nur Spaß."

„Jetzt rück schon raus!"

„Mit John."

„Nein! Ist nicht dein Ernst!"

„Ich habe es mit eigenen Augen gesehen und die Situation war eindeutig."

„Die Ratte!"

„Kann man wohl sagen. Und dann ist auch noch Elisabeth aufgetaucht und hat ihn gesucht. Ich glaube, sie hat ihn anschließend schnell gefunden."

„Auweia! Die Arme, da fliegen bei denen sicher mal richtig die Fetzen."

Die beiden hingen eine Weile schweigend ihren Gedanken nach, dann erklärte Isabel: „Mit Santiago fange ich bestimmt nichts an. Da verbrenne ich mir die Finger und das muss jetzt auch nicht mehr sein. Ich bin froh, wenn wir bald wieder zu Hause sind."

Alexa dachte an Lilith, aber sie schwieg.

„Vielleicht haben sich die Metastasen ja inzwischen doch noch zurückgebildet", begann Isabel dann, ohne dass wirklich Hoffnung in ihrer Stimme lag.

„Ja, das wär´s", bestätigte Alexa und fügte dann hinzu: „Ich würde es euch von Herzen gönnen!"

„Danke. Schön, dass du das sagst."

„Warum wollte Lilith denn nun partout, dass ich mit dir diesen Urlaub mache?"

Isabel zögerte und wog ab, ob jetzt wirklich ein günstiger Moment dafür war, Alexa mit der Wahrheit zu konfrontieren. Doch sie schreckte davor zurück. Das Einvernehmen mit Alexa war im Moment so angenehm und gleichzeitig noch so zerbrechlich. Deshalb sagte sie stattdessen: „Frag sie das lieber mal selber."

„Also gibt es einen Grund."

„Es gibt immer einen Grund."

„Und warum ausgerechnet auf dieser Insel? Warum sollte es Ari Beach sein?"

„Das weiß ich auch nicht. Sie sagt, die Frau im Reisebüro habe ihr von dieser Insel vorgeschwärmt."

Als es Zeit für das Abendessen war, gingen Isabel und Alexa an der Westseite der Insel am Strand entlang, um sich den Sonnenuntergang anzusehen. Inzwischen waren von Westen Wolken aufgezogen, die jedoch noch vereinzelt wie große Schiffe am Firmament lagen und so das Licht der untergehenden Sonne durchließen. Der Himmel glühte über dem Horizont in einem nahezu ockerfarbenen Orange, das in ein kräftiges Gelb überging, das sich wiederum im Tiefblau verlor. Das Licht wurde vielfach durch die Wolkenschiffe gebrochen, die sich davor schoben und ihrerseits fast surreale Farben annahmen. Begeistert sahen die beiden Frauen schweigend zu, bis die Sonne endgültig untergegangen war, und gingen dann ebenso schweigend zum Speiseraum, wo ihnen Eckhard dröhnend entgegenrief, der Ausflug nach Male sei der „Hit" gewesen. Geduldig ließen sie die ellenlangen Schilderungen des Flugs und seines Bummels durch Male über sich ergehen. Einzig der Beschreibung, wie die Inseln und Atolle aus der Luft ausgesehen hatten, konnten sie etwas abgewinnen, auch wenn Alexa vermutete, dass die Formulierung „tausendfach grüne Kleckse mit kleinen Ringen drum herum, die der liebe Gott in die tiefblaue Meerlandschaft getupft hat" aus einem Reiseführer stammte.

Da betrat Nat gefolgt von den anderen Tauchlehrern den Speiseraum. Er verlangsamte den Schritt und sah so lange zu Valerie herüber, bis die ihn sah. Die beiden winkten sich freudig und lächelten sich an. Später in der Bar kam Nat zu ihrer Sitzgruppe und unterhielt sich mit ihnen. Alexa rechnete fest damit, dass Valerie ihm anbieten würde, sich zu ihnen zu setzen, doch nichts geschah. Sie war schon kurz davor, es selber zu tun, da verabschiedete sich Nat, der sich wohl zunehmend deplatziert vorkam und ging zu seinen Kollegen an die Theke. Nun bedauerte Alexa, dass sie zu lange gezögert hatte.

`Wie ungeschickt Valerie im Forcieren dieser Affäre ist!´ Enttäuscht behielt sie die zwei weiterhin aufmerksam im Auge und beobachtete häufig, dass beide Blicke austauschten. Heather überredete Alexa zu einem Tischtennis-Match. So ging zumindest die Zeit vorbei, auch wenn es viel zu warm war, um sich schnell zu bewegen. Bald schon spürte sie, wie ihr der Schweiß aus allen Poren trat. Außerdem war die Sandschicht auf dem Boden vor der Tischtennisplatte nur noch dünn und darunter kam der blanke Beton zum Vorschein, der den Füßen nicht guttat. Sie trafen beide nur etwa jeden zweiten Ball und Alexa fühlte sich von den anderen Gästen unangenehm beobachtet. Schließlich gaben sie auf, wobei Heather ihre Haarpracht mit Schwung von einer Seite auf die andere warf, um den Nacken zu kühlen. Dabei kommentierte sie mit exaltierten Gesten ihr eigenes Spiel. Als sie zurück an ihren Tisch kamen, war Valerie bereits zu Bett gegangen. Prüfend registrierte Alexa, dass Nat noch bei Mick und Santiago an der Theke saß.

`Wie soll das jemals etwas werden?´ Stirnrunzelnd schlug Alexa nach den Sandflöhen, die sich unter dem Tisch an ihren verschwitzten Beinen gütlich taten und dabei hässliche, furchtbar juckende Flecken hinterließen.

`Wie soll aus meinem Leben jemals etwas werden?´, fügte sie in Gedanken hinzu.

Ungeduldig saß Nathalie im Flieger nach Male. Nachdem ihre Mutter Irene zufällig beim Bäcker getroffen und diese ihr erzählt hatte, Alexa urlaube zurzeit auf der Malediveninsel Ari Beach, schrillten bei ihr alle Alarmglocken. Sie hatte den nächsten Flug gebucht, war quer durch Deutschland gereist und sofort in die Maschine gestiegen.

Immer wieder sah sie auf die Uhr, doch davon verging die Flugzeit auch nicht schneller. Auf die Filme, die gezeigt wurden, konnte sie sich nicht konzentrieren. Markus hatte auf keine ihrer SMS geantwortet. Wenn sie ihn auf dem Handy angerufen hatte, kam nur die Nachricht, der Anschluss sei nicht erreichbar. Das konnte an der Abgeschiedenheit der Insel liegen oder aber viel schlimmere Gründe haben.

Es war unfassbar. Gerade noch war das Glück zum Greifen nah und plötzlich schien sich die Welt gegen sie verschworen zu haben. Hoffentlich kam sie nicht zu spät! Sie war bereit, alles dafür zu tun, um das zu verhindern.

12

Heute stand Alexas vorletzter Tauchgang an. Zum Glück war es Nat, der sie dieses Mal begleiten würde. Auch der anvisierte Tauchplatz, ein Schiffswrack, war verheißungsvoll. Ein ausgedienter Tanker war auf Betreiben der maledivischen Regierung an einem Riff herabgelassen worden, um die Wiederbelebung der Unterwasserwelt nach der großen Korallenbleiche anzukurbeln.

Sie würden die versunkene Titanic erkunden! Zumindest konnte man sich das ja vorstellen, während man dort unten war. Alexa war entschlossen, sich von ihrer Enttäuschung wegen Markus abzulenken und sich nun endlich ihr Erlebnis abzuholen. Auf diese Idee waren freilich auch andere gekommen, sodass sie dicht gedrängt auf dem Dhoni saßen. Und fast alle, die sie hier noch kannte, waren dabei, als gelte es, das Beste aus ihrem Urlaub herauszuholen: Isabel, Valerie, Heather, Annette, John und Bernd. Letzterer war von der Bildfläche verschwunden, nachdem sich die Sache mit Isabel erledigt hatte. Ihn schien das nicht weiter zu kümmern. Er hatte sich einer alleinreisenden älteren Dame an die Fersen geheftet, die sein langweiliges Geschwätz geduldig ertrug. Nur Eckard fehlte. Isabel zuckte bei jeder Berührung an der verbrannten Haut auf ihrem Rücken und Alexa malte sich aus, wie es für sie sein würde, wenn sie die Ausrüstung anlegte. Aber da musste sie nun wohl durch.

Die Sonne schien warm auf sie herab. Die Frauen drängten sich am Bug, legten sich auf die grünen, ausgewaschenen Planken und hielten ihre Gesichter und Körper dem Licht entgegen, das sich ihrer freundlich annahm. Einzig Isabel behielt mit verdrossener Miene ihr T-Shirt an. Zügig kehrte Ruhe ein, denn alle schlossen schläfrig die Augen und genossen die kostenlose Liebkosung. So entging es Alexa, dass Valerie immer wieder zu Nat hinüber blinzelte und dass die beiden sich in einer neuen Vertrautheit zulächelten.

Als sie den Tauchplatz erreichten, hatte Alexa keine Lust mehr, sich in die Ausrüstung zu zwängen und in das kühle Meer zu springen. Trotzdem brachte die Verheißung eines Erlebnisses sie schließlich doch dazu, den anderen zu folgen. Zwölf Urlauber sprangen nacheinander ins Wasser und tauchten fast gleichzeitig ab. `Oh Mann, das wird aber eng´, dachte Alexa noch, als sie auch schon angerempelt wurde.

Im Dunkel des Meeres erschien dann plötzlich schemenhaft die beeindruckende Silhouette des Tankers. Alexa sah, wie Isabel vor der großen Metallwand erschrak, die sich da vor ihnen auftat. Schwärme roter Fische zogen gelassen an ihnen vorbei. Als Alexa ihnen nachsah, traf sie der Flossenschlag eines Tauchers über ihr. Instinktiv hielt sie rechtzeitig ihre Maske fest, sonst hätte er sie ihr aus dem Gesicht getreten. Wütend starrte sie ihm hinterher. Der Mann hatte sein Malheur bemerkt und machte eine entschuldigende Geste.

`Blödmann´, dachte Alexa, zeigte ihm aber ein „Okay" an. Wie hätte sie auch mit ihm unter Wasser streiten sollen?

Sie folgte Nat und Valerie, die Richtung Bug schwammen und achtete dabei sorgfältig darauf, Isabel in dem Getümmel hier nicht zu verlieren. Allerdings war die dieses Mal konzentriert und ebenso bemüht um Alexa. Da sahen sie, wie sich Nat am Bugspriet des Tankers aufrichtete und die Arme ausbreitete.

`Jetzt stellt Valerie sich vor ihn und sie spielen *Titanic*´, vermutete Alexa, `wie romantisch!´

Doch dafür fühlte Valerie sich wohl zu beobachtet und das nicht zu Unrecht. Sie nickte Nat nur bestätigend zu. Isabel und Alexa tauschten einen Blick aus.

189

Schade, dass die Kommunikation in der Tiefe so schwierig war!

Plötzlich war das Wasser um sie herum voll von abertausend winzigen, silbrigen Glasfischen, die sofort gleichzeitig die Richtung wechselten, sobald man die Hand nach ihnen ausstreckte. Der silberne Regenschauer, der sich im Meer zu ergießen schien, war so anmutig, dass Alexa und Isabel immer wieder nach den Fischen griffen, um sie zu einem Richtungswechsel zu bewegen. Darüber vergaßen sie, auf ihre Umgebung zu achten, und plötzlich zog Nat Isabel energisch vom Deck des Tankers weg. Perplex starrte sie ihn an. Er deutete auf die Schiffswand. Dort bewegte sich ein wunderschöner, bräunlich-rot und weiß gestreifter Rotfeuerfisch mit fransigen Schweifen am Maul, die aussahen wie der spärliche Bartflaum eines Halbwüchsigen. Elegant ließ er seine gefährlichen Rückenflossenstacheln filigran in der Strömung schweben und interessierte sich nicht für das Tohuwabohu um ihn herum. Und wie groß er war! Besorgt sah Alexa sich um und entdeckte zwei weitere von ähnlicher Statur gleich hinter sich. Schnell verständigte sie sich mit Isabel und sie stiegen etwas höher auf. Von oben sahen sie, wie Nat weitere Taucher vor der Berührung mit dem schönen, jedoch giftigen Fisch bewahrte.

Isabel und Alexa hielten nun sicherheitshalber Abstand zum Schiffsrumpf, schwammen aber eifrig hinter Nat und Valerie her, um nichts zu verpassen. Und so entging ihnen nicht, dass Nat mehrmals Valeries Hand ergriff, um sie auf bewundernswerte Gorgonienfächer aufmerksam zu machen. Alexa hatte das Gefühl, dass die beiden sich eindeutig länger als nötig festhielten. Es war spannend, den allmählichen Bewuchs des metallenen Schiffsrumpfs mit Korallen zu begutachten. Zu sehen, wie beharrlich die Natur sich des Menschenwerks bemächtigte, es Stück für Stück zersetzte, für sich in Anspruch nahm und zurück ge-

wann, als sei es immer Teil der Unterwasserwelt gewesen. Zu erleben, wie Tausende von Fischen neuen
Lebensraum für sich entdeckten und nutzten. Hand in
Hand erfreuten Nat und Valerie sich daran, wie sich
Rotfeuerfische an den Ablagerungen auf den Schiffs-
wänden festhielten, wie sich Glasfische in Scharen ihre unsichtbaren Bahnen durch das Schiffswrack bahnten, manchmal kaum zu unterscheiden vom Plankton,
das von der Strömung mitgetragen wurde. Das ehe-
mals schmutzige Grau des Metalls begann in zunächst
blassen Farbschattierungen zu schimmern und ließ
auf eine zukünftige Farbenpracht schließen. Aus den
glatten Wänden wuchsen Korallen in fraktaler Viel-
falt. Vage, aber doch mit nachhaltiger, steter Macht
bahnten sie sich ihren Weg, um Teil dieser symbioti-
schen Welt zu werden.

Nach einer Weile hatten sie das Wrack umrundet und
noch eine Menge Luft im Tank. Alexa fragte sich, ob
Valerie die Verlobungsringe ihrer Eltern zusammen
mit Nat dem Meer übergeben würde. Doch dann kam
diese auf sie zu geschwebt, fasste sie am Arm und
zeigte ihr das Kästchen. Alexa nickte und sie machten
einen Buddytausch. Nat, der offensichtlich eingeweiht
war, blieb bei der irritierten Isabel. Valerie entfernte
sich so weit vom Wrack, dass sie gerade noch Sicht-
kontakt hatte. Dann bedeutete sie Alexa zu warten.
Sie wandte sich ab, drückte das Kästchen lange an ihre Brust, öffnete es anschließend vorsichtig und nahm
die Ringe heraus. Bevor sie die Schmuckstücke dem
Meer übergab, hielt sie sie an ihre Lippen und Alexa
spürte, wie ihr ein Schauer über den Rücken lief und
Tränen in die Augen stiegen.

Nat und Isabel steuerten waagerecht im Wasser liegend anmutig mit trancehaft bedächtigen Flossen-
schlägen das naheliegende Riff an, an dessen Kante
der Tanker versenkt worden war. In regelmäßigen
Abständen entwichen ihren Atemreglern Luftblasen,

die wie silbrig schillernde Quallen nach oben stiegen und dabei ständig ihre Form veränderten. Immer wieder schwammen Doktorfische über ihnen absichtlich durch diese Blasen hindurch – fremde Gebilde in ihrer hermetischen Welt, die sie bei Berührung erzittern ließen. Alexas Neugier war geweckt. Sie folgte den beiden zusammen mit Valerie. Als sie sie erreichten, ergriff Nat Valeries Hand und führte sie an eine Anemone, die sich bei Kontakt sofort ins Riff zurückzog. Und nun war es eindeutig, dass sie sich an der Hand hielten, obwohl dazu nun wirklich kein Grund mehr bestand. Alexa konnte zwar ihre Blicke nicht sehen, aber sie war überzeugt, dass die beiden sich anschmachteten wie verliebte Schwäne. Auch beim Aufstieg schienen sie sich permanent in die Augen zu schauen.

`Na, dann kommt endlich mal in die Pötte,´ dachte Alexa, `kann doch nicht so schwer sein!´

Aber zurück an der Oberfläche und im Boot ließen sie sich nichts anmerken.

„Mannomann, was für eine Geheimnistuerei", raunte Alexa Isabel zu.

„Ach, lass sie doch, wenn sie halt ein bisschen Zeit brauchen."

„Ein bisschen Zeit ist gut! Wir reisen übermorgen schon ab!"

„Soll unser Problem nicht sein, oder?"

„Nein, natürlich nicht. Aber trotzdem ..."

„Was sollte das da eben eigentlich unter Wasser? Wieso haben wir plötzlich die Buddies getauscht?"

„Erzähl ich dir später."

Den Nachmittag verbrachten Alexa und Isabel mit Eckhard und Valerie am Strand. Eckhard hatte heute einen Tag Erlebnispause. Das heißt, eigentlich war auch der „erholsame Tag mit Baden und Schnorcheln in der türkisblauen Lagune von Ari Beach" Teil des

Erlebnisprogramms. Er nahm das ernst und achtete darauf, dass er in regelmäßigen Abständen in der Lagune schwamm und schnorchelte. Dass er nicht bespaßt wurde, hieß nicht, dass er es in Kauf nehmen würde, etwas zu verpassen!

Und als er von Valerie erfuhr, dass sie einen kleinen Rotfeuerfisch, einen Babyrochen und einige sehr große Muscheln gesehen hatte, machte er sich auf die Jagd und gab nicht eher auf, bis er diese Dinge ebenfalls entdeckt hatte. Dafür schnorchelte er sogar bis zum Watervillage und dahinter hinaus.

Die Frauen ließen es etwas gemütlicher angehen. Isabel schlief die halbe Zeit mit hochrotem Kopf unter der Überdachung. In die Sonne traute sie sich nicht mehr und wenn sie doch mal eine Minute außerhalb des Schattens stand, wurde sie gleich von Alexa zurückgepfiffen.

Valerie las ihr fünftes Buch. Alexa machte Liegestützen und Crunches, bemüht, negative Gedanken gar nicht erst aufkommen zu lassen.

Als sich das kaum noch bewerkstelligen ließ, fragte sie zur Ablenkung: „Was gibt´s denn heute Abend zum Essen?"

„Woher sollen wir das wissen?", entgegnete Isabel gleichgültig.

„Ist mir schon klar, dass ihr das nicht wisst, aber man kann ja mal ein bisschen spekulieren."

„Also ich persönlich würde niemanden dafür schlagen, wenn es diese leckere Lasagne noch einmal gäbe."

„Oder die traumhaften Schokoladenstückchen", pflichtete Valerie bei, klappte ihr Buch zu und räkelte sich genüsslich auf ihrem Badetuch.

„Wo steckst du das nur hin? Wenn ich so viel Nachtisch essen würde wie du, ginge ich auf wie ein Hefekloß!", sagte Isabel mit neidischem Blick auf Valeries zierlichen Körper.

„Ich weiß es nicht", gestand diese, „ich wundere mich auch. Aber böse bin ich nicht darüber!"
Sie lächelte.
„Na toll!", stöhnte Isabel mit gespieltem Unmut, in dem ein Funken Ernst steckte. „Ich wundere mich auch immer, wieso jeder Bissen, den ich mir gönne, postwendend auf meine Hüften wandert und sich dort festkrallt, als ginge es um sein Leben!"
Prustend kam Eckhard aus dem Wasser. „So, alles in Butter!", rief er schon von weitem, „ich habe gefunden, was Valerie gesehen hat!"
Valerie sah ihm spöttisch entgegen. „Und hat es Spaß gemacht, die Entdeckungen eine nach der anderen abzuhaken?"
„Wer redet von Spaß? Hier geht´s um die Ehre", antwortete Eckhard ernsthaft.
Valerie lächelte milde. „Ihr seid immer so sehr mit der Suche nach etwas beschäftigt, dass ihr den Spaß am Finden und vor allem die Freude an dem Gefundenen vergesst."
Alexa fragte sich, wen sie wohl mit „ihr" meinte, wo sie doch Eckhard ansprach. Sie jedenfalls fühlte sich davon nicht angesprochen.
„Und du, hast du Dinge gefunden, an denen du Freude hast?", fragte sie Valerie.
Diese nickte ernsthaft, ohne zu erröten. An Nat schien sie dabei also nicht zu denken. „Ich finde die Insel wunderschön, die Unterwasserwelt traumhaft und die Ruhe hier einfach toll. Darüber freue ich mich sehr. Und euch habe ich auch in mein Herz geschlossen." Isabel und Alexa lächelten sie an, während Eckhard sich prustend auf sein Badetuch fallen ließ. Er hatte nicht zugehört.
Gönnerhaft tätschelte er Isabels Bauch. „Na Dickerchen, wie war denn dein Tauchgang heute?"
„Super war der, Dicker. Wir waren an einem alten Wrack."

„So alt war das Wrack noch gar nicht, es ist erst vor ein paar Jahren dort versenkt worden", korrigierte Valerie sie.

„Na ja, egal, jedenfalls sah es ziemlich alt und ramponiert aus."

Ungläubig sah Valerie sie an, dann schlug sie ihr Buch wieder auf und las weiter. Wenige Minuten später beneidete Alexa sie um dieses Buch, denn was folgte, war ein niveauloses und albernes Geplänkel zwischen Eckhard und Isabel, die eine Art Bruderschaft im Geiste geschlossen zu haben schienen. Wann und wo, war Alexa schleierhaft. Sie klinkte sich ebenfalls aus der Runde aus und hing ihren Gedanken nach. Der Urlaub ging nun langsam aber sicher zu Ende. Was zu Hause womöglich auf sie zukam?

Was erwartete sie nun, da Markus weg war, noch vom Leben? Es konnte ja wohl kaum der Sinn ihres Lebens sein, sich aus Angst vor dem Scheitern selber immer weiter voranzutreiben. Und wohin voran? Welches Ziel hatte sie an Markus´ Seite eigentlich gehabt? Als angestellte Krankengymnastin bis zur Rente zu arbeiten und mit ihm ein friedliches, aber unverbindliches Leben zu führen?

Sie merkte, dass ihre Gedanken anschließend immer wieder um das „unverbindlich" kreisten. Etwas störte sie plötzlich an diesem Wort, das ihr bisher noch nie Unbehagen bereitet hatte. Es tat weh und kehrte hartnäckig zurück, wenn sie versuchte, es wegzuschieben.

`Du bleibst mit allem unverbindlich. Mit deinem Beruf, deinen Freundschaften, deinen Beziehungen und mit dir selber´, erklärte ihre innere Stimme hartnäckig. Sie spürte den dumpfen Schmerz auf ihrem Brustkorb und unterdrückte mühsam ein Stöhnen.

`Wenn dein Leben gelingen soll, musst du dich auf die Dinge, die du tust, und auf die Menschen, die dir wichtig sind, einlassen. Auch wenn das manchmal weh tut. Das gehört dazu. Der Schmerz ist genauso

Teil des Daseins wie die Freude. Dafür sind wir hier. Um Erfahrungen zu sammeln, gute und schlechte, und daran zu wachsen.´

Irritiert blickte Alexa sich um. Die Stimme hatte so deutlich und klar in ihrem Kopf gesprochen, dass sie glaubte, dass die Anwesenden es auch gehört haben mussten. Oder hatte sogar jemand von ihnen zu ihr gesprochen? Aber die Szenerie um sie herum war unverändert. Valerie las, Eckhard und Isabel alberten. Das musste aus ihr selbst gekommen sein, als habe sie ein vernünftiges zweites Ich, das sie noch nie zu Wort kommen gelassen hatte. Sie schloss die Augen wieder und lauschte auf die Stimme ihrer Vernunft. Die lächelte ihr zu. `Eigentlich weißt du das schon lange. Dir fehlte bisher nur der Mut. Trau dich!´

Da bemerkte sie das eisige Schweigen und blickte auf. Sie sah gerade noch Santiago Arm in Arm mit einem jungen, schlanken Mädchen um die Ecke ihres Bungalows verschwinden. Wieso war der hier vorbeigekommen? Hätte er nicht den Inselweg nehmen können? Oder wollte er Isabel brüskieren? Sie sah zu Isabel herüber und erkannte, dass sie unter ihrem Sonnenbrand bleich geworden war.

`Dieses blöde Gummikrokodil. Ich wusste schon, warum ich den nicht mochte.´ Sie erhob sich, ließ sich neben Isabel nieder und legte ihr tröstend eine Hand auf den Arm.

Abends in der Bar stand Santiago alleine da, von der jungen Schönheit keine Spur. Und er zwinkerte Isabel zu, die mit der Situation sichtlich überfordert war. Unruhig rutschte sie auf ihrem Rattansessel hin und her, nahm ihr Cocktailglas in die Hand und stellte es dann ab, ohne daran genippt zu haben. Ihre Augen wanderten zu Santiago und schnell wieder von ihm weg, sobald er zurückschaute.

`Was für ein unwürdiges Katz- und Maus-Spiel´, dachte Alexa, `gut, dass wir bald fahren!´

„Wo ist eigentlich Elisabeth?", fragte sie Eckhard. „Ich habe sie seit gestern nicht mehr gesehen."

„Elisabeth ist abgereist", erklärte er. „Sie hat ihre Koffer gepackt, als John beim Tauchen war. Als er zurück in den Bungalow kam, war sie nicht mehr da, hat ihm nicht einmal eine Nachricht hinterlassen."

„Ach, deshalb sah er auch so fertig aus beim Abendessen?"

„Na ja, wohl eher, weil er Angst hat, dass sie sich nun scheiden lässt. Er denkt, das wird ihn ruinieren."

„Ach, und sonst hat er keine Sorgen?", fragte Alexa aufgebracht. `Es ist immer dasselbe´, fügte sie in Gedanken hinzu. Eckhard zuckte mit den Schultern.

„Und wie es Elisabeth ergangen ist in der ganzen Zeit, interessiert ihn wohl nicht?!"

„Keine Ahnung. Mann, der war halt total betrunken, als er das erzählt hat. Außerdem wird er mir gegenüber auch nicht unbedingt zugeben, dass sie ihm fehlt."

Das war eine für Eckhard ungewöhnlich einfühlsame Aussage, die Alexa prompt versöhnlicher stimmte. Ihr wurde klar, dass er eine Neuigkeit enthüllt hatte, die ihren Kreislauf belebte. Elisabeth hatte tatsächlich ihre Sachen gepackt, den untreuen Trunkenbold verlassen und das auch noch in einer Nacht- und Nebelaktion. War von einer einsamen Insel mitten im Indischen Ozean heim nach Schottland gefahren. Das war eine kleine, filmreife Sensation! Sie spürte, wie sich niedere Instinkte in ihr regten.

Valerie schien ehrlich erschüttert zu sein. „Mein Gott, die Arme!", sagte sie.

„Wieso ist für euch immer Elisabeth die Arme?", fragte Eckhard entrüstet, „Was ist denn mit John? Denkt ihr, der betrinkt sich nur so zum Spaß jeden Abend?"

Die drei Frauen sahen ihn an. Er hob beide Arme. „Okay, ich ziehe die Frage zurück. Ist scheinbar nicht die richtige Runde hier."

Er schnappte sich seinen Cocktail und sog entschlossen am Trinkhalm.

Alexa zögerte, ob sie erzählen sollte, dass sie John mit Leni Schtonk in flagranti erwischt hatte. Noch während sie darüber nachdachte, ob das angemessen war, wich die Farbe aus ihrem Gesicht: Markus und Nathalie betraten gemeinsam die Bar. Alexa taumelte innerlich und stürzte. Wie konnte das sein? Er hatte doch gesagt, sie sei nicht hier und er aus beruflichen Gründen da! Alexa saß wie versteinert und war unfähig, einen klaren Gedanken zu fassen. Als hätte die Abrissbirne nur weit ausgeholt, um noch einmal mit voller Wucht zuzuschlagen. Schutzlos blickte sie ihrem persönlichen Horror ins Gesicht.

Die grauen Zellen arbeiteten sich langsam neue Kanäle frei. `Ich muss hier weg´ dröhnte es in ihrem Kopf. Doch jetzt die Bar zu verlassen, wäre höchst peinlich. Alle würden fragen, warum sie schon ging. Also blieb sie wie festgetackert sitzen.

Nach und nach beruhigte sich ihr Puls, und auch das Rauschen in ihren Ohren ebbte langsam ab. Wie durch einen dichten Nebel vernahm sie, dass in ihrer Sitzrunde belanglos über das Abendessen geplaudert wurde und sie versuchte, sich darauf zu konzentrieren. In den folgenden Minuten entging ihr aber nicht, dass Markus immer wieder unauffällig herübersah, während Nathalie ihr den blasskalten Rücken zuwandte. Sie musste ihm nachgereist sein. Aus Panik, er könne ihr noch kurz vor der Hochzeit entwischen.

Bei Valerie und Nat lief heute Abend nichts. Er war permanent von einer Urlauberfamilie in Beschlag genommen und sah mal hilfesuchend, mal entschuldigend zu Valerie hinüber, die gleichgültig tat, dann aber relativ früh und mit traurigem Gesicht in ihren

Bungalow ging. Damit hatte sie gleichzeitig Platz für Bernd geschaffen, dessen Begleiterin ebenfalls nicht anwesend war und der sich daher der Leute erinnerte, die er hier noch kennen gelernt hatte. Hölzern fragte er, ob der Sessel frei sei und ob er sich setzen dürfe. Sogleich begann er die Getränkekarte zu lesen und die Preise zu kommentieren.

„Also, die nehmen´s ja von den Lebendigen hier!", beschwerte er sich.

„Na, von den Toten gibt´s ja auch nichts mehr zu holen", konterte Alexa verdrossen.

Bernd lachte wie über einen originellen Scherz und folgte irritiert ihrem Blick, der immer wieder zu Markus und Nathalie wanderte. Dann erinnerte er sich, dass er ja ein Getränk bestellen wollte.

„Sechs Dollar für eine Flasche Wasser, das ist Wucher!", ereiferte er sich.

„Tja, wenn der Dollar im Moment nicht so ungünstig stehen würde, wäre das ja kein Problem", erwiderte Isabel. „Vier Euro bezahlt man dafür in einem deutschen Hotel auch locker."

„Jaja, das stimmt schon. Aber hier sind es ja fast fünf Euro!" Alexa rollte innerlich die Augen.

„Natürlich ist das viel Geld, aber die Malediver müssen das ganze Zeug ja hierher schaffen. Weißt du, woher das Wasser kommt?", fragte Isabel.

Ertappt bekannte er: „Nein, woher denn?"

Alexa hielt ihm ihre Flasche unter die Nase. „Da siehst du: aus der Schweiz!"

„Jaja, stimmt schon. Aber fünf Euro!"

Entnervt gab Alexa auf. Aber Bernd war noch lange nicht fertig. „Und zehn Dollar für einen Cocktail! Das sind ja ..., das sind ja ... neun Euro!"

„Ja, sag mal, du kannst ja rechnen wie ein Blitz!" Alexa nahm langsam alte Fahrt auf.

Geschmeichelt lächelte er: „Ich bin ja auch in der Computerbranche tätig."

„Ach ja, richtig. Und was machst du so in der Computerbranche, wenn ich fragen darf?"

„Ach so alles Mögliche ..."

Er sah sich nach einem Kellner um, als wolle er dem Thema ausweichen.

Doch Alexa hatte nun ihren Blitzableiter gefunden.

„Was ist denn das genau, wenn man so alles Mögliche in der Computerbranche macht?!"

„Ach, Vertrieb und so ..." Wieder sah er sich nach dem Kellner um.

„Du verkaufst die Dinger also?"

„Ja, so ähnlich ... Habe ich euch schon erzählt, wie dieser Zimmerboy meine Laken faltet?"

Seine Augen traten gleich um ein paar Zentimeter vor, so ereiferte er sich plötzlich über das, was er erzählen wollte.

Alexa winkte ab und auch die anderen – Eckhard inbegriffen - sahen sich hilfesuchend im Raum nach spannenderen Alternativen um. Doch das störte Bernd nicht. Er war jetzt in seinem Element und erzählte launige Geschichten vom Zimmerservice, den lustigen Krabben im Bad, dem frechen Gecko an der Zimmerdecke, seinen Abenteuern in der Lagune und unter Wasser. Als er bei seiner verstorbenen Mutter, Gott hab sie selig, ankam, war Alexas Geduld zu Ende.

„Sag mal, merkst du gar nicht, dass dir keiner zuhört und dass du die ganze Runde hier sprengst?"

Schockiert hielt er inne, lief rot an und sah von einem zum anderen.

„Ich, äh, das wollte ich nicht, ähm, tut mir leid ... ich dachte nur ..." Und er verstummte mit roten Ohren.

Ein paar Minuten später erhob er sich und ging mit den Worten: „Ich muss dann mal ..."

„Ganz so brutal hättest du nicht vorgehen müssen", sagte Isabel mit leisem Tadel.

„Jaja, unser Seeigelchen", grinste Eckhard.

„Hackt doch alle auf mir rum. Ihr hättet euch dieses Geschwafel noch den ganzen Abend angehört, ja? Ihr könnt ruhig zugeben, dass ihr froh seid, dass ich euch davon erlöst habe!", wehrte sie sich.

„Ich habe nur gesagt, es hätte etwas feinfühliger sein können", stellte Isabel klar, während sie nervös zu Santiago schielte, der mit den Tauchlehrern das Programm für die kommende Woche an der Theke besprach.

„Also, wenn ich mir den Eiertanz ansehe, der hier heute Abend veranstaltet wird, könnte ich aus der Haut fahren!"

„Was hast du denn?", fragte Isabel irritiert. Sie saß mit dem Rücken zur Bar und hatte Markus und Nathalie noch nicht gesehen.

„Schon wieder so aggressiv", sagte Eckhard mitfühlend.

Alexa saß einen Moment stumm da. Dann sprang sie auf. „Wisst ihr was? Ihr könnt mich mal!"

„He, warte, ich komme mit. Nun sei doch nicht gleich eingeschnappt!" Isabel folgte Alexa und ließ damit Eckhard alleine zurück.

Frustriert lief Alexa im Bungalow umher wie ein Tiger im Käfig.

„Was war das denn nun für ein merkwürdiger Buddytausch mit Valerie und Nat?", fragte Isabel.

Ungeduldig klärte Alexa sie auf.

„Das hast du die ganze Zeit gewusst und mir nichts davon gesagt?" Getroffen sah Isabel sie an. „Hast du gedacht, du kannst mir nicht vertrauen? Oder wolltest du gerne ein Geheimnis mit Valerie haben?"

Alexa erwiderte ihren Blick irritiert. Hier schwang auf einmal etwas anderes, ganz Altes mit. „Nein, ich hab´s einfach vergessen."

„Wie kann man denn so etwas vergessen? Und wieso warst du so aggressiv heute?", erwiderte Isabel vorwurfsvoll. „Dein Verhalten gegenüber Bernd fand ich echt grenzwertig."

„Ach ja? Und ich fand dein Verhalten gegenüber den ganzen Kerlen hier grenzwertig."

Die Stimmung war zum Zerreißen gespannt.

„Damit hilfst du deiner Mutter auch nicht", fügte Alexa noch gereizt hinzu, ohne recht zu wissen, warum.

„Was hat das denn mit meiner Mutter zu tun?"

„Es ist total peinlich, wie du dich jeden Abend einem anderen Kerl anbiederst! Was soll denn das? Meinst du, damit kannst du dich über Liliths Krankheit wegtrösten? So ein Schwachsinn!" Der angestaute Unmut schoss jetzt wieder wie ein Geysir in Alexa hoch.

„Ich biedere mich niemandem an. Ich bin kommunikativ. Im Gegensatz zu dir! Du giftest hier jeden nur an! Du hättest dich mal ein bisschen zusammenreißen können, wenn Lilith dir schon den ganzen Urlaub bezahlt." Auch in Isabel begann es gefährlich zu brodeln.

„Was soll das denn jetzt heißen?", rief Alexa empört.

„Ich habe dir doch gesagt, dass Lilith gerne wollte, dass wir uns wieder besser verstehen. Hast du dafür irgendetwas getan? Du bist so mit dir selbst und deinem Markus-Drama beschäftigt, dass du gar nicht merkst, wie Menschen neben dir leiden! Hast du mal darüber nachgedacht, warum Markus die Biege gemacht hat?"

„Was geht dich das an?"

„Vielleicht wollte er eine Frau, die lieben kann!"

„Ach ja? Und zu der Gruppe gehörst du natürlich auch, nicht wahr? Hör endlich auf, dich aufzuführen, als seist du meine große Schwester!"

„Ich bin deine große Schwester", platzte es heftig aus Isabel heraus.

Der Satz detonierte wie eine Sprengladung in der Luft.

„Wie meinst du das?"

„Genauso wie ich es sage", schrie Isabel nun fast. „Mein Vater hat mit deiner Mutter geschlafen, damit sie endlich schwanger wird und anschließend hat er Lilith sitzengelassen, weil er sich in Irene verliebt hat!"

Fassungslos starrte Alexa sie an. In ihrem Kopf herrschte absolute Ruhe. Sie wusste sofort, dass Isabel die Wahrheit sagte und sie spürte, wie sich die Lücke in ihrem Inneren schloss, die sie ihr Leben lang gefühlt hatte und nie einordnen konnte. Leider schloss sie sich nicht geräuschlos.

„Was redest du da für einen Schwachsinn?", herrschte sie Isabel an.

„Du brauchst mich nicht anzuschreien. Ich kann auch nichts dafür. Das ist kein Schwachsinn, das ist die Wahrheit. Die haben uns alle angelogen, die ganzen Jahre. Was denkst du denn, warum dein angeblicher Vater immer zur Stelle war, wenn es etwas zu reparieren gab. Der hat versucht, etwas wiedergutzumachen, was nicht wiedergutzumachen ist!"

„Das ist doch idiotisch, so etwas zu glauben! Und mein Vater soll auch noch davon gewusst haben?" Nun überschlugen sich Alexas Gedanken.

„Er ist nicht dein Vater und ja, er hat davon gewusst. Als klar war, dass er keine Kinder zeugen kann, haben die drei das abgemacht."

„Hat Lilith uns deshalb zusammen in den Urlaub geschickt? Damit du es mir hier sagen kannst? Seit wann weißt du es überhaupt?"

„Ich weiß es auch erst seit ein paar Monaten. Genau genommen, seit Lilith die Diagnose hat. Sie wollte, dass ich eine Familie habe, wenn sie nicht mehr da ist." Isabel fiel förmlich in sich zusammen.

„Wie lange ist das denn so gelaufen?"

„Ein einziges Mal hat wohl gereicht, hat unser Vater jedenfalls behauptet."

„So eine verdammte Sauerei!"

Alexa rannte aus dem Bungalow und stieß gegen ihren glatzköpfigen Nachbarn Dietmar, der aus irgendwelchen Gründen auf ihrer Terrasse stand und den Mund öffnete, um etwas zu sagen. Sie murmelte eine Entschuldigung und stürmte hinaus in die Nacht.

Sie jagte über die Insel, so schnell der Sand es erlaubte, und schimpfte dabei vor sich hin. Sie fluchte auf ihren leiblichen Vater, den sie nicht hier und jetzt zur Rede stellen konnte. Sie fluchte auf Lilith, die Sterbende und selber Betrogene, die dieses Geheimnis so lange gehütet hatte. Sie verwünschte Isabel, die seit Monaten Bescheid wusste und ihre Eltern, die sie ihr Leben lang angelogen hatten. Und sie verwünschte Markus, der nun doch mit Nathalie auf dieser Insel war.

Schimpfwörter ausstoßend trat sie gegen Büsche und Pflanzen, riss sich dabei die Haut an den Füßen auf und trat dann noch wütender um sich. Irgendwann sank sie in den Sand und begann zu weinen. All das, was in ihrem Leben die ganzen Jahre nicht gestimmt hatte, kam hoch. Tränen strömten in Rinnsalen über ihr Gesicht. Sie konnte sich nicht mehr beruhigen und steigerte sich in einen Weinkrampf hinein, der ihren ganzen Körper schüttelte. Das Gefühl, kaum tiefer in ein inneres Elend stürzen zu können, erfüllte sie. Plötzlich spürte sie eine Hand auf ihrer Schulter.

„Hey, kleine Kampfmaus, was ist los?", hörte sie Markus´ dunkle Stimme vertraut und tröstend. Im Reflex schlug sie nach ihm, doch er fing ihre Hand geschickt auf und hielt sie fest.

„Ist ja schon gut", raunte er beruhigend. „Was ist los mit dir?"

Sie gab keine Antwort und schluchzte stattdessen auf.

„Was ist passiert? Ist es wegen uns?"

Endlich drang seine Stimme zu ihr durch. Sie klammerte sich wie eine Ertrinkende an ihn und schluchzte nun hemmungslos. Er streichelte ihren Rücken und versuchte, sie zu beruhigen.

„Isabel hat mir gerade gesagt, dass wir Halbschwestern sind", brach es irgendwann aus ihr heraus. „Ihr Vater hat meine Mutter geschwängert und uns dann alle sitzen lassen. Ich habe mein ganzes Leben lang im falschen Film gesessen! Das ist alles so ein Albtraum!"
Markus hielt ihr Gesicht mit beiden Händen und strich die Tränen von ihren Wangen. Ihr Schluchzen verebbte.

Sie sahen sich lange in dem schwachen Schein des Mondlichts an. Dann brach auch dieser Damm. Mit einer schmerzlichen Heftigkeit küssten sie sich und krallten ihre Finger ineinander, als gelte es, verloren gegangene Zeit zurückzuholen. Ihre Gerüche und ihre Körper waren einander so wohlbekannt, dass es nichts Neues zu entdecken, aber Vertrautes zurückzuerobern galt. Und während sie sich keuchend in dem weichen Sand wälzten, schoss Alexa durch den Kopf, dass sie jetzt vielleicht endlich den brach liegenden Acker in ihrem Inneren bestellen und ein ganzer Mensch werden konnte.

13

„**W**o warst du gestern Abend?", fragte Isabel am nächsten Morgen. „Ich habe mir echt Sorgen gemacht und die ganze Insel nach dir abgesucht. Und als ich zurück in den Bungalow gekommen bin, lagst du da und hast gepennt, als ob nichts vorgefallen sei!"

„Ich musste mich beruhigen. Das war ein Schock für mich."

„Kann ich mir vorstellen. War es für mich auch."

Alexa zögerte. „Und dann ist Markus aufgetaucht."

Isabel sah auf. „Aha! Alleine?"

Alexa nickte.

„Und?"

„Na ja, was soll ich sagen?" Alexa wurde rot und lächelte.

„Nein! Ernsthaft? Das gibt´s nicht. Nathalie ist doch mit ihm hier. Was ist denn jetzt mit der?"

„Woher weißt du denn, dass sie hier ist?"

„Ich habe dich gestern Abend noch gesucht, da kam sie mir alleine auf dem Inselweg entgegen und hat demonstrativ an mir vorbei gesehen. Ich war total überrascht. Hattest du nicht gesagt, Markus ist ohne sie da?"

„Sie ist ihm nachgereist."

„Oje. Und was ist jetzt mit ihr?"

„Keine Ahnung."

Isabel sah sie lange an. „Ich weiß gar nicht, ob ich mich für dich freuen soll oder nicht."

„Tu´s einfach. Mir geht´s gut damit."

„Okay. Ich hoffe, du weißt, was du tust."

Isabel zögerte. „Es tut mir leid, was ich dir gestern Abend an den Kopf geworfen habe. Die Pferde sind mit mir durchgegangen. Natürlich musst du dich nicht um mich bemühen, nur weil Lilith dir diesen Urlaub aufgeschwatzt hat. Und das mit dem `nicht lieben können´ auch."

Alexa senkte den Kopf.

„Ich weiß schon gar nicht mehr so richtig, was ich alles gesagt habe. Als ich Markus mit Nathalie in der Bar gesehen habe, sind bei mir die Sicherungen durchgebrannt. Mir tut´s auch leid. Vergiss´ einfach, was ich abgesondert habe."

„Okay, kleine Schwester." Sie lächelte Alexa vorsichtig an, als wolle sie testen, wie sie mit der veränderten Situation klarkam.

„Wir sind wirklich Schwestern? Ich kann´s noch immer nicht glauben", erwiderte sie.

„Halbschwestern."

„War Lilith eingeweiht?"

„Anfangs nicht. Erst als er gegangen ist, hat er ihr gesagt, welchen Freundschaftsdienst er Irene und Lars erwiesen hat. Er habe ihre Ehe gerettet, muss er gesagt haben."

Alexa lachte bitter auf. „Was für ein Wort, was für eine Riesensauerei!"

„Das sieht Lilith genauso. Aber das Wort `Freundschaftsdienst´ hat Dietmar wohl tatsächlich benutzt."

Alexas Augen wurden rund. „Dietmar?"

„Ja, so heißt unser Vater."

„Und er hat sich als Tauchlehrer auf die Malediven abgesetzt?"

„Er hat wohl auf der ganzen Welt gearbeitet, Ägypten, Australien, Karibik. Wo er letztendlich abgeblieben ist, hat Lilith nicht mehr erfahren."

„Unser Bungalownachbar heißt Dietmar und leitet die Tauchschulen im Süd Ari Atoll."

„Der Glatzkopf?!"

„Yep."

„Woher weißt du das?"

„So hat Markus ihn mir vorgestellt. Er arbeitet mit Markus´ Reiseveranstalter zusammen."

Beide schoben diese Neuigkeit in ihren Köpfen hin und her und betrachteten sie von allen Seiten.

„Ach komm, das wird ein Zufall sein. Wir sehen doch schon Hirngespinste bei all dem Psychowahn hier."

„Das Alter könnte passen", sagte Isabel schließlich und wurde blass. „Wir wohnen seit anderthalb Wochen neben unserem Vater und hatten keine Ahnung davon?!"

„Mir geht das alles ein bisschen zu schnell. Zuerst kreuzt Markus hier auf. Dann verkündest du mir, dass wir Halbschwestern sind und dass der Mann, der mich großgezogen hat und den ich Papa genannt habe, gar nicht mein leiblicher Vater ist. Und jetzt soll der auch noch neben uns wohnen?" Sie sank aufs Bett.

„Ich will das wissen. Brauchst du keine Klarheit? Den Tauchgang können wir nicht mehr verschieben. Aber danach knöpfe ich ihn mir vor!", entschied Isabel.

Das Khuda Rah Thila war wieder überwältigend mit seiner leuchtenden Farbenpracht an Fischen und bunten Korallen. Mick nahm sich ihrer ganz fürsorglich an und zeigte ihnen ein paar besondere Stellen, die er eigens mit einer mitgebrachten Taschenlampe anleuchtete. Alexa vergaß die Zeit und sie war überrascht, als sie auf ihrem Tauchcomputer sah, dass sie sich bereits seit fünfzig Minuten unter Wasser befanden. Eine Dreiviertelstunde war vergangen, ohne dass sie sich gefragt hatte, was sie hier tat und wofür das alles gut sein sollte! Sie hatte sich einfach nur diese wunderbare Welt angesehen und über nichts nachgedacht.

Isabel schien es ganz anders zu ergehen. Sie schwamm tranig wie ein Wal neben ihr her und drehte nun sogar Däumchen, um Alexa zu bedeuten, dass sie sich langweilte und nach oben wollte. Dafür war es aber auch wirklich Zeit. Sie hatten gerade noch genug Luft, um den Sicherheitsstopp einhalten zu können.

Auf der Rückfahrt legten sie sich wieder auf die Planken am Bug, um sich zu sonnen. Das Boot schaukelte sanft und ein traumhaftes Panorama umgab sie. Doch weder Isabel noch Alexa nahmen das wahr. Isabel sah während der Fahrt auf das Wasser hinaus und schien tief in ihre Gedanken versunken zu sein.

Alexa schloss die Augen, erinnerte sich wohlig an ihr Zusammensein mit Markus gestern Abend und gab sich einem Dämmerschlaf hin. Ihr war völlig klar, dass von seiner Seite eine endgültige Entscheidung noch nicht gefallen war, aber für den Moment genoss sie das, was gewesen war.

Dann schob sich der Gedanke an ihre verquere Familiensituation dazwischen. Es tat weh, zu wissen, dass der Mann, den sie wie einen Vater liebte, gar nicht ihr Vater war. Ihr ganzes Leben war eine große Lüge gewesen! Es war nicht zu fassen. Und nun war womöglich ihr Bungalownachbar auch noch ihr leiblicher Vater!

Zurück an der Tauchschule fing Nat Valerie ab und bot ihr erneut ein abschließendes Gespräch an, in dem sie ihre Kenntnisse der Unterwasserwelt vertiefen könne. Sie nahm das Angebot dankbar an und verschwand mit ihm im Büro. „Na, die sehen wir den Rest des Tages nicht mehr wieder", unkte Isabel. „Wurde auch Zeit."

„Allerdings!" Die beiden trotteten mit nassen Haaren und feuchter, salziger Haut zu ihrem Bungalow, um sich erst einmal eine ausgiebige Dusche zu gönnen. Da Eckhard beim Segeln war, würde die Nachmittagunterhaltung wohl recht mager ausfallen.

Zu ihrer Überraschung saß ihr Bungalownachbar auf ihrer Terrasse und sah ihnen mit ernstem Gesicht entgegen. Sie blieben in einiger Entfernung stehen und musterten ihn wortlos.

„Sind Sie unser Vater?", fragte Isabel schließlich scharf.

„Wenn du Isabel bist, fürchte ich, dass ich das bin", erwiderte er schuldbewusst.

Die drei sahen sich stumm an und die Luft zwischen ihnen füllte sich mit Vorwürfen, fehlenden Umarmungen, nie statt gefundenen Berührungen, unausgesprochenen tröstenden Worten und vermisster Nähe.

„Setzt euch doch bitte", sagte Dietmar, als die Spannung greifbar wurde.

Isabel schnaubte, setzte sich dann aber doch. Alexa folgte ihr und sah ihren Vater dabei unverwandt an.

„Ich war gestern Abend schon einmal da und wollte mit euch reden. Markus Danders hat mir erzählt, woher ihr kommt und da habe ich mir den Rest zusammengereimt. Aber gestern Abend war wohl kein günstiger Moment für ein Gespräch."

Seine Töchter sahen ihn unverwandt an.

„Ich nehme an, ihr würdet jetzt gerne eine Menge von mir hören. Ich weiß, dass mein Verhalten nicht entschuldbar ist. Also versuche ich das gar nicht erst. Die Dinge sind gelaufen, wie sie halt waren. Mit der Schuld werde ich bis an mein Ende leben müssen. Als Mensch und besonders als junger Mensch macht man Fehler. Manche davon sind leider nicht wiedergutzumachen und haben weitreichende Folgen. Es tut mir sehr leid."

„Du hast Lilith und mich sitzengelassen!", erwiderte Isabel scharf.

Er nickte betrübt.

„Das ist unverzeihlich. Wenn ich die Zeit zurückdrehen könnte, würde ich das tun. Ob ich mit der Situation so leben könnte, weiß ich nicht. Ich würde aber auf jeden Fall versuchen, euch besser zu unterstützen."

„Besser ist gut! Du hast uns gar nicht unterstützt. Lilith musste mich ganz alleine durchbringen!"

Wieder nickte er betrübt und sein Kopf sackte ab. „Ich weiß, auch das ist keine Entschuldigung. Allenfalls eine Erklärung: Als Tauchlehrer verdient man gerade so viel, dass man davon leben kann."

„Waren die teuren Geburtstagsgeschenke von dir?"

„Ja, daran habe ich immer gedacht." Seine Miene hellte sich auf: „Was für eine schöne Frau aus dir geworden ist! Lilith kann sehr stolz auf dich sein."

„Sie ist unheilbar an Krebs erkrankt."

Dietmar zuckte wie unter einer Ohrfeige zusammen und verarbeitete das Gehörte eine Weile. „Wie lange hat sie noch?", fragte er dann.

„Zwei, drei Monate vielleicht."

Er überlegte lange und rang sichtbar mit sich. „Wenn sie mich in ihrer Nähe ertragen kann, komme ich nach Deutschland und begleite sie. Das ist das Mindeste, was ich für sie tun kann. Fragst du sie bitte?"

Isabel verzog das Gesicht, nickte aber kaum merklich. Es entstand eine Pause.

Dietmar wandte sich an Alexa. „Und du bist Irenes Tochter, nicht wahr? Das ist kaum zu übersehen." Er lächelte schmerzlich. „Wie geht es Irene und Lars?"

Alexa hob die Achseln und ließ sie wieder fallen. „Ganz gut. Besser als Lilith jedenfalls."

Wieder zuckte er. „Grüß´ die beiden bitte von mir. Sind sie noch verheiratet?"

Alexa nickte widerwillig. Abermals entstand eine Pause. „Hat wirklich ein einziges Mal gereicht?", fragte sie schließlich ohne Umschweife.

Einen Moment lang sah Dietmar sie irritiert an, dann verstand er den Sinn der Frage. „Nein", antwortete er. Isabel schnaubte missbilligend und Alexa sah aufs Meer hinaus.

„Ich bin froh, dass ich euch einmal sehen konnte. Es tut mir leid, dass die Dinge sich so schief entwickelt haben. Wir haben damals mit guten Absichten gehandelt. Aber alles kann man eben nicht vorhersehen."

211

Er erhob sich.

„Wenn ihr Fragen an mich habt, wisst ihr ja, wo ich wohne. Ich würde mich freuen, wenn wir uns noch einmal sprechen könnten, bevor ihr abreist."

Alexa und Isabel schwiegen. Als er ging, schrie der indische Hausrabe seinen mahnenden Ruf. Alexa vervollständigte sein „Bedenke, was du tust!" in Gedanken um ein „Es könnte Folgen nicht nur für dich, sondern für alle dir folgenden Generationen haben."

Innerhalb kürzester Zeit holte der Himmel seinen grauen Bademantel aus dem Schrank und schlang ihn fest um sich. Ein zorniger Wind rüttelte an den Palmen und pfiff durch die Fugen des Bungalows. Es wurde ungemütlich. Sie beschlossen, sich in die Bar zu begeben, wo an verregneten Tagen in der Regel eine DVD gezeigt wurde. Auf diese Idee waren außer ihnen noch einige andere Urlauber gekommen, die sich bereits vor dem Fernseher, der aus seinem Schränkchen zum Vorschein geholt worden war, niedergelassen hatten.

„Hach, dieses Regenwetter macht mich immer müde", seufzte Heather, schob einen Rattansessel Richtung Fernseher und ließ sich hineinfallen. Isabel und Alexa setzten sich neben sie. Heute wurde ein James Bond Film mit Pierce Brosnan präsentiert. Der Ton war so leise gestellt, dass man kaum etwas verstand.

`Das hätten sie mal lieber bei dem bescheuerten Jackie Chan Film gemacht´, dachte Alexa. Sie sah Helene Hülstonk hocherhobenen Hauptes vorbeistolzieren und sie keines Blickes würdigen. Im Einschlafen hatte Alexa den Mann im Kopf, dem sie ihre Existenz verdankte. Was er Lilith und Isabel angetan hatte, fand sie unverzeihlich. Aber hatte sie ebenfalls Grund, wütend auf ihn zu sein? Den hatte sie wohl eher, was Irene und Lars betraf. Und dennoch konnte sie sich nicht mit dem Gedanken anfreunden, dass Dietmar ihr leiblicher Vater war.

Wäre er ein besserer Vater gewesen als Lars, der zwar sehr warmherzig sein, sie in den Arm nehmen und jauchzend in die Luft werfen konnte? Aber es gab auch andere Momente, in denen er sie mit zwiespältigen Gefühlen ansah. Und dann diese merkwürdige Bemerkung, die er von Zeit zu Zeit fallen ließ: „Bist ja doch noch ein Kind der Liebe geworden." Gleichwohl schwang keine Liebe in seinen Worten mit, wenn er das sagte. Sein Blick hatte im Gegenteil etwas so Stechendes, dass Alexa zurückzuckte und seine Nähe mied. Dieses Wechselbad der Gefühle zwischen „Komm her, du bist perfekt so, wie du bist" und „Geh weg, du bist ein Kind der Liebe" war für Alexa in ihrer Kindheit schwer einzuordnen gewesen.

Mit der Zeit hatte sie gelernt, die Vorzeichen zu erkennen, die das jeweils Eine oder andere ankündigten, sodass sie sich entweder auf seine Nähe freuen oder rechtzeitig das Weite vor seiner Kälte suchen konnte. Als Kind lernt man, mit vielen Dingen umzugehen, um die schlimmste Bedrohung, den Verlust der Eltern, möglichst in Schach zu halten. Nun wusste sie, was Lars gemeint und was ihn umgetrieben hatte. Auch Lars' Bemerkung gegenüber Irene: „Gut, dass die Kleine dir ähnlichsieht", verstand sie nun. Sie bedeutete nicht, dass Lars nicht ihr Vater sein wollte, wie sie als Kind geglaubt hatte, sondern dass er es gerne gewesen wäre. Und dass er nicht noch ständig an Dietmar erinnert werden wollte, der ihm nicht wie vereinbart lediglich einen Freundschaftsdienst erwiesen, sondern fast die Frau weggenommen hatte.

Sie sah, dass Isabel und Heather schliefen und so gab sie sich ebenfalls einem Halbdämmerschlaf hin. Sie hatte das Gefühl, dass die Zeit ihr durch die Finger rann, wie der feine Sand auf dem Boden zwischen den Zehen rieselte, wenn man die Füße hindurch strich.

Weder von Markus noch von Nathalie war etwas zu sehen. Sie sammelte ihre Energie und beschloss, zurück zum Bungalow zu gehen. Vielleicht würde sie ja Markus treffen, bevor er zurück nach Deutschland flog.

Tatsächlich ging er vor ihrer Terrasse auf und ab, als wartete er auf sie. Es berührte sie, als sie das vertraute kaum merkliche Hinken wahrnahm, das er von seinem Unfall zurückbehalten hatte.

„Ich fliege gleich nach Male", sagte er und sie umarmten sich.

„Das dachte ich mir schon."

Er strich ihr das feine, ungegelte Haar aus dem Gesicht. „Ich habe die Verlobung mit Nathalie aufgelöst. Ich kann nicht vor der Hochzeit untreu werden und dann eine glückliche Ehe führen", erklärte er ernst.

Alexa nickte und hörte das Blut in ihren Ohren rauschen. Dann grinste sie: „Ich müsste lügen, wenn ich behaupten wollte, dass mir das leidtut."

Sie küssten sich lange und innig.

„Wir sehen uns in ein paar Tagen in dem Mistwetter in Deutschland", sagte er und drückte sie noch einmal.

Alexa vergrub ihre Hände in seinem T-Shirt und nickte glücklich.

„Wie wird es weitergehen mit uns?", fragte er leise.

„Ich möchte dich nicht mehr verlieren", flüsterte sie.

Valerie saß alleine auf ihrem Bett und sah durch die Terrassentür auf das aufgeworfene Meer. Heather war in der Bar und sie hatte nun Ruhe zum Nachdenken. Es gab einiges, worüber sie sich klar werden musste. Sie hatte ihre Aufgabe erfüllt und ihren Eltern die Verlobungsringe gebracht. Wie sollte es nun weitergehen? Sollte sie ihr Studium der Meeresbiologie wirklich an den Nagel hängen, nur weil sie sich vorgenommen hatte, nie wieder tauchen zu gehen? Aber sie konnte sich kaum vorstellen, ausschließlich im Labor mit Exponaten zu arbeiten, die andere aus dem Meer geholt hatten.

Und dann hatte der Himmel ihr auch noch diesen wunderbaren Menschen geschickt, dessen Beruf ausgerechnet Tauchlehrer war. Sollte das ein Zeichen sein? Sie würde ihren Entschluss reiflich überdenken müssen. Sie hob die Augen in Richtung Himmel. Oder habt ihr mir Nat geschickt, um mir zu zeigen, dass euer Tod keinen Einfluss auf meine Lebensentscheidungen haben sollte?

Als Alexa und Isabel an diesem Abend spät zum Abendessen gingen, dampfte die Insel, als wolle sie die über Tag aufgenommene Feuchtigkeit ausschwitzen. Die Blätter der Bäume und Scaevolabüsche glänzten feucht und vereinzelt rutschten Tropfen von ihnen herab. Im Licht der Gehwegbeleuchtung sahen sie saftig grün und wächsern aus. Und dort, wo der Mond die Wolken wie einen Vorhang beiseite schob, glitzerte der Himmel silbern.

`Gleich fallen Sterntaler von oben runter´, ging es Alexa durch den Kopf. Das Trägerkleidchen, das sie trug, wäre gerade passend, um die Münzen aufzufangen. `Dann hätte sich der Urlaub so richtig gelohnt.´ Sie schmunzelte.

„Warum grinst du?", fragte Isabel.

„Ich habe mir vorgestellt, dass Geld vom Himmel fällt."

„Na, du hast ja Fantasien!"

„Nicht wahr?", lächelte Alexa zurück und sah zu, dass sie dicht bei Isabel blieb.

Sie hörte schlurfende Geräusche und wieder kamen ihnen Bedienstete mit der Seelenruhe einer Schildkröte entgegen und ließen dabei ihre Badeschlappen nachlässig über den nassen Sand schleifen. Sie grüßten freundlich und zogen vorüber, als sei das Leben ein Sonntag voll Müßiggang.

`Die haben Nerven´, dachte Alexa nicht ohne Neid. Sie würde in ein paar Tagen wieder in ihrer Praxis stehen und schauen, dass der Laden lief. Sie schüttelte den Gedanken daran ab wie eine lästige Fliege.

Später in der Bar saß Valerie wieder bei ihnen. Nat schien abermals von den anderen Tauchlehrern und Gästen sehr in Anspruch genommen zu sein, so dass von seiner Seite auch diesmal außer ein paar warmen und entschuldigenden Blicken nichts lief.

„So Mädels, jetzt geht´s bald wieder nach Hause! Darauf gebe ich heute Abend eine Runde aus! Sucht euch einen leckeren Cocktail aus, Onkel Hardy bezahlt!" Mit großzügiger Geste reichte Eckhard ihnen die Getränkekarte. Die Frauen ließen sich das nicht zweimal sagen und beratschlagten, welcher Cocktail denn nun zu trinken sei. Sie einigten sich darauf, drei verschiedene zu bestellen, damit sie möglichst viele probieren konnten.

„Gute Wahl, Mädels", lobte Eckhard gönnerhaft und winkte dem Kellner, der sich behäbig näherte. Alexas Blick fiel auf den Verkäufer im Souvenirshop. Sie erinnerte sich, dass Heather mit seinem Kollegen auf Teufel komm raus gefeilscht und so schließlich einige Souvenirs für die Hälfte erstanden hatte. Dann merkte sie, dass sie angesprochen worden war und sah, dass Eckhard sie betrachtete.

„Was ist?", fragte sie irritiert.

„Ich habe gesagt, du hast Augen wie Jim Knopf", wiederholte er und blickte ihr triumphierend ins Gesicht.

„Aha", erwiderte sie trocken. Was sollte das denn nun wieder?

„Große, dunkle Knopfaugen, die meistens ziemlich erschrocken aussehen", ergänzte Eckhard ungebeten.

Zum Glück wurden in diesem Moment die Cocktails serviert und ein Themenwechsel ergab sich von selber. Valerie seufzte: „Schade, dass wir nur noch einen Tag übrig haben und dann schon abreisen müssen!" In ihrem Seufzer schwang mehr mit als die reine Trauer darüber, dass der Urlaub zu Ende war. In ihren Augen glimmerte es verdächtig.

`Was ist denn nun mit Nat?´, hätte Alexa am liebsten insistiert. Doch für derartige Fragen war Valerie eindeutig zu zart besaitet, entschied sie und tauschte stattdessen einen Blick mit Isabel aus.

Da erschien Annette in der Bar. Sie sah sich kurz um und steuerte zielstrebig auf Helene Hülstonk und ihren britischen Liebhaber zu, die an der Theke standen. Letzterer wurde auffallend blass, als er Annette sah. Diese baute sich vor ihm auf und gab ihm ohne Vorwarnung eine schallende Ohrfeige. Dann widmete sie sich Helene und ohrfeigte sie ebenfalls. Während die beiden noch starr vor Schreck zu kombinieren versuchten, was da gerade mit ihnen geschehen war, schwenkte Annette schon ab und verließ ohne Hast die Bar.

Alexa merkte, dass ihr Mund offen stand, und klappte ihn zu. Sie registrierte, dass auch die anderen alle zu der Szene an der Theke hinüber gesehen hatten und dass die Gespräche im Raum verstummten. Waren sie eben noch blass geworden, so trieb es Helene und ihrem Liebhaber nun die Schamesröte in die Wangen.

Isabel fand als erste die Sprache wieder. „Hoppla, haben wir da was verpasst?", fragte sie betont etwas zu laut.

Aber die anderen waren ebenso ratlos wie sie.

„Na, das ist ja was", bestätigte Alexa befriedigt. Wer hätte gedacht, dass sich um Leni Schtonk solche Abgründe rankten!

14

Alexa war an diesem letzten Morgen feierlich zumute, als sie aus der Terrassentür trat und auf das Meer hinaus schaute. Friedlich lag die Lagune in ihrem türkisfarbenen Bett und nuschelte leise rauschend einen Abschiedsgruß. `Traumhaft schön hier.´ Gedankenverloren trat sie ein paar Schritte auf den Strand hinaus, so dass sie um ihren Bungalow herum zur Tauchschule sehen konnte. Eigentlich interessierte sie die Tauchschule nicht sonderlich, doch ihr fiel auf, dass sich hinter der Glasscheibe des Büros etwas bewegte. Sie kniff die Augen zusammen und erkannte, dass Nat unmittelbar hinter dem Fenster stand und auf den Inselweg hinausschaute.

`Aha´, dachte Alexa, `worauf wartet der denn wohl?!´ Sie wich ein Stück zurück, damit er sie nicht sah, und verharrte in dieser Position. Schon ein paar Minuten später erschien Valerie im Blickfeld. Sie war scheinbar auf dem Weg zum Frühstück, der sie zwangsläufig dort vorbei führte. Offensichtlich hatte sie ebenfalls zum Fenster geschaut, denn sie sah Nat sofort da stehen. Die beiden grüßten sich durch die Scheibe hindurch und gestikulierten. Alexa hielt den Atem an, als Valerie näher an die Scheibe herantrat. Am liebsten hätte sie Isabel gerufen, damit sie das auch sehen konnte. Aber die Angst, etwas zu verpassen oder die beiden dort drüben auf sich aufmerksam zu machen, ließ sie zögern. Hier gab es bestimmt Neuigkeiten zu sehen und die wollte sie um nichts in der Welt versäumen! Tatsächlich kam Nat auf den Inselweg hinaus, umschlang Valerie und die beiden gaben sich einer ungezügelten Knutscherei hin.

`Na also´, dachte Alexa, `geht doch!´ Ihr wurde warm vor Freude. Valerie winkte Nat zum Abschied und ging dann zum Frühstück. Alexa lief in den Bungalow, um Isabel brühwarm zu berichten. Die räkelte sich im Bett und blickte sie aus verquollenen Augen an, die rundherum mit Wimperntusche beschmiert waren.

Isabel reagierte mäßig begeistert. „War doch klar, dass bei den beiden was läuft", brummte sie nur.

„Wie, das war klar?! Gestern Abend noch saß sie brav mit an unserem Tisch!"

Irgendetwas stimmte mit Isabel nicht. `Wenn ich es nicht besser wüsste, würde ich denken, sie ist verkatert´, dachte Alexa, `an dem einen Cocktail, den Eckhard spendiert hat, kann es doch nicht liegen.´

Als Isabel sich ins Bad trollte, kontrollierte Alexa den Kühlschrank, der leise und stoisch vor sich hin brummte. Tatsächlich, es fehlten mehrere Spirituosen und Isabel hatte auf dem Zettel gewissenhaft angekreuzt, was sie alles getrunken hatte: Ein buntes Gemisch aus Wodka-Lemon, Asbach-Cola und Sherry hatte sie durch die Nacht begleitet. Nach dem Cocktail hatten ihr dessen Kumpels wohl den Rest gegeben. Aber warum und wann hatte sie noch getrunken, nachdem sie doch gemeinsam ins Bett gegangen waren? Vermutlich nachts, als Alexa schon schlief. Vor ihrem inneren Auge sah sie Isabel am Strand sitzen, eine Flasche nach der anderen leeren und dabei an Lilith oder Dietmar denken. `Ihre Rechnung wird saftig werden!´

Isabel blieb den Morgen über wortkarg und Alexa ließ sie in Ruhe. Es wurde ein schweigsames Frühstück, denn auch Valerie war in sich gekehrt. Erst als Eckhard auftauchte, kam Leben an den Tisch.

„Guten Morgen, Mädels, genießt den Tag - es wird euer Letzter auf der Insel sein!", begann er gut gelaunt.

Er kniff Isabel in die Wange: „Bald heißt es Abschied nehmen, Dickerchen!"

Alexa hielt die Luft an und sah besorgt zu Isabel. Doch diese bewahrte Haltung.

„Es ist auch dein letzter Tag, Dicker", erwiderte sie ruhig und ergänzte freundlich lächelnd: „Du bist schlimmer dran als wir, denn du wirst es vermissen, mit drei Frauen am Tisch zu sitzen."

„Wie wahr, wie wahr", bekannte Eckhard, dachte einen Moment nach und fügte anschließend in gewohnter Selbstgefälligkeit hinzu: „Da muss ich wohl meine Gespielinnen zu Hause wieder aktivieren." Er lachte dröhnend. Die Frauen tauschten Blicke aus. Als Valerie zum Buffet ging, konnte Alexa sich dann aber nicht beherrschen und berichtete Eckhard, was sie heute Morgen an der Tauchschule beobachtet hatte.

„Wie mit Nat? Wieso hat die plötzlich etwas mit Nat?!"

„Na, von plötzlich kann keine Rede sein, das zieht sich doch schon seit einer Woche hin", entgegnete Alexa.

„Was? Wieso sagt mir denn keiner was?"

„Hast du das etwa nicht gemerkt? Ich dachte, dir entgeht nichts." Alexa zog mit gespieltem Erstaunen die Augenbrauen hoch.

„Nee, mit Nat ... Wie soll ich das auch merken, wenn ich nicht mit euch zum Tauchen gehe?"

Damit hatte er wohl Recht.

Da regte sich etwas in Isabel. „Wieso war denn kein Tauchgang in deinem Erlebnispaket, obwohl wir doch auf den Malediven sind?"

Eckhard wand sich unbehaglich. „Das war drin, aber ich habe es umgebucht."

„Umgebucht? Warum?", hakte sie nach.

„Tauchen gehe ich nicht gern." Er sprang auf, obschon sein Teller halb voll war. „Ich hole mir noch etwas von dem Rührei."

„Hast du Angst vor´m Tauchen?" Isabel ließ nicht locker.

„So ähnlich", murmelte er und stob davon.

„Was denkst du?", fragte Isabel an Alexa gewandt.

„Ich denke, dass es genau das ist: Angst vor´m Tauchen. Das geht schließlich einigen so. Der Gedanke, unter Wasser zu sein und aus einer Sauerstoffflasche zu atmen, ist vielen nicht geheuer. Amüsant finde ich daran nur, dass er immer den verwegenen Abenteurer spielt. Er könnte ruhig mal zugeben, dass er vor etwas Angst hat! Das macht ihn sympathischer, oder?"

Als Eckhard zurück an den Tisch kam, stürzte er sich sofort auf Valerie und zog sie plump mit Nat auf, doch sie ging auf seine Frotzeleien nicht ein.

Irgendwie wurde Alexa das Gefühl nicht los, dass er, obwohl er den launigen Unterhalter spielte, im Grunde erleichtert war, dass er nach Hause fahren konnte. Auch wenn er stets eifrig das Gegenteil behauptet hatte, schien er trotz aller Aktivitäten nicht das erwartete Erlebnis für sich verbucht zu haben.

Alexa erinnerte sich an das, was Valerie über die Jagd nach dem großen Erlebnis gesagt hatte: „Ihr sucht nur, anstatt euch am Gefundenen zu erfreuen."

„Freust du dich auf zu Hause?", fragte sie ihn unvermittelt.

Eckhard stutzte und dachte nach. „Ach ja, eigentlich schon", gab er schließlich zu, „da geht´s wieder zur Arbeit, dann sehe ich meine Kollegen und Kumpels – da kommt man nicht auf so dumme Gedanken." Er lachte unsicher.

Alexa fragte sich, welcherart die „dummen Gedanken" waren, die ihm auf den Malediven gekommen waren.

Dabei fielen ihr ihre eigenen unangenehmen Gedanken ein, die immer wieder hochgekommen waren und sie verstand Eckhard mit einem Mal.

Ja, das war auch einer der Hauptgründe, warum sie sich freute, abreisen zu können. Ein fester Lebensrhythmus bewahrte vor allzu viel Grübelei und Aufsich-selbst-zurückgeworfen-sein. Ein nicht zu bestreitender Vorteil.

Auf dem Weg zurück zu den Bungalows verabredeten sich Alexa, Isabel und Valerie zum Sonnenbaden am Strand. Ein weiterer Tauchgang kam für sie nicht mehr in Frage, da sie aus Sicherheitsgründen genügend zeitlichen Abstand zum Flug haben wollten. Zwölf Stunden sollten zwischen dem letzten Tauchgang und dem Abflug liegen, damit der Körper sich den extremen Druckverhältnissen anpassen kann. Heather und Annette, die erst gegen Abend fliegen würden, waren selbstverständlich noch einmal zum Tauchen hinaus gefahren. Die Lagune lag sanft und warm im Sonnenlicht und Alexa ging mehrmals ins Wasser und ließ sich treiben. Isabel lag wie ein Käfer auf dem Rücken, hatte beide Arme über Gesicht und Augen gelegt und war kaum ansprechbar. Alexa langweilte sich und fragte sich, wo Valerie blieb. Ungeduldig sah sie auf die Uhr. Es waren schon zwei Stunden seit dem Frühstück vergangen! Sie beschloss, Valerie zu holen, damit diese ihr die Zeit vertrieb.
„Ich geh´ mal nachsehen, wo Valerie bleibt", sagte sie zu Isabel, bekam aber lediglich ein antriebsloses Brummen zur Antwort.

Als Alexa gegangen war, blinzelte Isabel gegen das Sonnenlicht. Ihr Kopf schmerzte und vor ihrem inneren Auge spielte sich immer wieder die Szene aus ihrer frühen Kindheit ab, in der sie Lilith und Irene bei einem Gespräch in der Küche belauscht hatte. Sie hatte mit Alexa im Kinderzimmer gespielt und wollte nach Keksen fragen. Da sah sie die beiden Frauen mit ernsten Gesichtern einander gegenüber sitzen.
„Lilith, es tut mir wirklich leid. Das habe ich nie gewollt!", erklärte Irene mit Nachdruck. Gebannt blieb Isabel stehen.

„Das hättest du dir vorher überlegen müssen. Dass du dich auf so etwas eingelassen hast!", antwortete Lilith vorwurfsvoll.

„Ich war total verzweifelt. Wir hatten doch schon alles versucht und dann bekam Lars auch noch diese endgültige Diagnose."

„Dann sollte es vielleicht nicht sein!", erwiderte Lilith so heftig, dass Isabel zurückzuckte. Sie versteckte sich hinter dem Türrahmen und lauschte mit angehaltenem Atem.

„Hast du darüber mal nachgedacht, dass es vielleicht einfach nicht sein sollte?"

„Ja natürlich. Jahrelang. Aber diese Vorstellung war so furchtbar. Meine ganze Lebensplanung wäre zusammengebrochen. Unsere Ehe stand kurz vor dem Aus." Tränen traten in Irenes Augen.

„Ach, und dann zerstörst du lieber meine?!", giftete Lilith böse.

„Das wollte ich doch überhaupt nicht! Das Ganze war nicht meine Idee! Lars hat Dietmar darum gebeten."

„Bist du dir sicher, dass nicht Dietmar Lars gefragt hat, ob er mal ran darf?", entgegnete Lilith bitter.

„Ach Lilith, tu dir doch nicht selber noch mehr weh! Ich hätte das sofort abgelehnt, wenn ich geahnt hätte, wie das enden würde. Dietmar hat mir gesagt, dass du einverstanden warst."

 Lilith schnaubte. „Und das hast du geglaubt?" Entrüstet strich sie sich die roten Locken aus dem Gesicht.

„Ja, das habe ich tatsächlich. Warum hätte ich vermuten sollen, dass er lügt? Vielleicht wollte ich es aber auch nur glauben, weil ich so verzweifelt und Dietmar mir wie mein letzter Rettungsanker erschien", fügte sie kleinlaut hinzu.

„Ich war nicht nur nicht einverstanden, ich war noch nicht einmal eingeweiht in euren tollen Plan!", spie

Lilith scharf aus. „Ich war schwanger! Hast du darüber nur eine Sekunde lang nachgedacht?" Irene sank in sich zusammen. „Warum hast du mich nicht gefragt, ob ich tatsächlich einverstanden bin?"

„Das war nun wirklich kein angenehmes Thema. Vielleicht hatte ich unbewusst auch Angst, dass du es nicht sein könntest", gab sie leise zu. „Aber als ich zu dir gesagt habe, dass ich nie vergessen werde, was ihr für uns tut, wirktest du gar nicht irritiert. Ich dachte, du weißt, wovon ich spreche."

„Und ich dachte, du sprichst davon, dass wir euch den Bauplatz überlassen haben."

Irene seufzte. „Lilith, ich kann nur abermals beteuern, wie leid es mir tut. Ich hoffe, wir kriegen das wieder hin."

Lilith schnaubte noch einmal, mit etwas weniger Nachdruck als zuvor. Isabel war verstört und ohne Kekse zu Alexa zurückgeschlichen.

Nun richtete Isabel sich benommen auf. Sie hatte damals nicht verstanden, dass sie soeben erfahren hatte, warum ihr Vater nicht mehr bei ihnen war. Das hatte sie erst vor ein paar Monaten als erwachsene Frau begriffen. Sie unterdrückte ein Schluchzen.

Valeries Bungalow war nur wenige Meter von ihrem eigenen entfernt. Vielleicht war sie damit beschäftigt, ihre Koffer zu packen. Aber das konnte sie auch noch heute Abend tun! Die Vorhänge an Valeries Terrassentür waren zugezogen und auf Alexas energisches Klopfen reagierte niemand. `Sie wird doch wohl nicht alleine - ohne mich - am Strand spazieren gegangen sein?´, dachte Alexa gespielt empört. Aber es schien ihr dann plausibler, erst einmal in der Tauchschule nachzuschauen, ehe sie den ganzen Strand ablief.

Sie sah die beiden vor der Tauchschule sitzen. Augenscheinlich waren sie in ein intensives Gespräch vertieft. Nat war nur von hinten zu erkennen, aber sie sah Valeries leuchtenden Augen und beschloss, nicht auf ihr Recht auf Unterhaltung zu bestehen. Dann musste sie jetzt eben Isabel auf Vordermann bringen. Entschlossen trat sie den Rückweg zu ihrem Bungalow an. Dort saß Isabel zu ihrer großen Überraschung aufrecht auf ihrem Badetuch und sah ihr aus roten Augen entgegen.

„Und, hast du sie gefunden?", fragte sie träge.

„Ja, sie sitzt bei Nat in der Tauchschule."

„Aha", sagte Isabel nur. Nach einer Weile gab sie zu: „Mann, geht´s mir heute dreckig!"

„Was musst du auch so viel trinken?", gab Alexa leicht tadelnd zurück.

Isabel schien weder überrascht darüber zu sein, dass Alexa von ihrem nächtlichen Exzess wusste, noch schien sie im mindestens daran interessiert zu sein, zu leugnen oder sich zu verteidigen. „Manchmal muss das sein", erwiderte sie nur.

Weinend saß Nathalie an der Theke und trank einen Cocktail nach dem anderen. Was sie befürchtet hatte, war eingetreten. Sie war zu spät gekommen. Ihr Lebenstraum war geplatzt, die Traumhochzeit fand nicht statt. Sie hatte gesehen, wie leid es Markus tat, ihr das sagen zu müssen. Aber was nützte ihr das? Er liebte diese blöde Kuh und natürlich hatte er Recht, dass er ihr womöglich eine unglückliche Ehe ersparte. Doch das war kein Trost. Auch nicht, dass er nicht wusste, wie es bei ihm nun weitergehen würde.

Eckhard trat neben sie und fragte, ob er sich zu ihr setzen könne. Sie nickte abwesend. Ihr war alles egal, erst recht, wer in dieser gottverlassenen Bar am Ende der Welt neben ihr saß.

„Alles okay bei dir?", fragte Eckhard und bestellte sich einen Mai Tai.

„Nein, gar nichts ist okay", entgegnete Nathalie und wischte sich die Tränen weg.

Eckhard sah sie fragend an. Und da sie nun schon mal ziemlich angetrunken war, war es auch egal, was der Typ wusste und was nicht. Also fügte sie hinzu: „Mein Freund hat unsere Verlobung aufgelöst, das erste Wasserflugzeug genommen, das er bekommen konnte, und ist nach Deutschland geflogen. Er sagt, er muss sofort zurück zu seiner Firma."

„Oje, das ist übel! Und du, wie lange bleibst du noch?"

„Ich reise so schnell wieder ab, wie es geht. Ich habe keine Lust, seiner Ex hier über den Weg zu laufen."

„Seine Ex ist auch hier?!", fragte Eckhard überrascht. Er dachte an Elisabeth und wie merkwürdig es war, dass so viele Leute diese traumhafte Insel fluchtartig verließen.

Nathalie nickte betrübt. „Die beiden haben wieder etwas mit einander angefangen."

„Schöner Mist." Er nippte an seinem Cocktail. „Und ich konnte hier nicht bei der Frau landen, die ich mir hier ausgeguckt hatte."

Nathalie hob ihr Glas und die beiden stießen an. „Dann sind wir sozusagen Leidensgenossen. Prost!"

Zu Alexas und Isabels Verwunderung tauchte Valerie eine halbe Stunde später auf und legte sich zu ihnen. „Entschuldigt, dass ich jetzt erst komme, aber Nat hat mir angeboten, mir etwas über die Unterwasserwelt hier zu erzählen und das wollte ich mir nicht entgehen lassen," sagte sie sachlich.

`Das können wir uns denken, dass du dir das nicht entgehen lassen wolltest´, dachten Alexa und Isabel gutmütig.

Abends in der Bar plätscherte die Unterhaltung in Anbetracht der bevorstehenden Abreise belanglos vor sich hin. Lediglich eine unterschwellige Aufbruchs-stimmung knisterte unter den Gästen. In der hintersten Ecke der Bar saß Eckhard mit Nathalie an einem Tisch. Sie tranken einen Cocktail nach dem anderen, kicherten wie Schulkinder und waren beide offensichtlich ziemlich betrunken. Zum Glück nahm Nathalie Alexa offenbar gar nicht mehr wahr.

Es wurde auch nicht besser, als Heather zu ihnen stieß. Man unterhielt sich über das Kofferpacken und tauschte vermeintliche Erlebnisse aus. Heather lachte gurrend über ihre eigenen Pointen, fasste Alexa mehrmals am Arm und rief exaltiert: „Nein! Das ist ja unglaublich! Ist das wahr?"

Immer wieder schob sie ihre dichten, schwarzen Locken von einer Schulter auf die andere und strich sich genüsslich über ihre behaarten Unterarme.

Bei Isabel kamen erneut die nymphomanen Züge durch. Sie hatte Santiago im Visier und schien entschlossen, alle Vorsichtsmaßnahmen fallen zu lassen und doch noch mit ihm anzubandeln. Immer wieder warf sie lüsterne Blicke in seine Richtung. Als sie sich erhob, um zu ihm an die Theke zu gehen, zog Alexa sie entschieden auf ihren Sessel runter.

„Lass´ es lieber", sagte sie ernst, „verdirb dir nicht den letzten Abend mit diesem Idioten!"

Isabel sah sie wütend an. „Du gönnst mir aber auch gar nichts!"

„Ich gönne dir etwas Besseres als den, glaub´ mir. Tu´s für deinen Seelenfrieden", erwiderte Alexa ruhig.

Isabel sah sie einen Moment lang staunend an, dann ließ sie sich in den Sessel zurückfallen und bestellte sich den nächsten Cocktail.

Um zehn Uhr verabschiedete sich Valerie, die schon seit einiger Zeit zerstreut und abwesend wirkte, ziemlich plötzlich. Sie müsse jetzt ins Bett, sagte sie. „Schlaft gut. Wir sehen uns ja morgen früh noch beim Frühstück und auf der Fähre." Und sie verschwand ohne weitere Umschweife. Alexa suchte mit den Augen die Bar nach Nat ab, doch der war gar nicht da.

In der Runde breitete sich Schweigen aus. John hing einmal mehr am Tresen auf demselben Hocker wie am vergangenen Abend, so als habe er diesen überhaupt nicht verlassen. Offensichtlich war er mindestens genauso betrunken wie Eckhard und Nathalie. Gnadenlos bestellte er immer wieder ein neues Bier. Bernd hatte seine ältere Begleiterin heute chic ausgeführt. Sie kamen mit geröteten Wangen aus dem Sunset-Restaurant, er in Hemd und Bundfaltenhose, sie im duftigen Chiffonkleid. Alexa vermied es, sich auszumalen, wovon ihre Wangen gerötet waren. An der Art, wie sie ging, konnte man erkennen, dass sie ein Hüftleiden haben musste. Da war sicher bald ein neues Hüftgelenk fällig.

Von Helene Hülstonk inklusive britischem Lover fehlte heute jede Spur. Wahrscheinlich trauten die beiden sich erst wieder in die Bar, sobald Annette abgereist war.

`Was mag da gelaufen sein?´, dachte Alexa und ärgerte sich, dass sie es wohl nicht mehr erfahren würde, denn Annette fehlte heute Abend ebenfalls.

Da das Gespräch in ihrer Sitzgruppe nun vollends versiegt war, erhoben sich Isabel und Alexa und verabschiedeten sich. Man würde sich ohnehin morgen auf der Fähre wiedersehen. Auf dem Weg zum Bungalow beschlossen sie, eine letzte Runde über die Insel zu drehen. Der Himmel plusterte sich in dunklen, bauschigen Wolken auf, die mal hier und mal da den Blick auf ein glitzerndes Sternenmeer freigaben und sich zwischendurch vom Mond versilbern ließen. In konzentrischen Kreisen eroberte das Silber auch die angrenzenden Wolkenstreifen und verlieh der Szene etwas Surreales. Sehr real dagegen war der Wind, der kräftig von Westen blies und das Wasser in der Lagune aufnahm und gegen den Strand schleuderte. Der Sand unter ihren Füßen fühlte sich kalt und feucht an. Schweigend gingen sie nebeneinander her und sogen die nächtliche Atmosphäre ein letztes Mal in sich auf. Bäume und Palmen bedachten sie mit einem Lied, das von den Weiten des Meeres und der Vergänglichkeit des Lebens erzählte. Nichts bleibt, wie es ist. Alles ist einem ständigen Wandel unterworfen. Sie raunten den beiden Frauen zu, dass sie nur zwei von unzähligen Besuchern waren, die diese Insel schon gesehen hatte. Menschen kamen und gingen wie Treibgut, das vom Meer angeschwemmt und dann wieder weggespült wird. Sie aber, die Pflanzen und Tiere, sie blieben hier. Sie waren die Einzigen, die wirklich hierhin gehörten. Und um das zu betonen, schrie ihnen der indische Hausrabe ein letztes Mal zu: „Bedenke, was du tust!"

Beide Frauen seufzten tief, als hätten sie verstanden, und achteten sorgfältig darauf, keinen der unzähligen kleinen Krebse zu zertreten, die quirlig über den Sand wuselten. Im Zwielicht entdeckte Isabel Nat und Valerie, die eng umschlungen am Strand saßen und auf das Meer hinausschauten. Die beiden Frauen hielten den Atem an, als hätten sie Angst, allein schon durch ihr Atmen den Zauber dieser Begegnung zu zerstören. Sie standen wie angewurzelt und beobachteten die Szene eine Weile, drehten dann wortlos ab und setzten still ihre Runde um die Insel fort.

Unvermittelt taumelte Nathalie ihnen entgegen. Als sie Alexa sah, blieb sie schwankend stehen und zeigte mit dem Finger auf sie. „Du!", rief sie.

Alexa hielt den Atem an. Was kam jetzt? Doch weder eine Prügelattacke noch ein Zusammenbruch folgten.

Nathalie kämpfte mit dem Gleichgewicht. „Wenn du ihn unglücklich machst, wirst du es bereuen!", lallte sie.

Einen Moment lang dachte Alexa irritiert, dass auf dieser Insel eine Menge Frauen Gewaltfantasien hegten. Dann fing sie sich und sagte: „Das habe ich nicht vor. Es tut mir leid, Nathalie. Ehrlich. Das hat alles nichts mit dir zu tun."

Nathalie sank auf die Knie und weinte. Isabel raunte Alexa zu: „Ich lasse euch mal alleine" und verschwand.

Alexa setzte sich zu Nathalie. Sie tat ihr wirklich leid, denn sie konnte ja nichts für die Misere, in die sie hineingeraten war.

„Ich liebe Markus, seit ich laufen kann", wimmerte Nathalie. „Ich hätte ihn glücklich gemacht. Ich hätte alles für ihn getan."

Alexa nahm sie in den Arm, was Nathalie willenlos geschehen ließ. „Ich weiß. Du hast etwas Besseres verdient als das hier." Sie strich der Weinenden die Haare aus dem Gesicht. „Du bist jung und so hübsch. Auch wenn das abgedroschen klingt: Du wirst einen Mann finden, der mindestens so gut für dich ist wie Markus."

„Das geht gar nicht!", jammerte Nathalie. „Wieso hast du?"

Alexa wusste nicht, worauf die Frage zielte. Aber es war ihr wichtig zu sagen: „Ich hatte Probleme mit mir selber. Ich hoffe, ich kriege das jetzt in den Griff. Das hat alles nichts mit dir zu tun."

Es hatte mit einer großen Lebenslüge zu tun, die auf ihre Eltern und deren Schwierigkeiten zurückführte. Und wer weiß, woher deren Probleme rührten. Vielleicht aus der Generation davor oder davor oder davor. Alles wirkte irgendwie zusammen und jede Generation war durch ein unsichtbares Band mit der nächsten verbunden. Irgendjemand musste beginnen, Verantwortung für sein Verhalten zu übernehmen. Nathalie war das Opfer einer Familiengeschichte geworden, mit der sie nichts zu tun hatte. Und damit musste jetzt Schluss sein.

Als sie in ihrem Bungalow ankam, holte das künstliche Licht der Zimmerlampe sie in die Zivilisation zurück. Isabel sah sie fragend an. „Und? Konntest du sie beruhigen?"

Alexa nickte. „Ich hoffe. Aber sie ist so betrunken, dass ich sie noch bis in ihren Bungalow gebracht habe. Sie muss jetzt erst mal ihren Rausch ausschlafen."

Isabel seufzte. „Die Arme. Kann einem echt leidtun. Eine geplatzte Hochzeit muss ganz schön hart sein." Sie hing einen Moment lang ihren Gedanken nach. Dann wechselte ihre Tonlage: „Hoffentlich sind wir morgen so rechtzeitig am Flughafen, dass wir noch ein bisschen Duty Free shoppen können!"

„Meinst du, das lohnt sich? Wenn die Preise hier auf den Inseln schon so hoch sind, werden sie in Male bestimmt auch nicht viel niedriger sein. Zumindest nicht so, dass es sich lohnen wird, etwas zu kaufen", gab Alexa zu bedenken. Der Zauber der Insel bei Nacht war abrupt von ihr abgefallen.

„Wieso?" Isabel zog die Stirn kraus.

„Na, weil die Sachen immer noch teurer sein werden als bei uns zu Hause."

Isabel zog einen Schmollmund. „Ich hatte mich schon so darauf gefreut."

Versöhnlich räumte Alexa ein: „Du kannst ja ruhig einkaufen gehen. Du musst dir nur bewusst sein, dass es keine Schnäppchen sein werden, die du dort erstehst. Und das ist ja auch nicht wirklich schlimm, oder?"

„Nö", gab Isabel zu und schielte bereits wieder zum Kühlschrank. Alexa neigte ihr Gesicht weg und sagte: „Denk´ daran, dass wir nur ein paar Stunden Schlaf und morgen eine anstrengende Reise vor uns haben!", warnte sie. „Außerdem ist die Rechnung schon bezahlt."

Die Erwähnung der Rechnung ließ Isabel zusammenzucken, denn ihre war wirklich gewaltig gewesen. Um sich abzulenken, fragte sie: „Worauf freust du dich am meisten?"

Alexa ließ sich auf ihrer Bettseite nieder, rieb die Füße gegeneinander, um den Sand zu lösen und dachte nach. „Auf Markus, auf meine Praxis. Und auf´s Vollkornbrot natürlich."

Isabel stöhnte. „Oh Mann, du redest wie eine Oma!"

`So fühle ich mich auch manchmal´, dachte Alexa, entgegnete aber nur gespielt entrüstet: „Ach ja? Vielen Dank!"

Sie alberten noch ein wenig herum, verstauten die restlichen Sachen in ihren Koffern und legten sich dann ins Bett. Doch keine von beiden konnte einschlafen. „Wie finden wir denn nun diesen Urlaub?", fragte Alexa in die Stille hinein.

Isabel dachte nach. „Ich bin froh, dass du es jetzt weißt. Und ich bin froh, eine Schwester zu haben."

Alexa drehte sich zu ihr um. „Ich finde es ehrlich gesagt immer noch ziemlich merkwürdig. Und ich weiß auch nicht, wie ich meinen Eltern gegenübertreten soll. Dafür, dass sie mich fast dreißig Jahre lang angelogen haben, könnte ich ihnen die Hammelbeine langziehen!"

Isabel sah zur Decke. „Wer weiß, was damals in ihnen vorgegangen ist. Ich glaube, es ist schwer, das nachzuvollziehen, wenn man nicht in ihrer Haut gesteckt hat."

Alexa schnaubte. „Ist mir so was von egal, wie es denen ergangen ist. Die haben uns angelogen. Jahrelang. Man kann doch seine eigenen Kinder nicht mit einer solchen Lebenslüge groß werden lassen! Das ist eine Riesensauerei. Wir hätten schon viel früher Schwestern sein können. Dann hätte ich dich vielleicht auch mal angerufen", fügte sie grinsend hinzu.

Isabel schlug gespielt nach ihr. Dann wurde sie wieder ernst.

„Das war doch nie im Leben ein Zufall, dass wir auf der Insel gelandet sind, auf der unser Vater lebt", sagte Alexa.

„Kann ich mir auch kaum vorstellen. Vielleicht hat Lilith nur behauptet, sie sei einer Empfehlung des Reisebüros gefolgt. Vielleicht hat sie darauf spekuliert, dass wir ihm hier schon in die Arme laufen werden. Ich wäre allerdings mit sehr gemischten Gefühlen hierher geflogen, wenn ich gewusst hätte, dass er hier ist." Isabel wandte sich Alexa zu. „Wirst du bei mir sein, wenn sie stirbt?"

Alexa fasste ihre Hand. „Natürlich werde ich das, große Schwester."

„Sollen wir uns von Dietmar verabschieden?"

Alexa dachte nach und schüttelte dann den Kopf. „Im Moment ist mein Bedarf gedeckt. Wenn er wirklich nach Deutschland kommt, um Lilith beizustehen, werde ich mich gerne mal mit ihm treffen. Aber die Vorstellung, die er bisher abgeliefert hat, ist mir entschieden zu schwach. Vater hin oder her. Lars hat mich großgezogen und war für mich da, wenn ich ihn brauchte. Mein leiblicher Vater nicht. Also ist und bleibt Lars mein Vater."

Isabel nickte. „Geht mir auch so."

Sie fassten sich an den Händen und schliefen ein.

Der Weckruf der Rezeption erfolgte morgens um vier. Das Zimmertelefon schrillte laut und hässlich durch den Bungalow. Alexa fingerte mit klopfendem Herzen nach dem Hörer und rief: „Ruhe!" hinein.

Isabel stöhnte herzzerreißend.

„Mann, was für ein Mist!" Alexa schleppte sich ins Bad, wo ihr blutunterlaufene Augen aus dem Spiegel entgegen schielten. „Was für eine unsägliche Uhrzeit", stöhnte sie.

Isabel brummte etwas Unverständliches zur Bestätigung und schob ihr dralles Hinterteil unter dem Ken hervor.

Sie schlichen durch den Raum, um ihre letzten Habseligkeiten zusammenzuraffen und warfen sich immer wieder müde Blicke zu, als das Telefon erneut hässlich durch die nächtliche Stille schrillte. Erstaunlich behände war Alexa mit zwei Sätzen beim Hörer und riss ihn von der Gabel, um dem Lärm ein Ende zu bereiten.

„Was ist denn?"

Sie hörte die freundliche, leicht irritierte Stimme der Rezeptionistin, die sie darauf aufmerksam machte, dass dies der letzte Weckruf sei.

„Mann, wir sind längst auf den Beinen, schieb´ mal keine Panik", sagte sie, wohlwissend, dass die Frau sie ohnehin nicht verstand.

Kaum hatte sie den Hörer aufgelegt, klopfte es an der Bungalowtür. „Drehen die jetzt völlig ab hier?"

Isabel sah sie an wie ein Gespenst. Sie hatte noch kein einziges Wort zustande gebracht. Vor der Tür stand ein Angestellter, der ihr Gepäck in einer Schubkarre abtransportieren wollte. Schnell stopften sie die Nachthemden in die Koffer und verschlossen sie. Endlich konnte Alexa die Bungalowtür wieder zudrücken und sich dagegen lehnen. `Positiv sollten sie den Tag beginnen´, dachte sie sarkastisch.

Kurz darauf schleppten sie sich schlaftrunken zum Frühstück, obwohl ihnen gar nicht nach Essen zumute war. Weder Valerie noch Eckhard erschienen im Speisesaal, der nur gedämpft erleuchtet war. Da bis zur Abfahrt des Schnellbootes, das sie zurück nach Male bringen würde, noch etwas Zeit war, schlenderten die beiden Frauen anschließend zum Landesteg an der Angelschule. Inzwischen waren sie so weit wiederhergestellt, dass keine Amokgedanken mehr durch ihre Köpfe geisterten. Die Insel lag in Finsternis gehüllt still um sie herum. Fußbodenlampen, die den Fußweg beleuchteten, waren die einzige Lichtquelle in einer stockdunklen Nacht. Der Mond hatte sich völlig hinter der dichten Wolkendecke zurückgezogen und kein Stern funkelte am Himmel. Aus der Entfernung war der schwache Lichtschein auszumachen, der den Vorraum der Angelschule dürftig erhellte. Im Schein der Lampe saßen bereits einige, in sich zusammengesunkene Gestalten – Urlauber, die auf ihre Abreise warteten. Immer wieder huschten Menschen mit Schubkarren vorbei, die das Gepäck der Leute herbeischafften.

`Da hätte der Kerl sich bei uns auch Zeit lassen können´, dachte Alexa.

Am Landesteg angekommen trafen sie auf Valerie, die mit verträumtem Blick auf das nachtschwarze Meer hinaussah, und setzten sich rechts und links neben sie.

„Hast du gar nicht gefrühstückt?", fragte Isabel sie.

Valerie schüttelte den Kopf. „Nein, ich hatte keinen Hunger. Das ist zu früh am Morgen für mich."

Sie lächelte die beiden verträumt an, um den Mund jedoch einen Zug von Trauer. Da kam Eckhard anmarschiert; seine Gestalt war selbst bei Dunkelheit wegen des breiten Gangs und dem übertriebenen Schlenkern der Arme gut auszumachen.

„Na Mädels, alles Roger in Kambodscha?", dröhnte er ihnen durch die Stille entgegen. Die Frauen stöhnten wie unter einem Peitschenhieb auf.

„Hör´ auf mit deiner guten Laune am frühen Morgen!", beschwerte sich Alexa.

Eckhard legte ihr seine Hand auf die Schulter. „Sorry, Seeigelchen, wer konnte denn ahnen, dass du so zart besaitet sein kannst!"

„Sehr witzig, Eckhard, wirklich. Und jetzt setz´ dich hin und halt´ die Klappe!", befahl sie.

Er gehorchte. Aber mit der Ruhe war es nun ohnehin vorbei. Immer mehr Bedienstete tauchten auf, riefen sich in ihrer Landessprache Bemerkungen zu, die Reiseleiter erschienen und kontrollierten die Listen der abreisenden Gäste, damit auch keiner unbemerkt einfach im Paradies bliebe. Gepäckstücke wurden sortiert und die Rezeptionsdame lief aufgeregt hin und her, sorgfältig darauf achtend, dass alles seine Richtigkeit hatte. Das Schnellboot war inzwischen überfällig. Endlich waren Motorengeräusche zu hören und die Rezeptionistin forderte sie auf, auf dem Dhoni einzusteigen, das sie zum Schnellboot bringen würde.

Eine schmale Gestalt erschien in der Dunkelheit, die abseits des Treibens stehenblieb. Alexa kniff die Augen zusammen. Sie hatte eine Ahnung, wer das wohl war und machte Valerie auf ihn aufmerksam.

Valerie kniff ebenfalls erst die Augen zusammen, um die Person besser erkennen zu können, dann strahlte sie über das ganze Gesicht. Sie ging auf Nat zu und die beiden umarmten sich lange und innig. Alexa sah, dass Nat Valerie etwas ins Ohr flüsterte.

Dann löste sich Valerie von ihm und ging über den Steg zum Hausboot, auf dem die anderen schon Platz genommen hatten. Alexa hatte ihr einen Sitz neben sich freigehalten.

Ihr Blick ruhte auf der in Dunkelheit gehüllten Insel, auf der die Kokospalmenblätter sich scharf vom Nachthimmel abzeichneten und der schwarzen Inselmasse Kontur verliehen. Im Laternenlicht auf dem Landesteg war schemenhaft Nats Silhouette zu erkennen, der dem sich entfernenden Boot nachschaute.

Alexa dachte daran, was sie zu Hause erwartete, wie sie den Flug hinter sich bringen und ob Eckhard wohl wieder neben ihnen sitzen würde.

Gedankenverloren fragte sie Valerie, ob sie Nat schreiben werde.

Valerie erwiderte ruhig: „Nat wird mich in Paris besuchen und dann sehen wir weiter."

„Wie schön. Ich freue mich für euch." Alexa drückte Valeries Hand. „Und ich freue mich, dass dein Urlaub trotz allem so ein romantisches Ende gefunden hat."

Valerie lächelte sie glücklich an. „Danke. Nett, dass du das sagst."

Je weiter das Dhoni sie aufs Meer hinaus brachte, desto stärker wurde das Schaukeln und die nächtliche Szenerie bekam etwas Unheimliches, denn auch das Boot mit seinen kargen Signallichtern lag in Dunkelheit. Endlich erreichten sie das Schnellboot und durften von einem heftig schwankenden Dhoni in ein weniger schwankendes Schnellboot umsteigen. Die Bootsbesatzung half beim Wechsel und das Gepäck wurde verladen.

Als alle auf dem Schnellboot Platz gefunden hatten und sich auf eine mehrstündige Fahrt bis Male einstellten, erklärte Eckhard: „Mir brummt der Schädel. Waren wohl ein paar Cocktails zu viel gestern Abend. Es geht doch nichts über zu Hause!"

Alexa nickte und freute sich auf ihr Wiedersehen mit Markus. Dann lehnte sie ihren Kopf an Isabels Schulter und Bellas blonde Lockenpracht flatterte sacht im Wind.

„Alles in der Welt läßt sich ertragen,
Nur nicht eine Reihe von schönen Tagen."
J.W. von Goethe

Anmerkungen

Die Malediveninsel Ari Beach wurde mehrfach umbe-
nannt und heißt heute (2017) White Sands. Die Hotelanlage wurde umgebaut, da insbesondere die Bungalows nach dem Tsunami von 2003 stark zerstört
waren. Inzwischen befindet sich auf der Insel ein
Luxusresort.

Danke, danke, danke…

An alle, die mich in den Jahren der Arbeit an diesem Roman begleitet und ermutigt haben. Das gilt insbesondere für meine Familie: Meinen Mann fürs stundenlange Probelesen und seine bereichernden Ideen und meine Kinder, die ihre Mama so oft am Schreibtisch erleben.

Danke auch an die geduldigen Testleser für ihre hilfreichen Anmerkungen und Hinweise! Danke an die vielen Helfer, die Flyer verteilt, Exemplare in ihrem Freundeskreis verschenkt und meine Posts auf facebook geteilt haben! Eure selbstlosen Freundschaftsdienste haben mir sehr weitergeholfen.

Danke an Daniel und Alexandra Engelhardt für die supernette, unkomplizierte Zusammenarbeit und das tolle Cover, das daraus entstanden ist.

Danke an die ersten Buchhandlungen, die Exemplare meines ersten Romans in ihre Auslage aufgenommen haben!

Was würde ich ohne Sie/ euch alle nur machen?
Ich danke Ihnen/ euch von Herzen!
Christine Rhömer

Christine Rhömer wurde 1969 in Rheinland-Pfalz in der Nähe von Koblenz geboren. Sie studierte Germanistik und Kunst in Köln und Wuppertal. Die Freude am Erzählen von Geschichten begleitet sie schon seit der Kindheit. Während der Studienzeit intensivierte sie diese durch die Teilnahme an verschiedenen Autorenwerkstätten. Schon früh entstanden Kurzgeschichten, Gedichte und kürzere Romane.

Aufenthalte in den USA und in Australien, die Tätigkeit beim WDR in Köln (Produktion von Fernsehsendungen), sowie die Komparsentätigkeit bei Film- und Fernsehproduktionen dienten unter anderem der Recherche für „Weißgold-Flügel." An diesem Roman arbeitete sie bedingt durch familiäre und berufliche Veränderungen mit zum Teil langen Unterbrechungen viele Jahre. Während eines Urlaubs auf den Malediven kam ihr die Idee zu „Abgetaucht im Paradies", die sie ebenfalls in den folgenden Jahren immer weiter ausarbeitete.

Christine Rhömer lebt mit ihrem Mann und ihren zwei Kindern in der Nähe von Köln.

Besuchen Sie mich auch auf meiner Facebook-Autorenseite www.facebook.com/Christine-Rhömer
oder meinen Blog:
 https://christinerhoemer.blogspot.de/

Dort finden Sie Fotos von den Handlungsorten meiner Romane und Hintergrundinformationen.
Ich freue mich auf Ihren Besuch!
Ihre Christine Rhömer

Weißgold-Flügel
Christine Rhömer

Eine Liebesgeschichte zwischen Berlin und Los Angeles, zwei Menschen, mit denen das Leben nicht immer gnädig war und das Haifischbecken Hollywood.

War es ein Zufall, der David und Anna zusammenführte? Oder waren da ganz andere Kräfte am Werk? Und hat ihre Liebe unter diesen Vorzeichen eine Chance?
Anna ist noch in tiefer Trauer, als sie widerwillig einen Fremdenführerjob in Berlin annimmt. Dabei lernt sie den Drehbuchautor David kennen, dem es gelingt, sie nach und nach aus dieser Trauer herauszuholen. Sie wagt einen Neuanfang in Los Angeles, doch die Geister der Vergangenheit holen David und Anna immer wieder ein. Wird es ihnen gelingen, ihre Liebe zu retten und ihr gemeinsames Schicksal zu meistern?

"Ein berührender, spannender und sprachlich schöner Roman, den man so schnell nicht mehr aus der Hand legt!" (Leserstimmen)

Wind aus Südwest - Sünde der Väter
Christine Rhömer

Stell dir vor, deine beste Freundin verfolgt einen Plan, von dem du nichts weißt. Plötzlich ist dein Leben in Gefahr …

In Köln entwickelt sich zwischen Leonie und Carina eine intensive Freundschaft, obwohl sie sehr verschieden sind. Leonie ahnt jedoch nicht, dass Carina seit ihrer Kindheit in Namibia einen Plan verfolgt, der sie beide in große Gefahr bringen wird. Dabei geht es um einen Gegenstand, den einst deutsche Soldaten bei der brutalen Niederschlagung des Herero-Aufstandes in „Deutsch Südwestafrika" erbeutet hatten. Die Besitzer dieses Gegenstandes versuchen mit allen Mittel zu verhindern, dass ihre Verbrechen an die Oberfläche kommen. Unbeirrt verfolgt Carina ihr Ziel und Leonie muss nun eine folgenschwere Entscheidung treffen, um ihr eigenes Leben zu retten.

„Souverän und lustvoll, mit einer klaren, lebendigen Sprache schafft es die Autorin, ihre Figuren authentisch zu charakterisieren, die Handlung ist gut durchdacht und gewinnt zunehmend an Spannung."
(Kathrin Höhne, Kölner Stadt-Anzeiger)